DOROTHEA PUSCHMANN

Zwickmühle

FREUNDSCHAFTSDIENST Eigentlich wollten Katharina Fröhlich und Julian Frey ihrem stressigen Job als Sicherheitsfachleute und private Ermittler für ein paar Tage entfliehen und einen wohlverdienten Kurzurlaub am Ammersee einschieben, als sie von einer alten Bekannten aus Münster um Hilfe gebeten werden. Ihr Mann Helge – ein ehrgeiziger, gerissener und umtriebiger Anwalt – wurde offenbar gekidnappt und ist seinen brutalen Peinigern nun auf Gedeih und Verderb ausgeliefert.

Aus freundschaftlicher Verbundenheit übernehmen Julian und Katharina den Fall. Dann verschwindet ein weiterer Mann. Doch Fröhlich und Frey sehen zunächst keinen Zusammenhang zwischen ihrem Auftrag und der Zeitungsnotiz, die über das Verschwinden des Münsterschen Bauamtsleiters berichtet …

Dr. Dorothea Puschmann, Jahrgang 1956, arbeitete vor ihrem Studium der Religionswissenschaft mehrere Jahre in der Buchbranche. Zu ihren bisherigen Veröffentlichungen zählen überwiegend satirische Geschichten und Kurzkrimis für Erwachsene. Sie ist Herausgeberin des Magazins »criminalis«, eines Jahresmagazins für Krimi-Literaturfreunde, sowie Mitglied im SYNDIKAT, der »Autorengruppe deutschsprachige Kriminalliteratur«, und bei den »Mörderischen Schwestern«, der Vereinigung deutschsprachiger Krimiautorinnen. »Zwickmühle« ist ihr erster Kriminalroman.

DOROTHEA PUSCHMANN

Zwickmühle

Ein Münsterland-Krimi

GMEINER *Original*

Besuchen Sie uns im Internet:
www.gmeiner-verlag.de

Im Ehnried 5, 88605 Meßkirch
Telefon 07575/2095-0
info@gmeiner-verlag.de

2. Auflage 2010

Lektorat: Claudia Senghaas, Kirchardt
Herstellung / Korrektorat: Katja Ernst / Susanne Tachlinski
Umschlaggestaltung: U.O.R.G. Lutz Eberle, Stuttgart
unter Verwendung eines Fotos von Helmut Puschmann
Druck: Fuldaer Verlagsanstalt, Fulda
Printed in Germany
ISBN 978-3-89977-811-3

Für Christina

Personen und Handlungen sind reine Erfindung der Autorin.

In der Täuschung lebt die Wahrheit fort
und aus dem Nachbilde wird das Urbild wieder her-
gestellt werden.

Friedrich Schiller

PROLOG

Ein Traum, der sie immer wieder heimsucht: Wie in Zeitlupe rennt sie, die Arme nach vorn ausgestreckt, den Mund zum Schrei weit geöffnet. Voller Verzweiflung versucht sie, ihr Kind zu erreichen, stürzt mehrfach, richtet sich immer wieder auf. Hört ihre kleine Tochter rufen, ›Mama‹, doch wie von unsichtbaren Fäden gezogen entfernt sich das Kind immer weiter von ihr, bis es schließlich von einer Nebelwand verschluckt wird.

Sie sitzt in einem kleinen Laborraum auf einem harten Drehstuhl ohne Armlehnen.

»Wir müssen noch schnell einen Bluttest machen«, erklärt ihr die Schwester. »Sie sind spät dran, Ihr Termin war bereits vor einer halben Stunde!« Vorwurfsvoll sieht sie die junge Frau aus den Augenwinkeln an, während sie hektisch hantiert.

»Ich weiß«, gesteht diese. »Ich hatte plötzlich wieder große Bedenken, ob meine Entscheidung auch wirklich die richtige ist …« Die Schwester geht nicht weiter darauf ein, wahrscheinlich hört sie diesen oder ähnliche Sätze mehrfach täglich, seit vielen Jahren.

»So, das mit dem Blut hätten wir. Ich bringe Sie jetzt schnell ins Behandlungszimmer, und in einer Stunde haben Sie dann alles hinter sich.«

Im Raum, der kalt und kahl wirkt, soll sie sich unten herum ausziehen und auf den Stuhl legen. Ihre

Handgelenke werden in den Armschalen links und rechts fixiert.

»Geht dann schneller«, murmelt die Schwester.

»Mund auf«, sagt sie dann, »und Zunge nach oben, das Valium muss darunter zergehen. In etwa 20 Minuten wird der Arzt kommen. Zur Unterhaltung stelle ich Ihnen noch ein bisschen Musik an.«

Eilig verlässt die Schwester das Zimmer und die junge Frau ist allein. Zittert vor Kälte.

Gegenüber an der Tür hängt ein bodenlanger Spiegel. Sie kann sich darin sehen. Schnell wendet sie den Blick ab. Tränen rinnen über ihre Wangen.

Aus einem Lautsprecher an der Wand ertönen jetzt deutsche Schnulzen. ›Schatzilein, du sollst nicht traurig sein‹.

Sie würde gern aufstehen und in einem tiefen Bodenloch verschwinden. Einfach für immer verschwinden. Doch sie kann sich nicht bewegen, ist starr wegen der festgebundenen Arme, aber auch vor Kälte und Angst. Sie wünscht sich, das Valium möge endlich Wirkung zeigen.

Die Tür fliegt auf, ein junger Mann in offenem, wehendem Arztkittel stürmt herein. Die Schwester, mit der sie bereits zu tun hatte, folgt ihm auf dem Fuß.

Der Mann fragt die Patientin, ohne sie anzusehen:

»Wie geht's? Dann wollen wir gleich mal beginnen.«

Eine Antwort wartet er nicht ab, ergreift eines der parat liegenden Instrumente, setzt sich auf den Hocker und macht sich zwischen ihren Beinen zu schaffen.

»Aber das Valium, es hat doch noch gar nicht

gewirkt!«, will sie rufen, doch ihre Worte gehen unter in Geräuschen, die sie zunächst an das Kratzen ihres großen Katers an der Tür, wenig später an einen Staubsauger erinnern.

Dann kommt der Schmerz. So entsetzlich, so bestialisch, als würde sich ein scharfes Messer in ihren Unterleib bohren.

Verzweifelt bäumt sie sich immer wieder auf, versucht, im Stuhl hochzurutschen, um dem entsetzlichen Zugriff ihres Peinigers zu entkommen.

Die Schwester drückt sie hinunter auf den Stuhl, hält sie fest wie mit Eisenklammern.

Dann kann sie die Schmerzen nicht mehr ertragen und schreit los. Schreit, bis sie einen Lappen zwischen die Zähne gesteckt bekommt wie einen Knebel und das Gefühl hat, gleich ersticken zu müssen.

Die Schwester schaut sie prüfend an: »Geht's jetzt? Kann ich loslassen?«

Die junge Frau nickt, rollt angstvoll mit den Augen. Der Schweiß läuft ihr in Strömen übers Gesicht.

Der Arzt murmelt: »Bin gleich fertig, gleich ist es für Sie vorüber!«

Sie will sich etwas entspannen. Plötzlich beginnt ihr Bauch sich aufzublähen. Die Schmerzen, die jetzt jede Faser ihres Körpers zu erfassen scheinen, sind unbeschreiblich.

Die junge Frau schreit auf, dass es weithin zu hören sein muss. Ruft nach ihrer Mutter, die schon seit vielen Jahren tot ist, wimmert, betet. Verliert schließlich beinahe das Bewusstsein.

Nach einer ihr endlos erscheinenden Zeit lassen

die qualvollen Schmerzen nach, ihr Bauch findet allmählich wieder zur Normalgröße zurück.

»Sie können jetzt aufstehen und sich wieder anziehen«, sagt die Schwester.

Der Arzt hat das Zimmer bereits verlassen. Er hat sie nicht begrüßt, sich ihr nicht vorgestellt, sich nicht von ihr verabschiedet.

»Wie bitte?«, fragt sie benommen. »Was haben Sie gesagt?«

»Ich habe gefragt, ob Sie sich noch eine Weile hinlegen möchten oder lieber ins Wartezimmer zurückwollen?«

Die junge Frau versucht, einen klaren Gedanken zu fassen, entscheidet sich für das Wartezimmer. Dort wartet ein Freund, der sie begleitet hat. Niemand anderen hätte sie bitten können, mit ihr zu kommen.

Auf Beinen wie aus Wackelpudding wankt sie zurück. Verläuft sich immer wieder, muss zwischendurch pausieren, bricht vor Schwäche auf dem Flur fast zusammen.

Irgendeine Besucherin hat schließlich Mitleid, stützt sie und bringt sie zurück ins Wartezimmer.

Die Zeit heilt alle Wunden? Nein, das vermag sie nicht. Sie kann manchmal dafür sorgen, dass das vernarbte Gewebe nicht ganz so heftig schmerzt. Sie kann erreichen, dass wir für eine kurze Zeit eine Art Betäubung oder Narkose erfahren, das ist aber auch alles. Und selbst in diesem entspannteren Zustand ist das Erlebte nicht gänzlich ausgeschaltet, sondern schleicht beharrlich durch den Nebel der Erinnerungen.

1

›Münchner Morgen‹

SCHMUCK- UND DIAMANTEN-RAUB IN ALLERLETZTER MINUTE VERHINDERT!

›Überaus mutiger Fahrgast stellte fliehenden Dieb und verhinderte, dass der mit einer Beute im Wert von mehreren Millionen Euro entkommen konnte.

Der Juwelier, der im Intercity Hamburg-München von einem Dieb erst brutal zusammengeschlagen und dann gefesselt worden war, befindet sich inzwischen auf dem Weg der Besserung.

Den Mitreisenden, der beherzt die Verfolgung des aus dem Zug geflohenen Diebes aufgenommen hatte, erwartet eine attraktive Belohnung!

Der mutige Fahrgast war der Privatdetektiv Julian Frey, 36, der mit seiner Lebensgefährtin Katharina Fröhlich, 34, (beide ehemalige Kriminalhauptkommissare) im Zug zu einer Tagung nach München unterwegs war, als es plötzlich während der Fahrt erst zu dem Überfall und dann zu einer turbulenten Verfolgungsjagd kam.

Julian Frey und Katharina Fröhlich führen gemeinsam die angesehene Detektei Fröhlich & Frey in Münster/Westfalen. Zusätzlich beraten sie Firmen und Geschäfte, wie sie ihre Gebäude und Anlagen möglichst einbruchsicher ausrüsten können.

Frey war früher beim Raub- und Einbruchsdezernat, Fröhlich in der Abteilung für Wirtschaftskriminalität.

Im Anschluss an die Tagung haben die beiden vor, einen Kurzurlaub anzuhängen, den sie in der Umgebung von München verbringen wollen.‹

Julian legt die Zeitung zur Seite, lächelt mich verschmitzt an.

»Abgesehen von dieser fantastischen Werbung für uns und unsere Detektei, auch abgesehen davon, dass sich die Berichterstattung in einigen Punkten nicht ganz an die Fakten gehalten hat – wie fandest du mich?«

Inzwischen halten wir uns in einer kleinen, gemütlichen Ferienanlage am Ammersee auf und genießen auf unserer Terrasse mit Seeblick die Morgensonne und ein fürstliches Frühstück.

Die Geschehnisse des letzten Tages kann ich immer noch nicht fassen. Es ging alles so schnell im Zug.

Diese blutüberströmte Menschenattrappe auf der Toilette, auf die wir alle hereingefallen waren, und die wirklich nur zur Ablenkung der Mitreisenden dienen sollte. Ein Komplize des Täters hatte sie dort unbemerkt vor Abfahrt des Zuges deponiert. Dann die wilde Verfolgungsjagd, die der Dieb und ich uns im Zug lieferten. Und plötzlich wurde die Notbremse gezogen.

Infolge dieses abrupten Bremsvorgangs wurde ich mit dem Kopf voran und mit voller Wucht gegen einen metallenen Türgriff geschleudert.

Und schließlich Julian, den ich noch in Münster glaubte und der wegen beruflicher Verpflichtungen eigentlich erst am nächsten Tag nachkommen wollte. Der aber urplötzlich auf der Bildfläche erschienen war, den Dieb samt Beute fest im Griff. Ein Moment, den ich zu gern fotografisch festgehalten hätte!

Der Zweck meiner Münchner Reise war ein Vortrag über neueste Entwicklungen bei Alarmanlagen und anderen Sicherheitssystemen. Leider habe ich das Referat absagen müssen. Trotz der vielen Eisbeutel, die mir Julian besorgt hatte, war das Wachsen einer gehörigen Beule auf meiner Stirn nicht mehr aufzuhalten gewesen. Schlimmer noch als das zugegeben wenig dekorative Horn aber waren die Kopfschmerzen, die mich anschließend plagten.

Ohne Julians bravourösen Einsatz wäre es ein höchst ärgerlicher Verdienstausfall gewesen. So aber, angesichts der Belohnung, ließ sich dieser Verlust natürlich gut verschmerzen.

»Du warst großartig«, gebe ich neidlos zu. »Und wie meistens zur rechten Zeit an der richtigen Stelle!«

»Wenn mein Kunde nicht umdisponiert hätte«, wendet er ein, »und hätte ich nicht im letzten Moment noch den Zug in –«

Ich küsse ihn schnell und er ist still. »Sei nicht so bescheiden. Du warst da, das allein zählt. Mich würde aber schon interessieren, so ganz am Rande, wie hast du das mit dem fantastischen Zeitungsbericht gedeichselt? Das letzte Mal, als wir eine Anzeige dieser Größe in der Zeitung hatten, erhielten wir anschließend eine Rechnung über etliche Tausend Euro!«

Julian tut so, als verstünde er mich nicht.

»Gedeichselt? Ach so, jetzt weiß ich, was du meinst. Also, da war dieses blutjunge, bildhübsche Geschöpf, diese wissensdurstige Reporterin mit den wunderschönen –«

»Das reicht, um mir eine Vorstellung machen zu können«, unterbreche ich ihn schmunzelnd.

»Wie geht es deinem Kopf jetzt?« Besorgt schaut er mich an.

»Abgesehen von der Beule bin ich fast wieder wie neu.«

Ich lache und ziehe ihn an mich. Er fragt: »Was meinst du, haben wir uns nicht trotzdem noch etwas Bettruhe verdient, nach all den Strapazen?«

»Dreh dich nicht um!«, flüstere ich. Wenn ich das richtig sehe, haben wir sehr neugierige Nachbarn. Das Fenster ist schon geöffnet und die Gardine bewegt sich unaufhörlich. Wollen wir für sie ein bisschen Theater spielen?«

Julian grinst und nickt zustimmend.

Laut und scheinbar entsetzt rufe ich: »Du wirst doch nicht schon wieder Gelüste haben?«

»Also bitte, was heißt denn hier schon wieder?«

Julian tut ein wenig beleidigt, geht auf mein Spielchen ein.

»Das letzte Mal liegt nun schon über drei Tage zurück!«

»Nein!«, rufe ich und schlage in gespieltem Entsetzen die Hände über dem Kopf zusammen. »Das kann doch nicht wahr sein. Schon wieder drei Tage ohne Sex, da müssen wir schnellstens Abhilfe schaffen!«

Bevor ich mich auf seinen Schoß setze, ihm zugewandt, ziehe ich noch schnell den aufgespannten Sonnenschirm nah zu uns heran.

Aus dem Augenwinkel heraus nehme ich wahr, wie sich die Gardine nebenan teilt. Die Köpfe eines älteren, weißhaarigen Paares tauchen hintereinander auf, und ich höre den alten Herrn wispern: »Bist du sicher, dass das die beiden aus der Zeitung sind?«

»Sicher sind sie das! Schau dir doch bloß mal die schlanke, durchtrainierte Figur des jungen Mannes an!«

Ein ausgezeichnetes Gehör ist wichtig in unserem Geschäft.

Langsam, sichtlich voller Genuss und Vorfreude knöpfe ich Julians Hemd auf.

»Katinka, was hast du jetzt mit dem jungen, gut durchtrainierten Typen vor?«, raunt er und lächelt unverschämt verführerisch. »Du möchtest doch hoffentlich nicht, dass ich hier und jetzt einen Striptease hinlege?«

»Warum eigentlich nicht? Wir sollten den beiden Alten auch etwas gönnen! Kommst du an den Sonnenschirm?«, frage ich leise. »Du knöpfst gleich meine Bluse auf. Bevor du aber unten beim letzten Knopf ankommst, musst du den Schirm blitzschnell knicken! Ich möchte nämlich nicht, dass dem alten Herrn wegen meines barbusigen Anblicks etwas zustößt. Er lehnt sich bereits so weit aus dem Fenster, dass ich mir ernsthaft Sorgen um sein Gleichgewicht mache.«

Julian ist schon ganz rot im Gesicht, unterdrückt das Lachen nur unter Aufbietung aller Kräfte.

»In Ordnung, Süße, lass uns anfangen!«

Er nimmt sich nicht die Zeit, meine Seidenbluse aufzuknöpfen. Seine Hände fahren unter dieses lästige Oberteil und streifen es mir flugs über den Kopf. Gut, dass ich mir vor der Reise noch diesen hinreißenden, wenn auch sündhaft teuren BH geleistet habe. Das Modell trägt den verheißungsvollen Namen ›Fleurs de Pommier‹.

Begehrlich fährt Julian mit einem Finger am Spitzenbesatz des Dessous entlang und zieht entschlossen einen Träger herunter. Derweil bemühe ich mich ungeduldig, die Schließe seines Jeans-Gürtels zu öffnen, weil der Hosenstoff allmählich sichtbar spannt.

Wir kommen nicht mehr dazu, den Sonnenschirm zum Schutz gegen die neugierigen Blicke der Nachbarn einzusetzen, sondern flüchten wenige Augenblicke später kichernd in unsere Ferienwohnung. Welch herbe Enttäuschung für die Zuschauer!

Die Melodie von ›We are the champions‹ ertönt und weckt uns. Es ist Julians Handy. Behaglich räkelt er sich im Bett und wirft dabei einen kurzen Blick auf seine Armbanduhr.

»Grundgütiger, fast schon Mittag!«

Sein blonder Haarschopf ist zerzaust, was ihm ausgesprochen gut steht, ihn noch jünger erscheinen lässt. Dennoch müsste ich bei nächster Gelegenheit mal wieder Hand anlegen und seine Haare etwas stutzen und in Form bringen. Seit ein Friseur es geschafft hatte, Julian, wie dieser es auszudrücken pflegt, auf dem Kopf regelrecht zu verstümmeln, lässt er sich nur noch von mir die Haare schneiden. Eine große Ehre einerseits, eine schwere Verantwortung andererseits. Ich hoffe sehr, ich kann ihn eines Tages wieder dazu bringen, Vertrauen zu einem Experten zu fassen. Den Haarschnitt damals fand ich gar nicht so grässlich, zumindest nicht so schlimm, dass es Julians extreme Reaktion gerechtfertigt hätte. Er war nur eben einfallslos und vor allem viel zu kurz ausgefallen. Etwas, das Julian absolut nicht ausstehen kann. Vermutlich ein Kindheitstrauma.

Jetzt angelt er nach Boxershorts und Jeans, die zusammen mit weiteren Kleidungsstücken verstreut auf dem Boden vor dem Bett liegen, zieht das Handy aus der Hosentasche und wirft einen Blick aufs Display.

»Es ist Claudia. Was meinst du, soll ich rangehen?«

»Ich kann mir gar nicht vorstellen, dass sie uns anrufen würde, wenn es um etwas völlig Belangloses ginge«, antworte ich. »Nimm das Gespräch lieber an.«

Julian meldet sich: »Hallo, Claudia«, und lauscht dann konzentriert mit geschlossenen Augen.

Die beiden kennen sich schon seit Studienzeiten, haben sich durch gemeinsame Bekannte immer wieder getroffen und sich schließlich angefreundet. Claudia ist Kinderärztin geworden, arbeitet überwiegend halbtags in einer Gemeinschaftspraxis. Ihr Mann Helge ist Anwalt und Notar. Anwalt mit zahlreichen, meist eigenartigen Nebengeschäften. Schon seit geraumer Zeit gibt es zunehmend Gerüchte, die besagen, es ginge bei seinen Geschäften immer weniger mit rechten Dingen zu. Außerdem scheint er seine Finger überall dort mit im Spiel zu haben, wo es für ihn von finanziellem Nutzen sein könnte.

Mit Claudia komme ich gut klar, aber mit Helge gerate ich regelmäßig in Streit, wenn wir uns treffen. Für mich ist er einer von diesen gerissenen und gewissenlosen Rechtsverdrehern, denen man einfach alles zutraut. Sogar die Zusammenarbeit mit der Mafia.

Julian unterbricht Claudia nur wenige Male, um kurze, knappe Fragen zu stellen. Im Laufe des Gesprächs klingt ihre Stimme immer aufgebrachter.

»Mach dir nicht so viele Sorgen, Claudia, solange wir nichts Genaues wissen«, versucht er sie zu beruhigen.

Sie spricht jetzt so laut, dass ich aus einem Meter Entfernung problemlos mithören kann. Immer wieder bricht sie ab, schluchzt.

Während ich ins Bad gehe, höre ich Julian noch sagen: »Claudia ... beruhige dich doch. Claudia, hör mir zu! Sicher helfen wir dir, keine Frage. Ich bespreche das mit Kathrin und sage dir dann sofort Bescheid.«

Wenig später klopft er leise an die Tür.

»Katinka?«

»Es ist offen, du kannst reinkommen!«, rufe ich. »Was ist passiert?«

Seine Haltung, wie er im Türrahmen lehnt, und die leicht schuldbewusste Mine verraten mir, dass unser Kurzurlaub wohl früher als geplant seinem Ende entgegengeht. Außerdem nennt er mich nur in ganz besonderen Fällen ›Katinka‹, zum Beispiel, wenn er mich um etwas bitten möchte. Ein solcher Fall scheint wohl gerade eingetreten zu sein.

»Helge ist offensichtlich vor zwei oder drei Tagen entführt worden. Und nun sieht es so aus, als schickten die Entführer ihn seiner Frau portionsweise zurück. Heute kam ein Teil eines Fingers mit der Post. Er stammt von Helges Ringfinger. Claudia hat ihn an einer kleinen Narbe erkannt. Sie ist ziemlich fertig mit den Nerven.«

Ich bin entsetzt. »Gibt es ein Schreiben dazu?«

Julian nickt. »Allerdings nur mit drei Sätzen: ›Wir haben Ihren Mann in unserer Gewalt. Wenn Sie die Polizei einschalten, verlängert das nur unnötig das Leiden Ihres Mannes. Weitere Anweisungen folgen!‹

Claudia hat erzählt, Helge sei in den vergangenen Wochen schon mehrfach bedroht worden. Telefonisch, aber auch per Brief. Alles anonym natürlich.«

»Früher oder später musste das ja passieren.« Eine leichte Häme in meiner Stimme ist unüberhörbar. »Bei seinen zahlreichen dubiosen Geschäften! Ich vermute, Claudia hat keine Ahnung, worum es gehen könnte?«

»Sie sagt, über seine Arbeit hätten sie schon lange nicht mehr miteinander gesprochen. Ich nehme an, er wollte sie nicht in etwas hineinziehen. Ist es in Ordnung für dich, wenn wir heute noch zurückfliegen?«

»Natürlich«, antworte ich, »Claudia braucht jetzt Unterstützung und gute Freunde.«

»Sie wird uns bitten, den Fall zu übernehmen«, sagt Julian. »Sie hat so etwas angedeutet.«

Ich bin überrascht und skeptisch. »Wir? Meinst du wirklich, wir können in einem solchen Fall die Polizei außen vor lassen? Ist es nicht viel zu riskant und gefährlich, allein zu ermitteln?«

»Wir hören uns erst mal alles ganz genau an, wenn wir bei Claudia sind«, schlägt Julian vor, »und entscheiden dann gemeinsam.«

Damit bin ich einverstanden. Eins interessiert mich aber noch.

»Für den Fall, dass wir in Claudias Auftrag ermitteln, betrachtest du das dann als einen reinen Freundschaftsdienst?«

Julian schaut mich beschwörend an. »Aber Kathrin, ich kann doch von Claudia kein Geld verlangen! Sie ist doch eine Freundin!«

»Schon«, sage ich gedehnt, »aber Bier ist Bier und Schnaps ist Schnaps. Und private Ermittlungen sind doch nun mal unsere Arbeit, und wir leben davon. Außerdem trifft es ja keine ganz armen Leute.«

»Hm«, brummt Julian und ich sehe ihm förmlich an, wie sehr es ihm gegen den Strich gehen würde, von Claudia Geld für unsere Hilfe anzunehmen. »Aber nur, wenn sie es ausdrücklich anbietet.«

»Na gut, einverstanden. Ich wollte dich lediglich daran erinnern, ich bin nicht Mutter Theresa und du nicht der Heilige Nikolaus. Auch wenn es vielleicht manchmal bei flüchtiger Betrachtung den Anschein haben mag. Außerdem bin ich, nicht zuletzt auf deinen ausdrücklichen Wunsch hin, der Kassenwart. Wegen deines mitfühlenden Wesens und deiner spendablen Art, die ich durchaus auch zu schätzen weiß. Nicht, dass du mich missverstehst.«

Julian grinst verlegen. »Wer gibt, dem wird gegeben«, verkündet er in einem Ton, als spräche er soeben von einer Kirchenkanzel herunter. »Außerdem haben wir doch gerade diese fantastische Belohnung für unseren besonderen Einsatz im Zug bekommen. Ich dachte, dafür könnten wir auch wieder etwas abgeben.«

»Das ist sehr weise«, gebe ich zu, »und auch edel von dir gedacht. So sei es denn!«

Während ich nach dem Telefonhörer greife, um mich nach einem Flug für heute Abend nach Hause zu erkundigen, verschwindet Julian lachend in Richtung Küche, wo er wenig später laut zu rumoren beginnt. Er wird einen fantastischen Salat für uns zaubern. Einen unserer Lieblingssalate, der aber schnell zubereitet ist. Und niemand macht ihn so gut wie Julian! Die Zutaten hat er gestern Abend noch schnell im nächstgelegenen Ort besorgt.

»Unser Flieger steigt 18.15 Uhr«, informiere ich ihn wenig später, »das bedeutet leider, wir haben nicht mehr viel Zeit. Es wäre schön, wenn wir nach dem Essen wenigstens noch einen kleinen Spaziergang am See machen könnten. Wir reisen sonst wieder ab, ohne überhaupt etwas von der Umgebung gesehen zu haben.«

»Sei nicht traurig, Katinka, mir tut es ja auch leid.« Julian nimmt mich in den Arm, während er mit der freien Hand das Dressing mit einem Schneebesen leicht verschlägt.

»Wir holen unseren Urlaub nach, ganz bestimmt. Und dann wird uns niemand stören, das verspreche ich dir.«

»Ist schon in Ordnung.« Seufzend stibitze ich mir mit den Fingern ein paar Gurkenscheiben aus der großen Salatschüssel. »Wären wir in Not, würden wir uns schließlich auch über die Hilfe und Unterstützung unserer Freunde freuen. Und nun lass uns essen, ich habe einen Bärenhunger!«

»Schmeckt ja wie zu Hause. Wie hast du denn das hinbekommen?«, frage ich nach einigen Bissen begeistert.

»In dem kleinen Geschäft hatten sie zufällig unser Olivenöl, das ›Períptero‹. Ich habe eine Miniflasche mitgebracht.«

SALAT JULIAN *MIT KNUSPRIGEM BAGUETTE*

Salat-Zutaten:

1 kleiner Eisbergsalat
250 g Cherry-Tomaten
1 Bund Radieschen
1 Packung frische Kresse
1 Salatgurke
1 Packung (200 g) milden Feta-Käse

Dressing-Zutaten:

3 EL Aceto Balsamico (rosso rundet den Geschmack intensiver ab, bianco ist leichter, milder. Ausprobieren!)
6 El eines guten Olivenöls
1 TL (gestr.) Kräutersalz
1 schwach gehäufter TL Zucker
Pfeffer aus der Mühle, nach Geschmack

1 TL mittelscharfer Senf
1 Messerspitze getrocknete Kräuter der Provence
1 Packung tief gefrorene Salatkräuter
Bei Bedarf frisch gepressten Knoblauch verwenden

Zubereitung: Alle Dressing-Zutaten mit dem Schneebesen zu einer sämigen Sauce verschlagen. Gewürfelten Feta-Käse in das Dressing geben, damit er durchzieht. Eisberg-Salatblätter waschen, gut abtropfen lassen und nur die zarten Teile der Blätter mundgerecht teilen. Tomaten waschen und halbieren oder vierteln. Salatgurke schälen und in feine Scheiben schneiden. Die grünen Blätter der Kresse mit einer Schere abschneiden. Alle Salat-Zutaten in eine große Schüssel füllen, Dressing mit Käse darüber geben, gut vermengen und sofort servieren.

Schmeckt herrlich mit warmem Baguette.

Guten Appetit!

»Kathrin«, ruft Julian nach dem Essen aus dem Wohnzimmer, während ich in der kleinen Küche schnell den Abwasch erledige, »hast du eine Ahnung, wo die Tüte mit den Minischokoriegeln hingeraten ist, die ich gestern Abend unter anderem mitgebracht hatte? Ich habe schon fast die ganze Ferienwohnung auf den Kopf gestellt!«

»Vielleicht hast du wieder geschlafwandelt und die Packung ist dir dabei in die Hände gefallen«, schlage ich vor und stecke meinen Kopf durch die halb geöffnete Küchentür, um seine Reaktion zu beobachten.

Er unterbricht seine Suche, hat gerade die dicken, schweren Sofakissen hochgehoben, um darunter und dahinter nachzusehen. Entgeistert starrt er mich an.

»War ein Scherz«, sage ich und habe dabei ein rabenschwarzes Gewissen. »Warum hast du mich nicht sofort gefragt? Ich weiß nämlich, wo die Tüte, beziehungsweise ihr Inhalt, abgeblieben ist.«

»Lass mich raten«, er grinst breit. »Da du ziemlich schuldbewusst dreinschaust, nehme ich an, der Inhalt ruht hier?«

Er steht inzwischen ganz nah vor mir. Nicht ein Blatt Papier passt mehr dazwischen. Seine Hände streichen über meinen Bauch und die Hüften.

»Sieht man es schon?«, frage ich kleinlaut.

Er schüttelt den Kopf. »Höchstens zweiter Monat.«

Um in der uns verbleibenden kurzen Zeit mehr von der Landschaft sehen zu können, haben wir uns kurzerhand Räder ausgeliehen.

Während wir gemächlich in die Pedale treten, vermeiden wir ganz bewusst, über Berufliches zu reden, genießen die letzten Stunden, die wir in dieser schönen Atmosphäre noch verbringen können.

Die Wasseroberfläche des Ammersees glitzert auf ganz besondere, fast geheimnisvolle Weise in einem milden Licht, wirkt beinahe silbern. Die Sonne und große Teile des Himmels sind mit zarten Schleierwolken verhangen.

Es ist Anfang Mai, und während die Frühlingsboten sich im Münsterland nach dem nassen, kalten Winter noch nicht blicken lassen, leuchten hier sämtliche Büsche und Bäume in zartem Lichtgrün, das es nur in dieser wundervollen Jahreszeit gibt.

Die bunten Tupfer der Frühlingsblüher auf den Wiesen und in den Gärten der zahlreichen alten Villen wirken, als habe ein Maler sie soeben mit leichter Hand nach Lust und Laune gesetzt.

Ich mache Tulpen, Narzissen und Vergissmeinnicht aus, Rhododendren, Goldregen und Clematis. Alles scheint sich wie in einem Wettstreit überblühen zu wollen.

Aus einem der Gärten dringt der intensive Duft von Maiglöckchen zu uns herüber.

In der frisch gestrichenen, weißen Villa nebenan hat heute ein Café mit Gartenbetrieb und Blick auf den See neu eröffnet. Unübersehbar weist ein großes Schild darauf hin. Zur Feier des Tages gibt es kostenlosen Kaffeeausschank. Das kleine, mit Spitzengardinchen und altem Mobiliar nostalgisch eingerichtete Café wirkt urgemütlich. Ein appetitanregender Kuchen- und Kaffeeduft erfüllt die Luft.

»Ich fürchte, wir haben keine Zeit mehr«, stelle ich bedauernd fest, als Julian sein Tempo deutlich verlangsamt und ich seinen sehnsüchtigen Blick beobachte. Kaffee und Kuchen kann er selten widerstehen. Außerdem habe ich ihn ja um seine Schokoriegel gebracht.

Er schaut kurz auf seine Uhr. »Stimmt, das wird zeitlich zu knapp. Aber wir könnten uns wenigstens zwei Stückchen Torte mitnehmen. Was meinst du?«

»Na klar! Ich bin zwar noch satt, aber ein bisschen was Süßes schaffe ich noch. Such du für mich was aus. Am besten etwas mit Obst. Ich warte draußen und behalte die Räder im Auge.«

»Dass du noch satt bist, kann ich mir lebhaft vorstellen. Wäre ich auch nach so einer Schachtel …«

Ähnliches werde ich mir in nächster Zeit wohl noch etliche Male anhören müssen.

Kurze Zeit später ist er mit einem Kuchentablett von den Ausmaßen einer Trabbi-Kühlerhaube wieder zurück.

»Oh nein! Du hast also wieder mal den gesamten Bestand aufgekauft«, stelle ich schmunzelnd fest.

»Ich hab den Kuchen probieren dürfen, er schmeckt einfach fantastisch. Du wirst mir zustimmen. Vor allem der Erdbeerstrudel ist eine Sünde wert. So etwas Gutes habe ich schon lange nicht mehr gegessen. Er ist eine Spezialität des Cafés!«

»Und was wir nicht aufessen können«, schlage ich vor, »geben wir nach gegenüber zu den beiden Alten. Du weißt ja, in dieser Phase des Lebens nimmt man Süßigkeiten gern anstatt …«

»Du bist aber ganz schön gehässig.« Julian kann sich ein Grinsen nicht verkneifen.

Wir kehren um. Die Luft ist so klar, dass wir mühelos das Wettersteingebirge mit der Zugspitze erkennen können. Diese großartige Aussicht weist eindeutig auf Fönwetter hin.

»Ein herrliches Fleckchen Erde«, schwärme ich. »Wirklich zu schade, dass wir schon so schnell wieder abreisen müssen. Aber wir sollten unbedingt wieder herkommen. Was meinst du?«

Julian stimmt mir zu. »Auf jeden Fall! Wir werden es für das nächste Frühjahr vormerken, dann aber einen längeren Zeitraum einplanen. Wenn es uns im nächsten Jahr noch genauso gut gefällt, könnten wir darüber nachdenken, uns hier in ein oder zwei Jahren vielleicht eine kleines Urlaubsdomizil zu kaufen. Hari und Krishna würden begeistert sein.«

Die beiden sind unsere wahrhaft originellen Haustiere, ein Graupapageiweibchen und ein Karthäuserkater, die wir zurzeit zu Nachbarn in Pflege gegeben haben.

»Oh ja, das wäre natürlich wunderbar!« Diese Aussicht begeistert mich. Sie macht es mir wesentlich leichter, Abschied zu nehmen.

2

Nach der Landung auf dem Flughafen Münster-Osnabrück nehmen wir ein Taxi und lassen uns zum Hauptbahnhof Münster bringen. Dort in der Nähe, bei Bekannten, hatte Julian wenige Tage zuvor auf die Schnelle unseren Wagen parken dürfen. Da sie gerade nicht zu Hause sind, schreibt er ihnen eine kurze Nachricht und wirft sie in den Briefkasten.

Unmittelbar danach geht es weiter über die Hafen- und Moltkestraße, in südwestlicher Richtung stadtauswärts zum Aasee, in die Levin-Schücking-Allee, die etliche Hundert Meter direkt entlang des Ufers verläuft. Ein enorm beliebtes Ausflugsziel, das auch wir gern nutzen, wenn wir keine Zeit für längere Touren haben. Segelschule, Allwetterzoo, Pferdemuseum, Planetarium und Mühlenhof-Freilichtmuseum bieten eine Menge Abwechslung. Darüber hinaus erfuhr der Aasee vor wenigen Jahren viel zusätzliches Interesse, als sich das schwarze Schwanenweibchen Petra auf dem See niederließ. Es erblickte ein weißes Tretboot von der Form eines Schwans, verliebte sich spontan und schwamm dem Boot viele Monate in treuer Anhänglichkeit hinterher.

Wir sehen Claudia bereits von Weitem. Unruhig läuft sie vor ihrem Haus auf dem Bürgersteig hin und her. Wahrscheinlich hat sie es drinnen nicht mehr ausgehalten.

Trotz ihrer imposanten Größe ist die weiße, von Grund auf sanierte Jugendstil-Villa mit ihren kunstvollen Stuckarbeiten und Verzierungen ein sehr einladend und gemütlich wirkendes Haus. In der großzügigen, gepflegten Gartenanlage gibt es noch uralte Bäume. Das ist selten heutzutage, der Trend geht leider zum Abholzen und Verheizen dieser herrlichen Zeugen lang vergangener Tage. Ob den Menschen, die jetzt so leichtfertig mit unseren Holzbeständen umgehen, wohl klar ist, wie lange eine Buche, Kastanie, Eiche, Linde oder Kiefer braucht, um es auf solch eine ansehnliche Größe zu bringen? Viele von uns werden es schon nicht mehr erleben.

Claudia winkt erleichtert, als Julian mit quietschenden Reifen anhält.

»Angeber, elendiger!«, tadle ich ihn, bevor wir aussteigen.

»Ich weiß.« Mir zuliebe tut er zerknirscht. »Du kennst mich ja, manchmal kommt es einfach so über mich. Dabei ist die Domestikation bei mir doch bisher relativ erfolgreich verlaufen!«

»Eben, du sagst es: relativ«, frotzle ich. »Wir sprechen uns diesbezüglich noch.«

»Ich bin unendlich froh, dass ihr so schnell kommen konntet!«

Claudia sieht mitgenommen aus. Ihre schwer zu bändigende lange, fast schwarze Lockenpracht umrahmt ihren Kopf wie eine Löwenmähne. Verquollene, rot geweinte Augen zeugen davon, dass sie diese seit zwei oder drei Tagen und ebenso vielen Nächten nicht mehr zugemacht hat.

Die schwarze Hose ist zerknittert, ein Paar ausgetretene Leinenschuhe und das nicht mehr ganz weiße Polohemd haben auch schon frischere Zeiten gesehen. Claudia scheint es zurzeit egal zu sein, wie sie aussieht.

Mich rührt ihr jammervoller Anblick, und nachdem Julian sie umarmt hat, drücke auch ich Claudia für einen kurzen Moment fest an mich.

Wie es mir wohl gehen würde, hätte man Julian entführt? Schnell schüttle ich diesen schrecklichen Gedanken ab. Wir sind hier, um Claudia zu helfen!

»Kommt rein«, bittet sie uns. »Ich habe gerade frischen Kaffee gemacht. Ihr trinkt doch sicher eine Tasse mit?«

»Gern«, wir nicken zustimmend. So schnell werden wir wohl heute nicht ins Bett kommen.

Entführerschreiben und das halb in Alufolie eingeschlagene Fingerglied dekorieren auf unschöne Weise Helges polierten Nussbaum-Schreibtisch. Ein aufwändig geschnitztes und ansonsten penibel aufgeräumtes, antikes Prachtstück aus der Jugendstilzeit. Es steht als Blickfang vor einem der großen Terrassenfenster.

Ich frage mich, was sich Claudia dabei gedacht haben könnte, die beiden Objekte ausgerechnet dort zu platzieren.

Daneben fällt mir ein gerahmtes Foto ins Auge; es zeigt Helge in stolzer Pose auf einer etwas protzigen, aber durchaus rassigen BMW GS, einem geländetauglichen Motorrad.

Auch Julians Blick wandert zum Schreibtisch.

»Den Brief habe ich sofort in eine Klarsichthülle

gesteckt, als ich merkte, worum es geht«, erklärt Claudia.

»Sehr gut«, lobt Julian.

Er zieht Einmalhandschuhe aus seiner Tasche, streift sie sich über und spreizt dann mit spitzen Fingern die Alufolie auseinander.

Das abgehackte, kleine menschliche Körperteil – bleich, runzelig, tot – sieht in höchstem Maße widerlich aus!

Ich bekomme Gänsehaut, gleichzeitig läuft mir ein eiskalter Schauer über den Rücken.

»Und du bist ganz sicher, dass dieses Fingerglied von Helge stammt?«, fragt Julian.

»Ziemlich sicher. Du kennst doch auch die kleine Narbe an seinem Ringfinger. Die hat er sich vor ein paar Jahren zugezogen, als er mit dem Ehering irgendwo hängen geblieben ist.«

Julian nickt. »Ja, ich erinnere mich. Das war an einem defekten Zaun.«

Dann schnüffelt er ein bisschen. »Das Teilchen sollten wir jetzt aber schleunigst kühl lagern. Ihr habt sicher nichts dagegen, wenn ich das übernehme?«

Ich schüttle wortlos den Kopf.

Claudia rollen Tränen über die Wangen. Noch bevor ich ihr ein Tempo reichen kann, zieht sie ein Taschentuch von der Größe eines Baby-Badehandtuchs aus der Hosentasche.

Wäre die Lage nicht so ernst, könnte man das als Clown-Nummer präsentieren. Helges Initialen in entsprechend imposanter Größe darauf sind unübersehbar. Schnell wende ich mich ab, presse die Lippen zusammen, muss für einen Moment mühsam ein Lachen unterdrücken.

»Komm, leg dich hin. Versuche, ein bisschen zu entspannen. Du bist ja nun nicht mehr allein.« Sanft, aber energisch drücke ich Claudia in die Kissen auf dem schwarzen Ledersofa, nachdem ich eine der herumliegenden Decken darauf ausgebreitet habe.

Sie lässt es zu. Auch, dass ich ihre Beine hochlege und sie zudecke. Erschöpft schließt sie für einen Augenblick die Augen.

»Danke, das tut gut. Ihr seid so lieb zu mir.«

Julian kommt mit einem Tablett aus der Küche.

Drei von Helges Keramikbechern mit den allseits bekannten Affen-Motiven – nichts sagen, nichts hören, nichts sehen – sind mit dampfendem Kaffee gefüllt. Auf einem Teller hat Julian im Handumdrehen einige Käse- und Wurstschnittchen, Cornichons, grüne Oliven und Cherry-Tomaten arrangiert.

»Langt ordentlich zu, wir müssen bei Kräften bleiben«, ermuntert er uns und greift nach einem Schnittchen mit Käse.

Claudia weigert sich zunächst, isst aber schließlich mit, nachdem wir sie mehrfach aufgefordert haben. Wahrscheinlich damit wir Ruhe geben.

»Und du hast wirklich keinen blassen Schimmer?«, frage ich sie nach dem Essen. »Nicht den allerkleinsten Anhaltspunkt, warum jemand Helge entführt haben sollte?«

Sie schüttelt den Kopf. »Helge hat in letzter Zeit nur noch wenig über seine Arbeit oder Geschäfte gesprochen. Ich gebe zu, irgendwann hat es mich auch nicht mehr besonders interessiert, was er treibt, und ich habe nicht mehr gefragt. Außerdem gibt es in unserer Praxis genügend Problemfälle, sodass ich den Kopf ohnehin voll habe.«

»Und als ihr noch mehr miteinander geredet habt?«, bohre ich hartnäckig weiter.

Claudia überlegt. »Er war schon immer sehr ehrgeizig, hat etliche Beratertätigkeiten in verschiedenen Firmen und sitzt wohl auch in deren Aufsichtsräten. Helge fehlt bei keinem wichtigen Event. Wegen der Kontakte hat er sogar das Golfspielen angefangen.«

Sie verdreht die Augen. »Könnt ihr euch vorstellen, wie ich mich bei den Treffen der sogenannten Golfdamen fühle? Ich halte mich zwar so oft wie möglich raus, aber manchmal muss ich eben in den sauren Apfel beißen und meinen gesellschaftlichen Verpflichtungen nachkommen.«

»Was ist mit den anderen Drohbriefen?«, erkundigt sich Julian. »Du hast erwähnt, Helge sei bereits mehrfach bedroht worden.«

Claudia hebt ratlos die Schultern. »Er hat sie immer gleich vernichtet. Hat gelacht und sie dann sofort in seinem Zimmer in den Aktenvernichter gesteckt. Er wollte damit auf gar keinen Fall zur Polizei gehen, wollte sie noch nicht einmal mir zeigen. Ein einziges Mal nur konnte ich einen kurzen Blick auf eines der Schreiben werfen.«

»Und, was stand darauf?«, frage ich gespannt.

»›Wenn du den Mund aufmachst, bist du so gut wie tot!‹ Der Satz bestand aus einzelnen, völlig unterschiedlichen, farbigen Buchstaben, wie aus einer

Illustrierten ausgeschnitten. Ein typisches Erpresserschreiben eben.«

»Er wird solche Briefe auch in die Kanzlei geschickt bekommen und dort vernichtet haben«, vermutet Julian. »Das bringt uns im Moment aber nicht weiter. Wir müssen abwarten, bis sich der Entführer wieder meldet. Solange wir nicht den kleinsten Hinweis haben, worum es hier überhaupt geht, können wir auch nicht handeln. Ich schlage vor, wir gehen schlafen, das ist das Beste, was wir jetzt tun können. Claudia, wir übernachten gern hier, damit du nicht allein bist. Ist das okay?«

Sie nickt. »Danke, ich bin froh, dass ihr hier seid. Keine Ahnung, was ich ohne euch machen sollte. Ihr wisst ja, wo das Gästezimmer ist. Ach, übrigens –«, es kommt etwas zögerlich, »braucht ihr einen Vorschuss? Ihr helft mir doch und übernehmt diesen Fall?«

Als wir nicht sofort antworten, geht ihr Blick Hilfe suchend zu Julian. »Julian, bitte. Ich bezahle selbstverständlich dafür.«

Ich weiß, dass er sich innerlich windet. Es geht ihm total gegen den Strich, von Freunden Geld für seine Hilfe anzunehmen.

»Ich habe dir versprochen zu helfen und ich halte Wort«, antwortet er schließlich. »Auch wenn ich nicht sicher bin, ob es richtig ist, nicht unverzüglich die Polizei einzuschalten. Aber Geld nehme ich ganz bestimmt nicht von dir.«

Das wundert mich nicht; ich habe ja bereits geahnt, dass er so reagieren würde. Mir bleibt nichts anderes übrig, als mich seinen Worten anzuschließen. »Wir helfen dir, Claudia, und werden alles tun, was in unseren Kräften steht, um Helge aus dieser Situation herauszuholen. Und nun versuche, dich ein bisschen auszuruhen.«

»Es war mir vom letzten Mal her gar nicht so gemütlich in Erinnerung«, stelle ich anerkennend fest, als wir den Raum betreten. Das überwiegend weiße Mobiliar bringt die farbigen Vorhänge, Kissen, Decken und andere Dekoration attraktiv zur Geltung. Eine Reihe großformatig gerahmter Fotografien, die Helges und Claudias Garten während verschiedener Jahreszeiten zeigen, lenkt sofort den Blick auf sich.

»Was wohl daran liegt«, erinnert Julian, »dass du und Helge überaus heftig gestritten habt. Ihr habt euch gefetzt wie die Kesselflicker.«

»Jetzt, wo du es sagst, fällt es mir wie Schuppen von den Augen«, stimme ich schmunzelnd zu. »Das muss ich wohl verdrängt haben. Es ging um seine und meine Moralvorstellungen. Wenn ich mich richtig erinnere, hatte Helge soeben einem Mann zum Freispruch verholfen, obwohl ihm dessen schwere Schuld genau bewusst war. Stand der Mann nicht sogar im Verdacht, eine Prostituierte ermordet zu haben?«

»Genau«, bestätigt Julian. »Er sagte, seine Aufgabe sei es einzig und allein, die Verteidigung dieses Mannes zu übernehmen, und zwar möglichst erfolgreich. Du hast ihm daraufhin ordentlich auf die Füße getreten und ihm ziemlich vehement vorgeworfen, sich damit auf ein und dieselbe Stufe mit diesem Verbrecher zu stellen.«

»Woraufhin er sehr wütend geworden ist und wir kurz davor waren, zu den Waffen zu greifen.«

»Es war bei Tisch, und gegriffen habt ihr zu den spitzen, scharfen Steakmessern, um genau zu sein«, lacht Julian. »Du warst im Begriff, dein Messer als Wurfgeschoss einzusetzen, und wenn ich dich nicht mit aller Kraft zurückgehalten hätte, wäre dir das auch gelungen.«

»Wenn ich dich nicht hätte«, murmele ich, als wir gemeinsam unter der Bettdecke verschwinden.

»Dann wärst du jetzt für sehr lange Zeit im Frauenknast, säßest in einer winzigen Zelle mit einem vergitterten Fenster, und ich müsste in meiner karg bemessenen Freizeit unendlich viele Kuchen backen, mit vielen, vielen kleinen Feilen drin«, stellt Julian fest und ich spüre sein Lächeln.

»Eine grässliche Vorstellung. Aber das würdest du für mich tun?« Ich kuschle mich an ihn. Mein Gesicht ruht in der Beuge zwischen seinem Hals und dem Schultergelenk. Tief atme ich den vertrauten Duft ein. Eine Mischung aus einem besonders gutem Tabak, dabei raucht Julian nur ganz selten und lediglich mal zu besonderen Anlässen eine Pfeife, einer guten Seife und frischen Wiesenkräutern. Noch bei keinem anderen Menschen habe ich einen solch angenehmen Körpergeruch wahrgenommen.

»Du bist mir also nicht böse?«, flüstert Julian in mein Ohr.

»Warum sollte ich dir böse sein?« Natürlich weiß ich, was er meint, höre es aber gern noch einmal.

»Na ja, dass ich von Claudia kein Geld annehmen kann.«

»Ich dachte mir schon, dass du es nicht über dich

bringen würdest. Aber es ist okay. Und ich versteh dich ja auch.«

»Danke.« Er will mich gerade auf den Mund küssen, da wird sein Blick plötzlich von irgendetwas abgelenkt. »Ein Kühlschrank. Sieh mal, Kathrin, dort steht ein Kühlschrank.«

»Das ist doch wohl die Höhe! Der ist dir wichtiger als ich? Also, das ist doch mal wieder typisch. Da zieht der Mann, statt mich zu küssen, doch die Besichtigung eines Kühlschranks vor. Einfach ungeheuerlich! Gut, dass wir nicht verheiratet sind, ich müsste sonst allmählich ernsthaft über eine Scheidung nachdenken«, ereifere ich mich zum Spaß und drehe mich im Liegen vollends nach dem Objekt seiner Begierde um. »Ist mir vorhin gar nicht aufgefallen. Soll wohl ein zusätzlicher Komfort für Gäste sein. Wie überaus aufmerksam.«

Julian ist längst aufgesprungen und inspiziert bereits begeistert das Innenleben des kleinen Gerätes. Es ist ungefähr halb so groß wie ein normaler Kühlschrank und befindet sich, durch eine Art Vorhang weitgehend verborgen, unter einem Wandregal.

»Was is'n drin?«, frage ich und gähne.

»Was das Herz an Flüssigem begehrt, alles da. Mit Alkohol und ohne. Hast du einen speziellen Wunsch?«

»Gibt es Sekt?«

»Aber sicher, kommt sofort!«

Es dauert eine Weile, dann hat Julian auch die Gläser gefunden. Mit leisem Plopp öffnet er für jeden einen Piccolo.

»Gnädige Frau, Ihre Bestellung!« Julian reicht mir

eine gefüllte Sektflöte. »Gut gegen Müdigkeit und auch sonst.«

Mit diesen Worten kriecht er rasch wieder zu mir unter die Decke. Und nun bekomme ich auch endlich den ersehnten Kuss.

»Was hältst du von dieser Entführungssache?«, fragt Julian kurze Zeit darauf. Vor dem ersten Schlückchen Sekt war ich hundemüde, doch jetzt, nach zwei Gläsern, bin ich wieder einigermaßen wach und aufnahmefähig.

Julian hat im Kühlschrank noch Oliven gefunden und die knabbern wir jetzt zum Sekt. Zusammen ein interessanter Geschmack.

»Tja, schwer zu sagen. Irgendetwas irritiert mich an dem Fall, aber ich kann dir beim besten Willen nicht sagen, was es ist«, grüble ich. »Ich denke schon eine Weile darüber nach. Natürlich kann ich mich auch täuschen.«

Inzwischen haben wir die Kopfkissen und ein paar Decken hinter unsere Rücken gestopft, sodass wir bequem im Bett sitzen und unser Arbeitsgespräch fortführen können.

Julian wiegt den Kopf hin und her. »Du irrst dich aber selten«, bemerkt er nachdenklich. »Könnten deine Zweifel in diesem Fall vielleicht damit zusammenhängen, dass du Claudia nicht besonders magst?«

»Wie kommst du denn auf die Idee?«, frage ich erstaunt und weiß im selben Moment, dass es stimmt. Irgendetwas stört mich an dieser Frau. Immer, wenn ich mit ihr zusammentreffe, habe ich das Gefühl, sie ist nicht ganz aufrichtig. Das irritiert mich. Ich gebe mir aber alle Mühe, es nicht zu zeigen. Sicher ist auch ein kleines bisschen Eifersucht mit im Spiel, besonders dann, wenn ich die Vertrautheit zwischen ihr und Julian bemerke.

»Ich meine ja nur, es ist so ein Gefühl. Ich denke, du lässt es dir nicht anmerken und bemühst dich auch, es Claudia nicht spüren zu lassen. Aber, wenn du ganz ehrlich bist, wirklich sympathisch ist sie dir nicht, oder?«

»Kann schon sein, dass du mit deiner Vermutung richtig liegst. Ich kann mich durchaus mit Claudia unterhalten. Es ist auch nicht so, dass ich sie gar nicht mag, aber über einen gewissen Punkt geht es eben nicht hinaus.«

Julian lacht, während er mir zärtlich den Nacken krault.

»Das macht doch nichts, Katinka, das ist überhaupt kein Problem.«

»Bevor wir darüber einschlafen, kurz noch etwas anderes. Es liegt mir schon die ganze Zeit auf der nun doch immer schwerer werdenden Zunge. Und bevor ich anfange zu lallen –«

»Ja?« Julian schaut mich mit großen Augen interessiert an, scheint, im Gegensatz zu mir, kein bisschen müde zu werden.

»Ich weiß nicht, ob du dich erinnern kannst. Vor etlichen Jahren gab es schon einmal einen Entführungsfall in Münster, dabei spielte ein abgeschnittenes Ohr eine Rolle.«

Julian überlegt einen Moment, dann schnippt er mit den Fingern. »Ja klar, ich weiß, was du meinst.

Du spielst auf den bis heute ungeklärten Fall um diesen Rechtsanwalt an?«

Als ich zustimmend nicke, fährt Julian fort: »Dieser Anwalt, der von seinen Entführern, nachdem sie das Lösegeld kassiert hatten, angeblich im Venner Moor versenkt worden sein soll. Dessen Leiche aber, trotz genauer Kennzeichnung der Stelle, nie gefunden werden konnte. Wie war sein Name doch gleich? Und gingen nicht ständig irgendwelche Gerüchte um, er wäre in kriminelle Machenschaften verstrickt gewesen?«

»Ja, den Mann meine ich. Er hieß Kloppenburg, oder Kloppenberg oder Klettenberg? Ja, genau, er hieß Klettenberg, Klemens Adolf Klettenberg. Jetzt fällt mir der Name wieder ein. Er soll seine Finger in allen möglichen, unappetitlichen Geschäften rund um Münsters Rotlichtmilieu gehabt haben, inklusive Frauenhandel aus Osteuropa. In diesen Zusammenhang brachte die Polizei auch den Fall der toten rumänischen Prostituierten, die ziemlich verstümmelt im Aasee schwamm. Jugendliche hatten sie, beziehungsweise, was noch von ihr übrig war, beim Segeln entdeckt.«

Julian klatscht laut mit der Hand auf seinen nackten, muskulösen Oberschenkel. Falls Claudia schon geschlafen haben sollte, ist sie nun bestimmt aufgewacht.

»Jetzt erinnere ich mich wieder ganz genau! Polizei und Staatsanwaltschaft vermuteten, das Motiv für den Mord sei ein Racheakt gewesen. Klettenberg muss wohl jemandem im Milieu arg ins Gehege gekommen sein. Letztlich aber konnte der Fall nie ganz aufgeklärt werden. Und Klettenberg war trotz aller Bemühungen nichts nachzuweisen. Vermutlich ist da von oben eine Menge blockiert und unter den Tisch gekehrt worden. Spielte dann aber auch keine große Rolle mehr, denn Klettenberg war ja tot. Zumindest ist er dann ziemlich rasch für tot erklärt worden. Ich verstehe aber nicht, worauf du hinaus willst?« Fragend schaut er mich an.

»Das will ich dir sagen. Mir ging es mehr um die Sache mit dem abgeschnittenen Ohr. Staatsanwalt und Polizei hatten es damals offensichtlich versäumt, überprüfen zu lassen, ob das Ohr von einer lebenden oder toten Person stammte. Das aber wäre wichtig für die Lösegeldübergabe gewesen. Denn hätte bewiesen werden können, dass das Ohr vom dem bereits toten Klettenberg stammte, hätte man sich das Lösegeld im wahrsten Sinne des Wortes sparen können. Als den Experten ihr Versäumnis einfiel, war es für eine Untersuchung zu spät. Aber selbst wenn nicht, sie hätten ohnehin keine mehr durchführen können, denn das Corpus Delicti war plötzlich aus der Kühlung verschwunden. So konnte nicht einmal mehr der Nachweis erbracht werden, dass das Ohr wirklich von dem Entführten stammte.«

Julian pfeift anerkennend durch die Zähne. »Jetzt verstehe ich. Du meinst, um ganz sicher zu gehen, sollten wir zunächst abklären, ob der Finger von dem lebenden oder vielleicht bereits toten Helge stammt. Denn dass er von Helge stammt, scheint ja wohl schon wegen der Narbe außer Frage zu stehen.«

»Gehen wir mal davon aus. Aber den anderen Verdacht sollten wir unbedingt ausräumen. Wir werden es so anstellen, dass Claudia davon nichts mitbekommt. Es gibt Dinge, die sollte sie besser nicht erfahren. Du bist doch auch der Meinung, dass sie in Kürze eine Lösegeldforderung erhalten wird?«

»Etwas anderes kann ich mir im Zusammenhang mit Helge nicht vorstellen. Überhaupt gibt es in der Geschichte der Entführungen nur sehr wenige Beispiele für andere Forderungen. Das Freipressen von politischen Gefangenen beispielsweise.

Du hattest doch damals Verbindungen zu jemandem aus der Gerichtsmedizin? Wie hieß der Typ doch gleich? Der mit der irren Lockenfrisur, der frappierend große Ähnlichkeit mit dem Popsänger Paul Simon hat.«

»Er heißt Thomas.« Ich grinse. »Thomas van Dyck. Er stammt, soweit ich weiß, aus Belgien, genauer aus Antwerpen. Und Verbindungen hatte ich eigentlich weiter keine zu ihm, außer dass ich hin und wieder dienstlich mit ihm zu tun hatte. Eine Weile hat er probiert, mich zu einem gemeinsamen Abendessen zu bewegen oder mich ins Kino oder Theater einzuladen, kurzum, er hat eine Zeit lang versucht, mich anzubaggern. Selbstverständlich ohne jeden Erfolg. War also eine vollkommen einseitige Angelegenheit, um das noch einmal klarzustellen. Außerdem dachte ich, du seist nicht eifersüchtig, aber wie mir jetzt scheint –«

Julian unterbricht mich lachend und macht Anstalten, ein Kissen nach mir zu werfen. »Ich und eifersüchtig? Ha! Nicht die Spur.«

»Auch nicht eine ganz kleine, manchmal?«, frage ich und schaue ihm beschwörend in die Augen, in der Hoffnung, diese Art der Hypnose möge wirken. »Wenigstens so ein klitzekleines bisschen? Das fände ich nämlich schön.«

»Also gut, wenn du unbedingt möchtest. Ja, ich gebe zu, ich bin manchmal etwas eifersüchtig. Das ist aber auch kein Wunder bei deinem Aussehen und deiner tollen Figur. Wenn ich mit dir über den Prinzipalmarkt gehe oder über den Wochenmarkt am Dom, stieren dir die Kerle doch nur so hinterher. Da soll ich nicht eifersüchtig werden?«

Jetzt muss auch ich lachen. »Und dir schauen Schwärme von Frauen nach, mein Lieber. Das weißt du genau! Ich hätte also ebenfalls allen Grund zur Eifersucht. Aber ich weiß ja, du bist mir treu, im Prinzip jedenfalls und bis jetzt. Von daher hält sie sich in Grenzen.«

Julian grinst bei meinen Worten von einem Ohr zum anderen und ich muss, warum auch immer, an Kermit, den Frosch denken. Vielleicht, weil er nach jedem Gag ruft: ›Applaus! Applaus!‹ Und weil ich Frösche sehr gerne habe.

Ich gähne, verspüre mit einem Mal eine große Müdigkeit. Der Sekt und die späte Stunde fordern ihren Tribut. »Um das Thema mit der Gerichtsmedizin nochmals aufzugreifen. Ich könnte Thomas bitten, vorausgesetzt er arbeitet überhaupt noch in Münster, den Finger für uns zu untersuchen. Das müsste natürlich unter der Hand geschehen.« Die Vorstellung, einen Finger unter der Hand zu untersuchen, reizt mich erneut zum Lachen. »Ist das nicht ein besonders passendes Bild? Unter der Hand? Die Untersuchung muss unbedingt streng vertraulich bleiben. Die Kosten dafür müssen wir natürlich tragen. Das ist dir doch klar?«

Julian schmunzelt. Bestimmt sieht er das von mir

soeben mit Worten gezeichnete Bild genauso deutlich vor Augen wie ich. »Sicher. Du versuchst also morgen, Thomas zu erreichen. Wenn er mitmacht, besorge ich das Teilchen aus dem Kühlschrank und lege etwas Ähnliches, vielleicht ein Cocktailwürstchen, wieder an die Stelle, damit Claudia keinen Verdacht schöpft. Aber das Makabre beiseite, ich halte es für relativ unwahrscheinlich, dass sie sich den Finger nochmals genau ansehen möchte.«

»Was soll ich Thomas antworten, wenn er darauf eingeht? Er wird natürlich wissen wollen, von wem der Finger stammt«, frage ich. »Und bestimmt auch, warum wir so geheimnisvoll tun.«

»Dass Gefahr im Verzug ist, uns die Zeit davonläuft und es um Leben und Tod geht. Dass auf gar keinen Fall die Polizei eingeschaltet werden darf, notfalls aber auch, dass das Ganze Geheimstufe acht hat und von oben abgesegnet ist. Oder was auch immer du für richtig hältst, Katinka. Das musst du je nach Situation entscheiden.« Jetzt gähnt auch Julian.

Während er unser Bett wieder zum Schlafen herrichtet, bringe ich schnell ein wenig Ordnung in das kleine Chaos im Zimmer. Hebe die Piccoloflaschen vom Boden auf. Fische das kleine, leere Glas, das kürzlich noch mit Oliven gefüllt war, unterm Bett hervor und stelle es zusammen mit den Flaschen auf ein Tablett. Sortiere Julians wild auf dem Boden verstreute Kleidungsstücke, streiche Hemd und Hose glatt und hänge beides ordentlich über einen der Stühle. Und fühle mich beinah wie zu Hause.

»Ach, Katinka, lass die Sachen doch liegen. Hängt

sich morgen an meinem Körper alles wieder glatt«, murmelt Julian und wirft mir einen letzten Kuss zu, bevor sein Kopf auf das dicke, weiche Kissen sinkt. Dabei verschwindet die Hälfte seines Gesichts. Sehr jung sieht er aus, wie er so entspannt und friedlich, ähnlich einem kleinen Kind, zusammengerollt auf der Seite liegt. Fehlt nur noch der Teddy, denke ich. Im nächsten Moment ist Julian auch schon eingeschlafen und ich lösche das Licht.

*

Er sitzt noch nicht lange in diesem finsteren feuchten Kellerloch. Und doch beginnt er bereits, das Gefühl für Zeit zu verlieren. Das beunruhigt und irritiert ihn. Und der beinah unerträgliche Gestank nach Urin und Rattendreck! Obwohl Beine und Füße eiskalt sind, spürt er immer wieder diese widerlichen Viecher über seine Füße laufen. Fühlt ihre scharfen Krallen durch die dünnen Socken.

Die Schuhe haben sie ihm sofort weggenommen. Er musste sich ausziehen, die Hose wechseln, einen anderen Pullover überstreifen. Es sind fremde Kleidungsstücke. Mehrfach hat er schon darum gebeten, seine Schuhe zurückzubekommen, aber seine Peiniger stellen sich taub.

Seit jener Nacht, seit sie ihn in ihrer Gewalt haben, trägt er einen Sack über dem Kopf. Das Gewebe ist grob und rau, lässt nur wenig Helligkeit durch, vermutlich ein kleinerer Kartoffelsack.

In den ersten Stunden, nachdem sie ihm einen Teil seines Ringfingers abgeschnitten hatten, waren die

Schmerzen an seiner Hand bestialisch. Er nimmt an, auch wenn er nichts sehen konnte, dass die Wunde gut versorgt wurde und er über das Essen Medikamente erhält.

Ob er seinen Finger noch vollständig besäße, hätte er sich sofort kooperativ gezeigt? Wenn er ihnen unverzüglich die Informationen gegeben hätte, die sie von ihm haben wollten? Er weiß es nicht. Nachdem sie Ernst gemacht hatten und er beinah wahnsinnig vor Schmerzen war, hat er ihnen alles gesagt, was sie wissen wollten. Danach musste er mehrere Formulare blind unterschreiben.

Von Weitem hört er ein Geräusch. Sein Herz beginnt zu rasen. Es ist die Angst, die ihn jetzt ständig begleitet. Angst, dass sie ihm wieder Gewalt antun.

Schritte nähern sich, ein schwerer Riegel wird zur Seite geschoben, der Schlüssel umgedreht.

Das typische Klicken eines Lichtschalters, den man noch in den Kellerräumen alter Häuser finden kann.

Er zittert vor Angst.

Es müssen zwei Personen sein. Die eine bindet ihm die Hände los, die hinter der Rückenlehne des Holzstuhls viel zu fest mit einem Strick gefesselt sind, rollt den Sack über seinem Kopf ein wenig höher, reißt ihm das Klebeband mit einem Ruck vom Mund.

Intensiv nimmt er den metallischen Geschmack seines eigenen Blutes wahr. Sehen kann er nichts, lediglich das bisschen Helligkeit wahrnehmen, das durch den Sack dringt.

Die andere Person stellt mit Wucht ein Tablett auf seinen Schoß, dabei schwappt etwas Flüssigkeit über und läuft auf seine Hose.

Er reibt seine Hände aneinander, zuckt aber schmerzvoll zusammen, als er dabei den verbundenen Fingerstumpf und die wunden Handgelenke berührt. Versucht, dennoch wieder etwas Gefühl in seine Finger zu bekommen, bevor er das Tablett abtastet. Trockenes Brot und etwas Suppe in einer Plastikschüssel, nur noch lauwarm. Sie wird ihn nicht wärmen.

»Mann, beeil dich!« Die Stimme klingt tief und rau. Ein derber Tritt gegen sein Schienbein folgt.

Hastig löffelt er die Suppe, stopft eilig das Brot hinterher. Er ist noch nicht fertig, da wird ihm das Tablett weggerissen.

Der andere drückt ihm einen Gegenstand in die Hand und fordert ihn auf: »Pinkeln!«

Schnell tastet er das seltsame Ding ab, dann erkennt er, worum es sich handelt. Eine Plastik-Urinflasche, er kennt solche Gefäße aus dem Krankenhaus. Die letzten Male musste er in einen Eimer pinkeln. Hin und wieder darf er fürs große Geschäft auf eine Art Camping-Klo. Es steht in einer Ecke des Raumes.

Wenig später kracht die Tür ins Schloss. Der Schlüssel wird mehrfach umgedreht, der Riegel wieder vorgeschoben. Die schweren Schritte entfernen sich.

Dann ist er wieder allein, hört nur noch sein Herz, dessen Pochen ihm wie das Schlagen einer Kirchturmglocke in den Ohren dröhnt.

Schreckliche Panik steigt in ihm hoch, lässt die Luft knapp werden, droht ihn wie meterhohe Ozeanwellen zu überrollen. Die Schmerzen an seiner Hand nehmen jetzt wieder zu.

3

Eine Tür fällt gedämpft ins Schloss und ich schrecke hoch.

Einen Augenblick lang habe ich Schwierigkeiten, mich zu orientieren, dann ist schlagartig alles wieder da. Ich befinde mich in Claudias und Helges Gästezimmer, der Platz im Bett neben mir ist allerdings leer. Julian hat seinen Schlafanzug auf besondere Weise gefaltet: der rechte Ärmel weist auf die Stelle des Oberteils, worunter üblicherweise beim Tragen das Herz schlägt. An dieser Stelle liegt ein kleines, rot verpacktes Herz aus Marzipan. Es ist meine Lieblingssorte.

Rasch springe ich aus dem Bett, laufe ans Fenster und sehe gerade noch Julian auf Helges Fahrrad wegfahren. Wie ich ihn kenne, wird er Brötchen holen. Für einen Moment spüre ich ein leichtes Ziehen in der Brust, sehne mich nach Zweisamkeit und unserem gemütlichen Zuhause.

Ich gehe ins Gästebad, halte mein Gesicht unter den kalten Wasserstrahl. Eine Katzenwäsche muss heute reichen. Zum Glück haben wir noch für ein paar Tage frische Wäsche im Koffer.

Während des Anziehens wandern meine Gedanken zurück zum Traum der vergangenen Nacht. Helge sitzt auf einem einfachen Holzstuhl in der Mitte eines Raumes. Direkt über ihm an der Decke eine nackte Glühbirne, die nur wenig Licht spendet. Jemand, dessen Gesicht ich nicht erkennen kann, da er mit dem Rücken zu mir steht, schneidet Helge mit einem Skalpell das rechte Ohr ab und wirft es ihm in den Schoß. Helge leistet nicht den geringsten Widerstand, greift blutüberströmt nach seinem Ohr und hält es laut lachend in die Höhe.

Dieses schauerliche Lachen hallt auch jetzt noch in meinem Kopf nach.

Bevor ich das Gästezimmer verlasse, versuche ich energisch, die Erinnerung an meinen Traum zu verdrängen.

Ich finde Claudia in der Küche. Tief in Gedanken und mit blassem Gesicht lehnt sie an der Spüle. Ihre bläulich-schwarzen Augenringe stehen in scharfem Kontrast zur Farbe ihres Teints. Die sonst so hübschen vollen Lippen sind blutig gebissen. Mit einem einfachen, roten Haarband hat sie ihre dunklen, überschulterlangen Locken flüchtig zu einem Pferdeschwanz zusammengerafft.

»Morgen!« Spontan und voller Mitgefühl nehme ich sie in den Arm. Beinah kommt es mir vor, als leistete ich damit Abbitte für mein zeitweiliges, vielleicht auch vollkommen unbegründetes Misstrauen ihr gegenüber. »Du siehst nicht aus, als hättest du ein Auge zugetan.«

Sie schüttelt den Kopf. »Nicht eine Minute. Die Gedanken an Helge lassen mir keine Ruhe. Ich frage mich unaufhörlich, ob ich etwas übersehen habe oder vielleicht etwas hätte verhindern können. Wie es ihm jetzt geht, ob er überhaupt noch lebt?«

Den letzten Satz spricht sie zögernd und ganz

leise aus, als dürfe sie an so etwas wie seinen Tod nicht einmal denken.

Das weiße T-Shirt, das beinah bis zu den ausgebeulten Knien ihrer ehemals dunkelblauen Jeans reicht, ist zerknittert, als hätte sie darin genächtigt. Ungefähr in Höhe einer ihrer üppigen Brüste, die sich unter dem dünnen Stoff des Hemdes deutlich abzeichnen, und die sich bar jeglicher Einschränkung bewegen können, dehnt sich ein großer Kaffeefleck von der Form einer Bärentatze aus. Als hätte ein Grizzly mit schmutzigen Pfoten mal eben nach ihrer rechten Brust gelangt.

Auf dem Hemdrücken ist in großen schwarzen Lettern zu lesen: ›I'm The Greatest‹. Der Größe und Aufschrift nach zu urteilen handelt es sich bei diesem Kleidungsstück um eins von Helges T-Shirts.

Ich wende mich ab, um meine Belustigung zu verbergen, werfe umständlich ein Papiertaschentuch in den Mülleimer.

»Weißt du«, fährt Claudia fort, »Helge und ich haben in letzter Zeit nicht mehr viel miteinander geredet. Manchmal haben wir uns tagelang lediglich im Vorübergehen gesehen und kaum mehr als das Nötigste gesprochen. Hinzu kam noch, dass einer meiner Kollegen in der Praxis wochenlang wegen der Krankheit seiner Frau ausgefallen war und ich seinen Dienst teilweise mit übernommen hatte. Im Grunde weiß ich gar nicht, was Helge eigentlich macht. Ich bin mir noch nicht einmal mehr sicher, ob ich ihn überhaupt kenne. Er kommt mir oft sehr fremd vor.«

»Ihr arbeitet zu viel«, resümiere ich. »Ihr braucht dringend mehr gemeinsame Auszeiten! Macht mal wieder einen ausgiebigen Urlaub!«

»Urlaub? Höre ich da etwas von Urlaub? Mein Lieblingsthema! Fragt mich nur, ich kenne mich aus«, strahlt Julian und kommt mit einer weißen Leinentasche, aus der die prall gefüllte Brötchentüte herausragt, zur Tür herein. Sofort erfüllt ein herrliches Gemisch aus Brötchen- und Kaffeeduft die Küche.

Mein Magen gibt einen lauten Kommentar ab, der wie die heulende Sirene eines amerikanischen Polizeiwagens klingt. Obwohl uns eigentlich nicht danach sein sollte, müssen wir lachen.

Zu dritt decken wir den Frühstückstisch. Claudia sieht jetzt nicht mehr ganz so blass aus. Julians Gesellschaft tut ihr sichtlich gut. Das kann ich verstehen. In seiner Gegenwart fühlen sich die meisten Menschen wohl. Er sieht blendend aus, hat eine sehr sportliche Figur und gehört zu den wenigen Menschen, die fast immer gut gelaunt und voll wunderbarer Einfälle sind. Mit einem solchen Menschen zusammenzuleben, erscheint mir jeden Tag aufs Neue wie eine ganz besondere Gunst, ein großes, seltenes Glück.

»Lasst uns erst einmal in aller Ruhe frühstücken, danach entwickeln wir gemeinsam eine Strategie«, schlägt Julian vor und beißt in ein knuspriges Brötchen, während er uns mit der freien Hand aus der Kaffeekanne einschenkt.

»Bin sofort wieder da«, murmele ich, »muss mir eben noch die Hände waschen.«

Im Gästezimmer versuche ich von meinem Handy aus, Thomas zu erreichen. Ich muss mich über die Zentrale der Universitätskliniken zu ihm durchstellen lassen, denn nach all den Jahren habe ich seine Nummer nicht mehr im Kopf. Zweimal werde ich falsch verbunden und verbringe zuvor ärgerlich viel Zeit in der Warteschleife. Immerhin muss ich mir dabei keine schlechte Wiedergabe der Kleinen Nachtmusik anhören, sondern bekomme den Kriminaltango geboten. Endlich meldet sich Thomas. Seine Stimme klingt noch genau wie damals – gehetzt, als wäre er in großer Eile, immer auf dem Sprung. Im Grunde ist er aber ein Mensch, der sich nur sehr schwer aus der Ruhe bringen lässt. Es ist lediglich seine Masche, am Telefon den Eindruck zu erwecken, er befände sich total im Stress und der Anrufer möge sich entsprechend kurz fassen. Beinah erwartet man, das eifrige Klappern seiner Sezierinstrumente im Hintergrund zu hören. Dabei hat, wenn man es genau betrachtet, niemand mehr Zeit als ein Rechtsmediziner. Selbst wenn er soeben am offenen Herzen zu tun hätte, wäre es nicht von Belang, ob er dafür 30 Minuten bräuchte oder zwei Stunden oder ob er heute überhaupt noch fertig würde. Denn für die Toten, die da üblicherweise vor ihm auf dem kalten Metall liegen, ist es gleichgültig; sie haben ja bereits alles hinter sich. Es sind lediglich die Ermittler, die immer drängeln und alle Untersuchungsergebnisse am liebsten schon am Vortag gehabt hätten.

»Van Dyck am Apparat.«

»Klingt wie ein Pistolenschuss«, bemerke ich trocken. »Herr Doktor ist offensichtlich immer noch in Eile, so wie früher?«

Eine Weile dauert es, bis er begreift, und ich meine schon fast, die Wärme seiner heiß werdenden Drähte durchs Telefon zu spüren, da klickt es bei ihm. »Katinka? Bist du es, Katinka?«

»Höchstpersönlich«, bestätige ich kühl und ein wenig verstimmt darüber, dass er diese Namensform verwendet. Aber der Ärger verfliegt sofort, als ich merke, dass er aufrichtig erfreut ist, wieder mal von mir zu hören. Nachdem wir einige wenige Sätze gewechselt haben, schildere ich so kurz wie möglich den Grund meines Anrufs, muss das eine oder andere dabei erfinden und frage ihn schließlich, ob er bereit wäre, den Finger für uns und auf unsere Kosten zu untersuchen. Wider Erwarten zeigt sich Thomas unverzüglich kooperativ und völlig unkompliziert, stellt keine weiteren Fragen.

»Augenblick, ich muss nur rasch einen Blick in meinen Terminkalender werfen«. Ich höre ihn blättern. »Ihr hättet das Ergebnis am liebsten schon gestern gehabt, nehme ich an?«

Ich bejahe erleichtert und Thomas schlägt vor: »Du kannst jederzeit kommen. Ich bin den ganzen Vormittag hier. Ist dir das recht?«

»Das ist super! Ich komme so bald wie möglich. Danke, Thomas.«

»Gerade wollte ich dich suchen gehen! Dein Kaffee wird ja ganz kalt.« Julian schaut mich fragend an, als ich wieder in die Küche komme. »Alles in Ordnung mit dir?«

»Ja, ich brauchte nur etwas frische Luft. Das Wetter ist wunderbar.«

Soeben wollen wir uns zur Beratung an den Wohnzimmertisch setzen, da klingelt das Telefon.

Julian hat Claudia bereits Schreibblock und Stift neben den Apparat gelegt, für den Fall, dass der Entführer sich meldet und es etwas zu notieren gibt.

»Denk daran, beharre unbedingt auf einem Lebenszeichen von Helge. Besteh darauf, mit ihm zu reden«, schärft er ihr noch ein, bevor sie zum Hörer greift.

»Keppler-Morjahn?«

Sofort winkt sie aufgeregt, gibt Julian ein Zeichen, zu ihr zu kommen. Sie hält den Hörer jetzt so, dass er mithören kann.

Nach einer Minute ruft sie: »Vier Millionen? Das ist vollkommen unmöglich! Wie soll ich so viel Geld so schnell beschaffen? Wie geht es meinem Mann? Ich möchte sofort mit meinem Mann sprechen. Sie müssen mir ein Lebenszeichen von ihm geben!«

Wieder lauscht sie, dann ruft sie entsetzt: »Nein, um Gottes willen, tun Sie das nicht! Ich glaube Ihnen ja!«

Claudia weint leise. Julian legt ihr tröstend seinen Arm um die Schultern, nimmt ihr den Hörer aus der Hand und legt auf.

»Was hat er gesagt? Oder sie?« Fragend sehe ich die beiden an.

Julian hebt die Schultern, lässt sie wieder fallen. »Ob männlich oder weiblich konnte ich nicht erkennen, die Stimme klang total verzerrt. Die Erpresser, gehen wir mal davon aus, dass es sich hier um mindestens zwei handelt, verlangen vier Millionen in zwei Tagen. Dazu den kompletten Inhalt des Safes. Das bedeutet, sie wissen, was darin ist. Weißt du es auch?« Er schaut Claudia an.

Sie schüttelt den Kopf. »Ich könnte ihn noch nicht einmal öffnen, weil ich die Zahlenkombination nicht kenne.«

»Helge ist das klar, den Entführern jetzt auch, also wirst du die Zahlen auf irgendeinem Weg noch erfahren. Wie sieht es mit den vier Millionen aus? Hast du eine Möglichkeit, sie irgendwie zusammenzubekommen? Ich fürchte, mit solch einer Summe kann dir keiner deiner Freunde aushelfen.«

»Das Haus«, murmelt Claudia nach kurzem Zögern, »ich muss sofort versuchen, das Haus zu beleihen.«

Ich möchte von ihr wissen, was der Anrufer auf ihren Wunsch nach einem Lebenszeichen ihres Mannes geantwortet hat. Julian nimmt ihr die Antwort ab.

»Ob sie gern einen weiteren Finger oder lieber ein Ohr von ihm hätte.«

»Oh nein, wie entsetzlich!«

Ich schlage die Hände vors Gesicht. Sofort habe ich wieder meinen nächtlichen Traum vor Augen.

*

Inzwischen ist ihm jegliches Zeitgefühl abhanden gekommen. Er kann noch nicht einmal mehr schätzen, wie lange er schon in diesem Loch gefangen gehalten wird.

Die Angst hat ihn jetzt vollständig im Griff und beginnt allmählich, ihn zu zerstören. Eine Weile hat er es mit autogenem Training versucht, sich bemüht, so weit abzuschalten, dass er den Schmerz wohl spürte, ihn aber nicht ganz an sich heranließ.

Ebenso konnte er eine Weile mit seinen eiskalten Füßen verfahren, doch jetzt machen ihm die immer dreister werdenden Ratten zu schaffen. Sie spüren seine schwindenden Kräfte, umkreisen ihn lauernd wie kleine Raubtiere, die wissen, dass es nicht mehr lange dauern wird.

Vor einem fremden Menschen hat er seine Geschäfte verrichten müssen, das hat er still erduldet. Die Ausdünstungen eines Stinktiers und einer Hyäne zusammen sind nichts gegen den Gestank, der von ihm ausgeht. Seine Hose ist voll geschissen, er hat sich seit seiner Entführung nicht mehr waschen dürfen, auch das hat er noch irgendwie durchstehen können. Aber jetzt frisst ihn die Angst auf. Und er hat ihr nichts mehr entgegenzusetzen.

Seine Gedanken gehen zum wiederholten Mal zurück zu jenem unseligen Abend. Wie hatte er sich nur so verquatschen und gehen lassen können?

Ähnlich wie aus einer geöffneten Schleuse das Wasser, war es plötzlich aus ihm herausgeströmt. Er hatte zu erzählen begonnen, konnte gar nicht mehr aufhören. Irgendwann hatte ihn der lauernde Gesichtsausdruck seines Gegenübers stutzig gemacht, aber da war es bereits zu spät gewesen, um noch etwas rückgängig zu machen.

Er hört Schritte. Der Riegel wird zur Seite geschoben, der Schlüssel dreht sich im Schloss, die Tür fliegt auf und schlägt krachend an die Wand. Mindestens zwei Personen poltern herein, legen etwas Leichtes, etwas, das wie eine Zeitung raschelt, auf seinen Schoß.

Jemand befreit ihn von seinen Handfesseln, bleibt hinter ihm stehen.

»Beide Hände in den Schoß!«, kommandiert eine Männerstimme.

Der Gefangene tut wie ihm befohlen. Die Angst lässt ihn am ganzen Körper zittern. Angst, dass sie ihm einen weiteren Finger oder ein anderes Körperteil abschneiden könnten. Doch er vernimmt lediglich ein leises Klicken, dann noch eins.

Das kurze Aufleuchten, das er jedes Mal durch den Sack um seinen Kopf wahrnimmt, verrät ihm, dass er fotografiert wird.

Wenig später ist die Aktion vorbei. Seine Hände sind wieder hinter der Stuhllehne gefesselt, die beiden haben den Raum verlassen.

Wieder ist er allein mit sich und dieser Angst. Er begreift, warum manche Gefangene Tritte und Schläge irgendwann als eine Art Zuwendung empfinden, sie mit der Zeit der Einsamkeit und der Dunkelheit vorziehen.

Während Julian Claudia zur Bank begleitet, sie mit unserem Wagen fährt, räume ich schnell den Frühstückstisch ab, stelle das Geschirr in die Spülmaschine.

Claudia hat während ihres Telefonats mit dem

Leiter der Bank, bei der sie und Helge seit vielen Jahren schon ihre Konten haben, keinerlei Zweifel daran gelassen, dass es eilt. Und natürlich hat sie unverzüglich einen Termin bekommen.

Inzwischen wirkt sie, als stünde sie neben sich. Vielleicht eine Art automatischer Schutzmechanismus. Trotzdem bin ich sicher, hätte sie ein Kind und wäre dieses entführt worden, wäre sie schon längst durchgedreht. Es ist gut, dass Claudia und Helge keine Kinder haben. Den Grund dafür kenne ich nicht, wir haben nie darüber gesprochen. Bei nächster Gelegenheit muss ich Julian fragen, ob er weiß, warum die beiden kinderlos sind.

Ich will mir ein Taxi bestellen, um Thomas den inzwischen sorgsam verpackten Finger in die Gerichtsmedizin zu bringen, überlege es mir dann aber im letzten Augenblick doch noch anders und lege den Hörer wieder auf. Die Zeit ist knapp, die Straßen stadteinwärts sind vermutlich wie üblich vom Autoverkehr verstopft. Stattdessen rufe ich bei einem Fahrrad-Kurierdienst an. Ich habe Glück. Einer der Fahrer ist gerade in der Nähe unterwegs und wird meine Sendung mitnehmen.

Münster ist als Fahrradstadt bekannt und beliebt, verfügt über ein exzellent ausgebautes Fahrradwegenetz. Per Drahtesel gelangt man deshalb meist schneller ans Ziel als mit dem Auto.

Bereits wenige Minuten später steht der angekündigte Kurier vor der Tür und nimmt die braune, gefütterte Versandtasche in Empfang. Gut, dass er den Inhalt nicht kennt. Auch wenn ich durch meinen Beruf inzwischen abgehärtet sein sollte, bedeutet es für mich doch immer wieder eine große Überwindung, mit einer Leiche oder auch nur Leichenteilen konfrontiert zu werden. Ich weiß, dass es Julian ähnlich geht. Allein der widerliche, seltsam süßliche Geruch, den ich seit dem Einpacken des Fingers in der Nase habe, und der stets Leichen oder Leichenteile begleitet, bedeutet für mich eine regelrechte Strafe. Immer noch ist es mir unbegreiflich, wie Menschen ertragen können, beruflich Tag für Tag damit umzugehen.

Ich habe Thomas ein kurzes Schreiben beigelegt, ihm darin erklärt, warum ich nicht persönlich kommen kann. Jedenfalls nicht heute. Und dass er für seine Hilfe etwas gut bei mir hat. Allerdings bin ich mir noch nicht im Klaren darüber, worin dieses Guthaben bestehen könnte. Aber darüber zerbreche ich mir jetzt nicht meinen Kopf.

Nachdem ich das Gästezimmer aufgeräumt habe, gehe ich über die Terrasse nach draußen in den Garten. Ich brauche frische Luft. Das Telefon habe ich selbstverständlich bei mir.

Unruhig setze ich mich kurz auf die weiße Holzbank unter der prächtigen Trauerbirke. Ihre langen, tief herabhängenden Zweige, durch die ein leichter Wind streicht, reichen an manchen Stellen fast bis zum Boden. Scheint die Sonne durch die Zweige mit den sanftgrünen, kleinen Blättchen wie zurzeit, gibt es ein wunderbares Licht. Leider kann ich diese Romantik nicht wirklich genießen.

Ein Blick auf die Uhr sagt mir, dass die beiden gleich zurück sein werden. Ich bin gespannt, ob das Geldinstitut auf die Schnelle eine solche Summe zur

Verfügung stellen kann. Immerhin gehört Claudia das Haus zur Hälfte, warum also nicht. Vermutlich wird es in etwa diesen Wert haben. Eine Villa mit einem derartig großen, prächtigen Grundstück am Aasee, also in sehr guter Wohnlage, hätte bis vor einem halben Jahr noch wesentlich mehr gebracht. Seit ein paar Monaten allerdings gehen Gerüchte um, dass ein nicht genannter Investor ganz in der Nähe ein Einkaufs- und Bürozentrum gigantischen Ausmaßes bauen lassen will. Das wäre die sichere Entwertung dieser wunderbaren Wohngegend, würde den Preis der Häuser schlagartig nach unten drücken. Das befürchten zumindest die Anwohner.

Julian will unterwegs versuchen, Claudia davon zu überzeugen, dass es besser wäre, die Polizei einzuschalten. Bisher wollte sie nichts davon wissen. Ob es ratsam ist, das hinter ihrem Rücken zu tun, kann ich nicht einschätzen. Sie soll eine sehr gute Kinderärztin sein, aber ansonsten scheint sie mir etwas zu instabil, zu schnell durch den Wind.

Zwei Autotüren fallen nacheinander zu. Am Klang, vor allem am Quietschen der Beifahrertür, erkenne ich unschwer unseren alten Jaguar.

›Im Grunde habe ich nur zwei Leidenschaften‹, pflegt Julian zu antworten, wenn er von Freunden wieder einmal auf den Wagen angesprochen wird: ›Katharina und den Jaguar. Nirgendwo sonst ist es so schön, darunter zu liegen –‹

An dieser Stelle legt er für gewöhnlich genussvoll eine längere Pause ein – in der Zwischenzeit ließe sich locker ein Prélude von Chopin spielen – um schließlich den Satz zu beenden: ›wie unter einem solchen Wagen.‹

Als ich diese Bemerkung zum ersten Mal hörte, wollte ich mich noch unmittelbar von Julian trennen. Inzwischen trage ich es mit Humor. Ich weiß von etlichen Frauen, dass deren Männer klar und deutlich ihre Autos favorisieren, sie sogar noch ihren Affären vorziehen. Da teile ich doch gern mit einem alten, aber durchaus rassigen, dunkelblauen Jaguar XJ 12. Einem Viertürer mit weißen Ledersitzen und Weißwandreifen.

»Wie ist es gelaufen?«, frage ich gespannt.

Claudia und Julian haben sich soeben am Küchentisch niedergelassen, als ich hereinkomme. Sogar Julian wirkt jetzt etwas erschöpft.

»Ich könnte euch Kaffee machen«, biete ich an und beide antworten wie aus einem Mund: »Oh ja, bitte!«

»Gut«, sagt Claudia, »es ist gut gelaufen. Ich kann das Geld morgen bekommen, wenn ich will. Julian meint allerdings, es sei besser, die Polizei einzuschalten. Wie siehst du das?«

»Ich bin auch dafür, sie mit einzubeziehen. In diesem Fall halte ich das Risiko für zu hoch, allein und auf eigene Faust zu ermitteln. Außerdem könnten wir es uns nie verzeihen, wenn etwas schiefginge. Das verstehst du hoffentlich?«, versuche ich zu erklären.

»Sicher, das verstehe ich.«

Es klingelt an der Tür. Julian springt auf.

Mit einem großen, braunen Briefumschlag kommt er wenig später zurück.

»An dich persönlich adressiert, Claudia. Ein Kurier hat ihn gebracht. Ich habe für dich unterschrieben, musste hoch und heilig versprechen, ihn dir unverzüglich auszuhändigen. Es ist kein Absender drauf vermerkt.«

»Öffne du ihn.«

An Julians Gesichtsausdruck kann ich ablesen, was er denkt. Der Brief ist viel zu flach, um ein abgeschnittenes Körperteil zu enthalten.

Während der Kaffee durch den Filter läuft und ich Tassen auf den Tisch stelle, holt sich Julian Einmalhandschuhe. Wir haben immer welche bei uns.

Mit dem Messer, das ich ihm auf den Tisch gelegt habe, schlitzt er den Umschlag sorgfältig auf. Zieht dann zwei Blätter heraus, legt sie so auf den Küchentisch, dass wir alle sie gut betrachten können.

Julian sitzt neben Claudia, ich stehe mit meiner Kaffeetasse hinter ihm und schaue ihm über die Schulter.

Es sind Papierabzüge zweier Fotos. Das eine ist eine Ausschnittsvergrößerung des anderen. Es zeigt eine Tageszeitung, auf der das Datum des heutigen Tages zu erkennen ist, und ein männliches Händepaar, das über dieser Zeitung liegt. Der Ringfinger, bzw. was noch davon übrig ist, und große Teile der dazugehörigen linken Hand sind verbunden. Der Verband ist blutdurchtränkt.

Claudia ist totenbleich geworden, schwankt auf ihrem Stuhl hin und her. Julian fängt sie gerade noch auf und hält sie fest.

Das andere Bild zeigt den ganzen Mann. Er sitzt auf einem Stuhl in einem Kellerraum. Über den Kopf hat man ihm einen kleinen, hellbraunen Kartoffelsack gestülpt, der bis über das Kinn reicht. Dunkler Pullover, dunkle Hose, dunkle Socken, keine Schuhe. Die Füße sind jeweils an die Stuhlbeine gefesselt. Pullover und Hose sind stark beschmutzt, lassen sogar noch Essensreste erkennen. An der Decke, direkt über dem Gefangenen, hängt an einem schwarzen Kabel eine einsame, nackte Glühbirne.

Claudia hält sich beide Hände vor den Mund, als müsse sie einen Schrei ersticken, starrt auf die beiden Abzüge. Immer wieder schüttelt sie fassungslos den Kopf.

»Könnte es sich um Helge handeln?«, frage ich.

»Wir müssen davon ausgehen«, erwidert Julian. »Sonst macht es keinen Sinn.«

Das Telefon klingelt. Ich hole es und reiche es Claudia. Ihre Hand zittert, als sie den Hörer ergreift. Ich lege Stift und Notizblock für sie bereit.

Sie meldet sich, hört eine Weile zu und antwortet dann mit gepresster Stimme: »Tut mir leid, aber ich bin beurlaubt. Ich kann unmöglich einspringen. Wirklich, ich bedauere, es geht nicht.« Rasch legt sie auf.

»Die Praxis«, erklärt sie uns. »Ich kann doch jetzt unmöglich ...« Sie bricht ab, fängt an zu schluchzen.

Lange wird sie nicht mehr durchhalten, schätze ich.

»Nein, nein, das musst du auch nicht«, versucht Julian sie zu beruhigen. »Mach dir deshalb nicht auch noch Sorgen. Am besten, du legst dich hin und ruhst dich aus. Vielleicht solltest du doch mal eine Schlaftablette nehmen?«

»Nein, bloß keine Schlaftablette!«

Claudia schüttelt vehement den Kopf, ihre Stimme schnappt fast über. »Auf gar keinen Fall!«

Ich bin etwas erstaunt über ihre heftige Reaktion und sehe Julian fragend an. Seine Lippen formen das Wort ›später‹.

Das Telefon klingelt wieder. Claudia nimmt sofort den Hörer und meldet sich, jetzt erstaunlich gefasst.

»Ja, ich habe den Umschlag erhalten … ich … ich kann das Geld besorgen … morgen bekomme ich es ganz bestimmt …«

Zu uns gewandt sagt sie empört: »Aufgelegt. Der Anrufer hat einfach aufgelegt.«

»Was genau hat er gesagt?«, fragt Julian.

»Er wird sich wieder melden und mir Ort und Zeit der Geldübergabe mitteilen. Er hat nochmals ausdrücklich betont, keine Polizei! Sollte ich mich den Anweisungen widersetzen, sähe ich Helge nicht lebend wieder.«

Julian schlägt Claudia vor: »Ich informiere jetzt deine Nachbarn, dass sie ein Auge auf dich haben sollen. Ist dir das recht? Kathrin und ich haben noch einiges zu erledigen. Als Erstes werden wir uns Helges Büro vornehmen. Wenn sich etwas ereignet, ruf uns sofort auf dem Handy an.«

Beim Hinausgehen erkundigt er sich: »Was ist eigentlich mit deinen Schwiegereltern, wissen die Bescheid?«

»Nein, noch nicht. Sie sind nicht gut auf ihren

Sohn zu sprechen. Seitdem Helge seinen Vater aus der Kanzlei ausgebootet hat, herrscht Funkstille.«

Julian kratzt sich nachdenklich am Kopf. »Bist du vielleicht noch mit Petra befreundet?«

Claudia nickt. »Die wohnt jetzt allerdings in Osnabrück, deshalb sehen wir uns leider nur noch selten. Warum fragst du?«

»Du könntest sie bitten, sich ein paar Tage frei zu nehmen oder wenigstens am Wochenende zu kommen. Es tut dir nicht gut, allein zu sein. Ruf an und frag sie. Kathrin und ich werden uns nicht viel um dich kümmern können. Mir wäre es lieber, ich wüsste, du bist nicht allein.«

Claudia verspricht, sich mit Petra in Verbindung zu setzen.

»Wer ist Petra?«, frage ich, während wir in den Wagen einsteigen.

»Eine ehemalige Kollegin und Freundin von Claudia, auch Kinderärztin. Die beiden haben eine Weile zusammen im Universitätsklinikum hier in Münster gearbeitet. Petra muss ein sehr gutes Angebot in Osnabrück bekommen haben. Sie wäre sonst nicht von hier weggegangen.«

»Weißt du, warum Claudia und Helge keine Kinder haben?« Wir stehen auf der Weseler Straße in einem Stau. Von irgendwoher ertönt ein Martinshorn. Vermutlich wieder so ein höchst überflüssiger Auffahrunfall. »Du kennst doch Claudia nun schon sehr lange.«

Seltsamerweise scheint ihm meine Frage unangenehm zu sein.

Eine Weile druckst er herum, trommelt mit den

Fingern auf dem Lenkrad. »Sie kann keine Kinder bekommen, sie hatte vor vielen Jahren eine Art … Unfall. Das … war sehr schlimm für sie. Ich erzähl dir später mal davon. In Ordnung?«

»Sicher. Ich hatte ja keine Ahnung. Aber das erklärt, warum sie sich manchmal etwas eigenartig verhält, wenn es um dieses Thema geht.«

Julian nickt. »Ich weiß. Aber in ihrem Beruf soll sie sehr kompetent sein. Die Kinder lieben sie, weil sie so gut mit ihnen umgehen kann. Vermutlich ihre Art von Kompensation.«

»Nur schade, dass sie ausgerechnet an diesen Helge geraten ist«, bedaure ich, als wir nach mehrmaligem Stillstand auf der Straße endlich langsam an einer Unfallstelle vorbeigeleitet werden. Keine Verletzten, lediglich eine Menge ärgerlicher Blechschaden.

»Stimmt, ein seltsamer Mensch. Man wird einfach nicht schlau aus ihm. Als hätte er einen Januskopf, zwei völlig verschiedene Gesichter. Er sieht gut aus, kann, wenn er will, regelrecht charmant sein. Mal gibt er sich kultiviert, hat auch bestimmt eine Menge Ahnung von allem Möglichen. Und dann wieder kommt er mir vor wie ein Krimineller, wie ein durch und durch gerissener Bursche. Wie einer, der sich nicht scheut, über Leichen zu gehen.«

»Bei seinem Ruf wird er bereits etliche im eigenen Keller haben«, vermute ich, »und Claudia weiß nichts davon. Oder sie will es nicht wahrhaben. Ich verstehe wirklich nicht, warum sie ausgerechnet ihn heiraten musste. Hat sie dir gegenüber nie etwas erwähnt?«

»Nicht wirklich.« Überraschenderweise scheint Julian jetzt etwas verlegen zu sein.

»He, was ist los?« Ich streiche ihm über den Arm. »Gibt es etwas, das ich wissen sollte?«

Er schüttelt den Kopf. »Nein, es ist nur so, dass ich eine Weile den Eindruck hatte, sie könnte sich vielleicht in mich verguckt haben.«

»Und? Das wäre ja nicht besonders verwunderlich. Und was war mit deinen Gefühlen?«

»Ob du es glaubst oder nicht, sie war immer nur eine Freundin für mich oder manchmal auch wie eine etwas jüngere Schwester, die ich beschützen musste. Ich hätte gern eine Schwester gehabt«, fügt er noch hinzu.

»Also hör mal, warum sollte ich dir nicht glauben?«, wundere ich mich. »Ich kann dich ganz gut verstehen.«

»Als sie mir das erste Mal von Helge erzählte – er war übrigens vorher mit Petra zusammen – hatte ich das Gefühl, es sei ihr gar nicht mehr so wichtig mit der Liebe. Es mag seltsam klingen, aber mir kam es vor, als habe sie damit abgeschlossen. Etwas anderes, Katinka, konntest du Thomas erreichen?«

»Ja, glücklicherweise. Schon heute Morgen, vor dem Frühstück. Ich bin nur nicht mehr dazu gekommen, es dir zu sagen, weil Claudia immer in der Nähe war. Thomas war sofort einverstanden, und der Finger müsste auch längst bei ihm sein. Ich habe das Teilchen gut verpackt per Kurier ins Institut bringen lassen.«

»Schön. Thomas war bestimmt hoch erfreut, wieder von dir zu hören?«

Während dieser wie beiläufig gestellten Frage schaut er mich nicht an, sondern blickt starr durch die Windschutzscheibe.

»Ja, das war er. Ich werde mich auch sicher irgendwie erkenntlich zeigen müssen. Allerdings bin ich der Meinung, eine Einladung zum Essen müsste reichen. Schließlich bezahlen wir ihn für seine Untersuchung, er soll sie ja nicht unentgeltlich für uns durchführen. Wie wäre es, du würdest für uns drei etwas ganz Besonderes kochen?«

Julian stutzt einen Moment, dann bricht er in schallendes Gelächter aus. »Das ist mal wieder typisch! Ich dachte, *du* wolltest dich erkenntlich zeigen. Und da soll *ich* dann für euch kochen? Tolle Idee! Andererseits, wenn ich es mir überlege …«

Er bringt den Wagen vor einer roten Ampel zum Stehen, kramt umständlich einen Kaugummi aus seiner Jackentasche und beginnt, ihn auszuwickeln.

»Genau«, strahle ich. »So hast du uns die ganze Zeit im Blick. Und außerdem, ich helfe ja mit.«

Während mir noch Julians Äußerungen durch den Kopf gehen und ich über Liebe und Eifersucht nachdenke, haben wir es endlich durch den dicken Verkehr geschafft und halten vor dem Bürohaus am Hafen, in dem Helge seine Kanzlei hat. Bisher kenne ich das Gebäude nur von außen.

Julian hatte sich, bevor wir losgefahren waren, vergewissert, dass Helges Büro noch besetzt ist, und wir nicht vor verschlossener Tür stehen würden.

»Ganz schön nobel«, staune ich, »wenn man bedenkt, wie es hier noch vor ein paar Jahren aussah. Erstaunlich, was sich aus alten Hafengebäuden machen lässt.«

Mit einem gläsernen Aufzug fahren wir in die dritte Etage.

*

Todesangst. Schmerzen, Kälte, Dunkelheit und Einsamkeit.

Er hat sich manchmal gefragt, wie es in der Hölle sein mag, jetzt hat er eine Ahnung.

Die Muskeln und Gliedmaßen, die er noch spürt, schmerzen höllisch. Er wünscht sich, sterben zu können, möchte beten, Gott um Verzeihung und Erlösung bitten, muss sich das Vaterunser erst mühselig wieder in Erinnerung rufen. Wie lange war er nicht mehr in der Kirche? 20 Jahre oder mehr?

Er ist ein schlechter Mensch. Durch und durch. Seine Frau hat er betrogen, aber nicht nur sie. Hat immer wieder gelogen, inzwischen beträchtliche Summen veruntreut. Durch seine Schuld sind viele Menschen in große Schwierigkeiten geraten. Auch die junge Frau damals, seine erste und einzige große Liebe. Aber er war doch noch so jung! Was hätte er denn tun sollen? Er weiß, sein schlechtes Gewissen wird ihn nie wieder loslassen.

Ob seine Entführer ihn vergessen haben?

Seit Langem muss er dringend zur Toilette. Er sitzt bereits im eigenen Kot und Urin, weil sie nicht rechtzeitig kamen, da ist es wohl egal, ob er sich jetzt nochmals in seine Hose entleert. Warm rinnt der Urin an seinen Beinen hinab und vergrößert die stinkende Pfütze unter ihm.

Was, wenn seine Entführer längst über alle Berge sind und ihn hier niemand findet, solange er noch lebt?

Wie lange wird es dauern, bis er stirbt? Wird er verdursten? Versagt sein Kreislauf und er verliert das Bewusstsein?

Vielleicht stirbt er auch an einer Blutvergiftung.

Die Ratten werden immer dreister. Eine klettert soeben in seinem rechten Hosenbein hoch.

Er schreit unter seinem Sack so laut er kann, wackelt auf dem Stuhl hin und her, um das Tier zu verscheuchen.

Schließlich kippt er mit dem Stuhl um. Als er dabei auf seine Schulter kracht, nimmt ihm der Schmerz für kurze Zeit das Bewusstsein.

Später versucht er, sich von seinen Handfesseln zu befreien, doch er reibt sich nur weiter seine längst blutigen Handgelenke auf. Auch sind die Qualen an Hand und Schulter zu groß, als dass er wirklich etwas ausrichten könnte.

Eine Weile bemüht er sich, an seinen Fußfesseln zu arbeiten, indem er sie durch geringfügige Bewegungen zu weiten versucht, doch er hat zu wenig Gefühl in Beinen und Füßen, ist durch das Hungern inzwischen viel zu geschwächt.

Was wollen diese Leute von ihm? Wer sind sie? Wollen sie Lösegeld erpressen? Und um ihrer Forderung Nachdruck zu verleihen, haben sie seiner Frau den Finger und ein Foto von ihm geschickt? Er bezweifelt, dass sie darauf eingehen wird. Sie haben schon seit Jahren keine gute Beziehung mehr zueinander, schlafen längst in getrennten Schlafzimmern und sehen sich manchmal tagelang nicht. Sie weiß von seinen zahlreichen Affären. Er war in letzter Zeit nicht mehr besonders vorsichtig. Sogar über eine Trennung hatten sie schon gesprochen. Warum sollte sie also Wert darauf legen, ihn zurückzubekommen? Es gibt keinen Grund.

4

Der geschmackvoll eingerichtete, überwiegend in Schwarz und Grautönen gehaltene Empfangsraum der Kanzlei Morjahn wird bewacht von einer elegant gekleideten, jungen Dame, die auf ihrem Sessel ähnlich wie Zerberus vor dem Eingang zum Hades thront.

Bei ihrem Anblick bereue ich unverzüglich, heute nicht meinen schicken Hosenanzug zu tragen, sondern schlicht in schwarzen Jeans, Pullover und Lederjacke daherzukommen.

Ich frage mich, wer oder was mehr Aufmerksamkeit auf sich zieht: Der prachtvolle Acryl-Schreibtisch, der bis auf die Schubladen und die kleine schwarze Schreibtischauflage transparent ist, oder die Vorzimmerdame. Wahrscheinlich lässt sich beides noch nicht einmal voneinander trennen, denn wäre der Arbeitsplatz der jungen Dame nicht durchscheinend, könnte man ihre makellosen, endlos erscheinenden Beine in den Nylonstrümpfen nicht sehen. Der für viele Besucher wohl eigentliche Blickfang des Raumes.

Ihr hübsches, für meine Begriffe aber leider ziemlich einfältig wirkendes Gesicht wird von langen, hellblonden Haaren eingerahmt. Damit erfüllt sie das typische Klischee einer Blondine.

Ich schätze sie auf Mitte bis Ende 20 und müsste mich schon sehr täuschen, wenn es sich hier nicht um eine von Helges vielen Nebentätigkeiten handelt.

Während ich die gestandene Sammlung von Miró-, Klee- und Kandinsky-Lithografien an den Wänden taxiere, tritt Julian vor dem Schreibtisch der Blonden möglichst auffällig von einem Bein aufs andere, um zwischendurch demonstrativ und wie ein Schaukelpferd oder Hospitalismusgeschädigter auf den Füßen vor und zurück zu schaukeln. Vor und zurück. Die Dame tuschelt nämlich, während sie uns hin und wieder mit einer kleinen Geste ihrer freien Hand um einen Augenblick Geduld bittet, unaufhörlich in den Telefonhörer, der an ihrem linken Ohr wie festgewachsen scheint. Das Design des Hörers ist außergewöhnlich schön. Das Besondere aber ist die Transparenz des Gehäuses, das den freien Blick aufs technische Innere zulässt. So viel Einsicht und Durchsicht regen meine Fantasie gewaltig an, und ich stelle mir den Kopf der jungen Frau vor, wie er wohl aussähe, wäre seine Umhüllung aus Plexiglas und ebenso durchsichtig.

»Toni, das werden wir sehen, wenn wir dort angekommen sind. Ich kann jetzt nicht weiter mit dir sprechen, ich ruf dich später wieder an«, flüstert die Blonde noch rasch in die Sprechmuschel, bevor sie auflegt.

Mit einer schnellen, gut einstudierten Bewegung wirft sie ihr perfekt sitzendes Haar über die Schulter: »Entschuldigen Sie bitte, dass ich Sie habe warten lassen, aber es war wichtig!«

Ich nicke und während ich mich um einen freundlichen Gesichtsausdruck bemühe, mache ich eine

Geste, als wolle ich eine lästige Fliege verscheuchen.

Julian stellt uns vor. »Wir hatten uns telefonisch angekündigt«, lächelt er charmant und wirft einen kurzen Blick auf das kleine Kunststoff-Schildchen, das auf dem Schreibtisch gleich vorn steht. »Frau Reckers?«

Sie nickt. »Ja, ich erinnere mich.«

Die Blonde, die ein enges, bestimmt ganz und gar nicht billiges, dunkelblaues Nadelstreifen-Kostüm trägt, verschlingt Julian beinah mit ihren Blicken. Gleichzeitig weist sie mit einer lasziven Handbewegung auf die beiden, mit schwarzem Leder bezogenen Stühle vor dem Schreibtisch. Die Übung macht's wohl.

»Nehmen Sie bitte Platz«, flötet sie. »Sie haben mir noch nicht gesagt, worum es bei Ihrem Besuch geht.«

Mit einer raschen Bewegung nimmt sie das vor ihr liegende Lehrbuch vom Tisch und lässt es in einer der Schreibtischschubladen verschwinden. ›Spanisch für Anfänger‹. Die junge Dame nutzt die Abwesenheit ihres Chefs offensichtlich dazu, sich während der Arbeitszeit auf ihren nächsten Urlaub vorzubereiten. Wirklich sehr effektiv.

»Habe ich das nicht?« Julian schaut ihr tief in die künstlich bewimperten Augen. »Entschuldigung, ich dachte, ich hätte es bereits am Telefon erwähnt. Es sieht so aus, als sei Ihr Chef entführt worden.«

»Was sagen Sie? Entführt?«

Aus großen Augen schaut sie Julian an. Braun sind sie und erinnern mich an eine bestimmte Sorte

Wiederkäuer. Für einen Augenblick stelle ich mir die Dame mit einer bunt bemalten Kuhglocke um den Hals vor.

Entsetzt schlägt Frau Reckers eine modisch mehrfach beringte Hand vor den Mund. »Entführt? Aber warum denn das?«

»Wissen wir noch nicht«, antworte ich. »Wann haben Sie ihn denn zum letzten Mal gesehen?«

Ihre Antwort kommt einen Hauch zu schnell, finde ich. Geradezu wie aus der Pistole geschossen.

»Vor vier Tagen. Er war nur kurz in seinem Büro, hat einige Telefonate geführt und dann die Kanzlei gegen 9 Uhr mit einer Reisetasche verlassen. Aber warum denn entführt?«

Für meinen Geschmack wiederholt sie sich zu oft. Allmählich bin ich versucht zu kontern, ja, warum eigentlich nicht?

Julian fragt: »Vielleicht haben Sie eine Idee? Hat Ihr Chef Ihnen gegenüber in letzter Zeit erwähnt, dass er in Schwierigkeiten steckt oder solche befürchtet? Oder ist Ihnen irgendetwas Ungewöhnliches in der Zeit vor seinem Verschwinden aufgefallen?«

Jennifer Reckers schüttelt den Kopf. »Nein, nicht dass ich wüsste. Er verhielt sich eigentlich wie immer.«

Ich hake nach. »Vor vier Tagen haben Sie ihn also zum letzten Mal gesehen, sagen Sie. Und danach haben Sie ihn auch nicht mehr gesprochen? Nicht mit ihm telefoniert?«

Frau Reckers schüttelt wieder die blonde Mähne. »Nein.«

Julian übernimmt wieder. »Hat er Ihnen gegenüber angedeutet, wohin er wollte? Immerhin ist er Ihr Chef und Sie sollten doch wohl wissen, wo er sich aufhält.«

Die letzte Bemerkung übergeht sie. »Nein, er hat nicht gesagt, wohin er wollte. Aber es kommt hin und wieder vor, dass er kurzfristig für einige Tage ins Ausland reist. Daher habe ich mir bisher noch keine ernsthaften Sorgen gemacht.«

»Wann hätten Sie sich denn Sorgen gemacht?«, frage ich.

»Wenn er bis morgen Abend nicht wieder aufgetaucht wäre. Ich hätte dann zunächst seine Frau informiert.«

»Sie haben doch bestimmt seine Termine griffbereit und können uns sagen, mit wem er sich in den Tagen vor seinem Verschwinden getroffen hat.« Julian ist die Geduld in Person.

»Nein«, sie druckst herum, »leider nicht. Helähh ...!« Ihre Hand fährt plötzlich zum Mund, sie hustet, scheint sich an irgendetwas verschluckt zu haben, die Arme.

Ich stehe auf, klopfe ihr hilfsbereit auf den Rücken, bis sie sich wieder so weit beruhigt hat, dass sie weiterreden kann.

»Entschuldigung. Herr Morjahn muss wohl meinen Terminkalender versehentlich mit eingesteckt haben. Oder er hatte sein Notebook verlegt und hat deshalb meinen Kalender mitgenommen. Ich weiß es nicht.«

»Da kann man nichts machen«, sagt Julian. »Das war es auch schon fürs Erste. Vielen Dank für Ihre Mithilfe, Frau Reckers.«

»Aber, ich konnte Ihnen ja gar nicht weiterhelfen!«

Vielleicht nicht auf den ersten Blick, denke ich.

Julian, der bereits in Richtung Ausgang unterwegs ist, dreht sich nochmals um: »Ach, nur eine kurze Frage noch, Frau Reckers: »Sind Sie die einzige Mitarbeiterin von Herrn Morjahn?«

»Nein, wir beschäftigen noch eine Anwaltsgehilfin, Frau Stolle-Wessling. Aber die ist zurzeit im Urlaub.«

»Und Sie sind auch Anwaltsgehilfin?«, fragt Julian und nimmt mir damit die Frage förmlich aus dem Mund.

»Nein, ich bin die Sekretärin«, erläutert die Blonde und der Stolz, mit dem sie das sagt, ist unüberhörbar.

Als sie aufstehen will, um uns hinauszubegleiten, sage ich schnell: »Danke, behalten Sie ruhig Platz, wir finden den Weg allein. Schönen Tag noch.«

Unsere Mägen knurren um die Wette. Deshalb beschließen Julian und ich, gleich hier in der Nähe einen Happen essen zu gehen und danach noch einmal bei Claudia vorbeizuschauen.

In unserem Kühlschrank zu Hause ist nicht viel Spannendes vorhanden, da wir ein paar Tage Urlaub geplant hatten. Unsere Hilfe, die sonst zweimal in der Woche kommt, hatte unseren Spontanurlaub genutzt, um ebenfalls freizunehmen, und war zu Verwandten auf die Insel Rügen gefahren.

Wir entscheiden uns fürs ›Quadrat‹, eine originelle Szene-Kneipe gleich um die nächste Ecke. Im

›Quadrat‹ ist fast alles quadratisch, praktisch und gut. Auch die Teller, Tassen und Untersetzer. Es gehört lediglich ein kleines bisschen Übung dazu, dann ist die Nahrungsaufnahme ebenso einfach wie sonst auch.

Sogar der Kneipenbesitzer Harding Woolf, ein Engländer, ist sichtlich mit seiner persönlichen Quadratur beschäftig. Vor fünf Jahren hat er von einem Tag auf den anderen seinen Pub in Covent Garden aufgegeben, um sich zu Ulla aufzumachen, einer deutschen Urlaubsbekanntschaft aus Münster, weil die Liebe zu dieser Frau letztlich größer war als sein Heimatgefühl.

Wie wir hörten, ist er immer noch auf der Suche nach einem WC-Hersteller, der ihm ein gutes Angebot für quadratische Toilettenbecken unterbreiten kann.

Harding kommt zur Begrüßung an unseren Tisch, lässt es sich nicht nehmen, uns persönlich die Getränke zu bringen. Seit Julian ihm mal eine kleine Gefälligkeit, wie er es nennt, erweisen konnte, hat er bei Harding einen Riesenstein im Brett, und diese Sympathie überträgt sich auch auf mich. Dabei ist Julian an Harding geraten wie die Jungfrau zum Kind. Bei Nacht und Nebel und als hätte ein großer, unsichtbarer Marionettenspieler die beiden zueinander geführt.

»Reiner Zufall«, hat Julian gesagt und das Ganze heruntergespielt, »dass ich an diesem Abend überhaupt in der Gegend unterwegs war. Und Harding wäre auch gut allein zurechtgekommen.«

Doch ich glaube nicht an Zufälle. Der Gastwirt,

der mich vom Aussehen her immer ein bisschen an den Schlagersänger Bill Ramsey in jüngeren Jahren erinnert, sogar ähnlich wie dieser spricht, hätte es niemals allein geschafft, so schlecht, wie er an diesem Abend drauf war. Zudem muss er wohl ziemlich betrunken gewesen sein, als Julian, der in seinem Wagen unterwegs war, ihn gerade noch aus dem Augenwinkel um eine Ecke wanken sah. Julian hatte angehalten und war dem Mann aus irgendeinem Gefühl heraus hinterhergegangen. Er kam gerade noch rechtzeitig, um Schlimmeres zu verhindern. Zwei Gestalten hatten Harding in der Mangel. Einer traktierte ihn mit Fäusten, der andere hatte soeben die Klinge seines Klappmessers herausspringen lassen. Keine Ahnung, was genau Julian unternommen hat, aber er ist in allen Kampfsportarten zu Hause und nimmt es mit zwei solchen Typen, selbst wenn sie mit Messern bewaffnet sind, normalerweise ohne Probleme auf. Ich hätte es in diesem Fall sicher vorgezogen, Hilfe zu holen.

Zu dieser Zeit schlug sich der Engländer gerade mit dem Problem herum, seine Idee mit dem Lokal in die Praxis umzusetzen. Ob die beiden Kerle lediglich vorhatten, ihn kampfunfähig zu machen, um ihn dann auszurauben, oder ob vielleicht sogar etwas ganz anderes hinter dieser Attacke steckte, wissen wir nicht.

Jedenfalls hält Harding Julian für eine Art Lebensretter oder Schutzengel. Und auch wenn Julian nie mit mir darüber gesprochen hat, denke ich, er hat damals seine Beziehungen spielen lassen, denn kurze

Zeit später verwirklichte unser neuer Freund seine Pläne.

»Geht aufs Haus!«, dröhnt Woolf und duldet unserer Erfahrung nach keinen Widerspruch. »Und dass du mir nicht wieder das Geld heimlich in die Kasse tust.« Im Weggehen droht er Julian über die Schulter spaßhaft mit dem Zeigefinger.

»Ah, tut das gut«, stöhne ich genussvoll, während ich die ersten Schlucke meines Cappuccinos mit Sahnehäubchen genieße. Von den zwei kleinen Waffelröllchen, die es dazu gibt, spendiere ich Julian großzügig eins. Er hat sich ein Wasser und einen Espresso bestellt.

»Suchst du etwas?«, frage ich irritiert, als er seine Espressotasse von allen Seiten betrachtet, sie schließlich hochhebt, um darunter nachzuschauen.

»Ja, meinen Keks. Ich müsste eigentlich doch auch einen bekommen haben.«

»Hast du aber nicht«, stelle ich sachlich fest. »Dafür habe ich dir doch gerade einen abgegeben. Wahrscheinlich war er für dich bestimmt und ist versehentlich auf meiner Untertasse gelandet. Wenn du allerdings weiterhin auf eigenem Gebäck bestehst, sollten wir ganz einfach noch etwas bestellen. Damit wir endlich zu wichtigeren Themen übergehen können.«

Julian nickt grinsend. »Ist schon gut, ich gebe mich ja mit dem einen Röllchen zufrieden.«

Manchmal weiß ich nicht, ob er etwas ernst meint oder mich lediglich mit seinem Verhalten auf die Palme bringen will. Ich tippe auf Letzteres.

»Was hältst du von Helges Sekretärin?«, wechsle

ich neugierig das Gesprächsthema, während ich mit den Zähnen behutsam Schicht um Schicht meines Waffelröllchens abknabbere. Ich liebe Waffelröllchen und es waren nicht wenige Röllchen, in jeder Hinsicht, die mich zu einer gewissen Perfektion beim Abknabbern gebracht haben.

Julian schaut fasziniert zu und versucht, es mir mit seinem Röllchen nachzumachen. Doch wie üblich zerbricht seins in viele kleine Stückchen und Krümel. »Dass irgendetwas mit ihr nicht stimmt, ist offensichtlich. Ich weiß nur noch nicht, was.« Er pickt die Krümel auf und blickt dann grübelnd in seine kleine Espressotasse, als könne er darin lesen wie im Kaffeesatz.

»Ganz deiner Meinung«, pflichte ich ihm bei. »Die Reckers verbirgt etwas. Sie hat bestimmt ein Verhältnis mit Helge. Sie hat sich beinahe verquatscht und ihn beim Vornamen genannt und dann dieses aufgeblasene ›Wir beschäftigen noch eine Anwaltsgehilfin‹.« Ich ahme ihre affektierte Stimme nach und Julian lacht. »Ja, stimmt, spätestens da hat sie sich verraten.«

Unser Salat mit warmen, knusprigen Hähnchenkeulen wird serviert. Es duftet köstlich. Aus dem Brotkörbchen nehme ich ein Stück warmes Knoblauchbaguette und beiße genussvoll hinein.

Julian nimmt sich ebenfalls eins. »Mhm, das tut jetzt richtig gut! Ich werde wohl heute Nacht mal einen Blick in Helges Kanzlei werfen«, bemerkt er dann kauend. »Vielleicht finde ich einen Hinweis, der uns weiterbringt.«

»Die Türen und Schlösser hast du gesehen?«, frage

ich. »Wird nicht ganz einfach sein hineinzukommen.«

»In der Tat. Ich hoffe aber, mir wird noch etwas einfallen. Wozu sind wir vom Fach?«

Den Gedanken, es könnte Julian bei diesem nächtlichen Alleingang womöglich etwas zustoßen, schiebe ich sofort wieder von mir. Angst ist das Allerletzte, was man in unserem Beruf gebrauchen kann.

Er scheint meine Gedanken gelesen zu haben. Über den Tisch hinweg nimmt er meine Hand, streichelt sie beruhigend und sagt dann schmunzelnd: »Ich pass schon auf. Du glaubst doch nicht, ich setze das schöne Leben mit dir aufs Spiel?«

»Stimmt«, gebe ich zu, »das wäre sehr töricht. Was hältst du übrigens davon, wenn ich Jennifer Reckers morgen nach der Arbeit ein bisschen im Auge behalte? Ich habe so ein Gefühl, als würde da etwas nicht stimmen. Vielleicht inszenieren die beiden lediglich etwas und führen uns alle an der Nase herum.«

Julian schaut mich überrascht an. »Dein Bauchgefühl?«

»Ja, nicht mehr und nicht weniger. Wäre aber nicht das erste Mal, dass es uns auf eine Spur bringt.«

»Gut, beobachte sie ein wenig. Könntest du heute Nacht noch einmal bei Claudia bleiben? Ich hoffe, Petra löst dich dann morgen ab. Ich rufe sie auf alle Fälle im Laufe des Abends an. Es ist nämlich möglich, dass Claudia es nicht getan hat. Morgen Nacht möchte ich dann endlich wieder mal im eigenen Bett schlafen.«

Er weiß, dass er mir damit aus dem Herzen spricht. Ich würde am liebsten direkt von hier aus dorthin fahren. Es geht eben nichts über das eigene Zuhause, vor allem aber das eigene Bett. Und unsere Altbauwohnung im Hochparterre mit Balkon und Minigärtchen in Münsters begehrtem, citynahem Kreuzviertel, zudem ganz nah an der Promenade gelegen, ist ein überaus gemütliches Zuhause. Wir hängen beide sehr daran, wissen auch nur zu gut, dass eine solche Wohnung in dieser Lage heute kaum noch zu bekommen ist. Aber Job ist Job, und da müssen Mimositäten oder gewisse Vorlieben eben manchmal zurückstehen.

»Sicher, ich bleibe bei Claudia. In dieser Situation sollte sie nicht zu lang allein sein.«

»Gut, dann lass uns aufessen und bezahlen.«

Julian hat den Satz gerade ausgesprochen, als ihm jemand kräftig von hinten auf die Schulter schlägt. Das Stückchen Baguette, das er soeben essen wollte, fliegt im hohen Bogen in meine Richtung, landet auf der Tischdecke. Blitzschnell greife ich danach und stecke es in den Mund.

»Alles, was auf dieser Seite landet, gehört mir und wird auch nicht zurückgegeben.«

Hinter Julian tönt es laut: »Na, Frey, alter Privatschnüffler, lässt es dir wohl mal wieder richtig gut gehen? Und wer ist die Schöne, die mit dir am Tisch sitzt? Vielleicht stellst du mich mal vor?«

Julian rollt genervt mit den Augen, bläst seine Wangen auf, bevor er zischt: »Heiner, alte Nervensäge, du weißt ganz genau, wer mir gegenübersitzt. Und nun zieh bitte nicht so eine auffällige Show ab, ich bin hier undercover und wollte es eigentlich auch gern bleiben.«

Heiner lacht schallend, greift sich ungefragt einen freien Stuhl vom Nachbartisch und setzt sich zu uns. Er tut dies mit dem Selbstverständnis eines Menschen, der genau weiß, er könnte jederzeit seinen Dienstausweis aus der Tasche ziehen mit den Worten: ›Polizei! Wir ermitteln gerade. Der Stuhl ist vorläufig beschlagnahmt. Sie können ihn morgen im Präsidium wieder abholen.‹

»Ich darf mich doch für ein paar Minuten zu meinen ehemaligen Kollegen setzen?« Er grinst zu mir herüber: »Hallo, Katharina, wie geht's?«

»Tag, Heiner, wir können nicht klagen. Und selbst?« Klingt etwas lahm und ist auch nicht besonders originell von mir, aber auf Heiner und seinen ewigen Smalltalk habe ich gerade überhaupt keine Lust. Bis eben war es so schön, mit Julian ungestört zusammensitzen zu können. Aber natürlich ist in einer Kneipe, zumal einer, die gerade mächtig in ist, damit zu rechnen, dass man Bekannte trifft.

Julian fragt Heiner grinsend und mit einem demonstrativen Blick auf seine Armbanduhr: »Was treibt dich am helllichten Tag in ein Lokal? Habt ihr inzwischen Kurzarbeit eingeführt?«

»Im Gegenteil, wir arbeiten immer länger. Ich habe Schichtdienst, bin in dieser Woche nachts dran«, brummt unser Ex-Kollege und schüttelt dabei unwillig sein schweres Haupt. »Geht mir inzwischen ganz schön auf die Zwiebel!«

Julian lacht: »Ich habe mir schon gedacht, dass auch du eines Tages zu dieser Erkenntnis gelangen würdest.

Mach es wie wir, mach dich selbstständig.Das bedeutet zwar auch jede Menge Arbeit, aber immerhin die Möglichkeit, sie sich selbst auszusuchen.«

Ich kann ihm nur beipflichten: »Julian hat recht. Außerdem könnten wir sehr gut noch jemanden gebrauchen. Denk mal darüber nach.« Zumindest für alle anfallenden groben Tätigkeiten hätten wir jede Menge Hilfe nötig, aber das sage ich natürlich nicht.

»Das tue ich vielleicht sogar bei nächster Gelegenheit.«

Heiner setzt das große Bierglas mit dem hoffentlich auch wirklich alkoholfreien Inhalt an, nimmt einen gigantischen Schluck und wischt sich anschließend mit dem Handrücken den Schaum aus seinen Barthaaren. Er ist Mitte 40. Mit seinen eindrucksvollen 1,95 Meter zeigt er leider eine gefährliche Neigung zur Korpulenz. Die zumeist etwas nachlässige Bekleidung, die sich überwiegend aus zerknitterten, dunkelbraunen Kord-Kombinationen zusammensetzt, steht im krassen Gegensatz zu seinem inzwischen stahlgrauen Bürstenhaar, das er stets gepflegt und akkurat geschnitten trägt. Ebenso wie sein Markenzeichen, der auffällige Knebelbart, ein Kinnbart, der mit einem äußerst kunstvoll gezwirbelten Schnurrbart kombiniert ist. Bedeutet, der Mann geht mit einer Bartbinde zu Bett. Da er überzeugter Single ist, kann er damit niemandem einen Schrecken einjagen. Heiner ist kein schlechter Mensch, nur manchmal ein bisschen zu laut, auch entschieden zu trinkfreudig und daher in Ton und Verhalten schnell etwas daneben. Das ging mir schon früher auf die Nerven. Aber sonst ist er ganz in Ordnung. Und seitdem er uns damals bei der Geschichte mit dem Pferderipper beherzt und selbstlos beigestanden hatte und damit auch das Leben eines der Ponys gerettet werden konnte, sehe ich ihm vieles nach.

Unseren Entschluss allerdings, uns aus dem Polizeidienst zu verabschieden, um uns selbständig zu machen, konnte er lange Zeit nicht verstehen. ›Wie bringt ihr es nur fertig, eine sichere, unkündbare Stelle aufzugeben und euch in diesen Zeiten in die freie Wildbahn zu begeben?‹, fragte er immer wieder kopfschüttelnd. Eine Weile hat er uns unseren Entschluss regelrecht übel genommen.

Während die beiden Männer reden, Julian zum x-ten Mal seine Story aus dem Intercity nach München zum Besten geben muss, verschwinde ich auf die Toilette, um mich etwas frisch zu machen, und begebe mich dann an die Theke zu Steffi. Ich kenne sie, seit ihr Mann vor etwas mehr als zwei Jahren vom Zigarettenholen nicht mehr zurückgekehrt und spurlos verschwunden ist. Über ein paar Ecken und gemeinsame Bekannte kam sie schließlich auf uns zu und bat um Hilfe, nachdem die Polizeibeamten bei der Suche nach ihrem Mann nur wenig Engagement gezeigt hatten. Sie waren der Ansicht, dass es nicht in ihren Zuständigkeitsbereich fiele, Menschen zu suchen, die aus irgendwelchen Gründen keine Lust mehr auf ihr bisheriges Leben verspürten, vielleicht untertauchen wollten, um schlicht ihre Ruhe zu haben. Die Polizisten wollten ein solches Verhalten damit keineswegs gutheißen, Steffi solle das bitte nicht missverstehen, nur könne es eben auch nicht Aufgabe der Polizei sein, nach diesen Menschen zu fahnden.

Leider waren zu diesem Zeitpunkt die Spuren schon verwischt. Zwar meinten mehrere Leute, Steffis Mann am Abend seines Verschwindens und an den darauffolgenden Tagen noch gesehen zu haben, doch wichen Plätze, an denen er sich angeblich aufgehalten haben sollte, und Personenbeschreibungen zunehmend und auf irritierende Weise voneinander ab, sodass keiner der Hinweise uns letztlich weiterbrachte. Wie konnte der Mann gerade noch in der Nähe des Münsterschen Hafens gesehen worden sein und beinah zeitgleich aus einem Intercity in Dortmund steigen? Bereits eine halbe Stunde später wollte ihn ein Zeuge beim Essen einer Currywurst an einem Kiosk in der Nähe des Osnabrücker Bahnhofs beobachtet haben. Der Zeuge schien absolut glaubwürdig, schwor nach Betrachten eines Fotos des Verschwundenen Stein und Bein, ja, das sei der Mann gewesen. Dieses große merkwürdige Muttermal dort am Hals, das habe er eindeutig gesehen. Deshalb habe er doch überhaupt erst so genau hingeschaut.

Schließlich, nachdem wir den meisten Spuren nachgegangen waren, hatte sich für Julian und mich immer mehr der Verdacht erhärtet, der Vermisste habe absichtlich falsche Fährten gelegt, und die Polizisten könnten durchaus richtig mit ihrer Vermutung gelegen haben. Zu beweisen war das natürlich nicht. Und wir behielten unseren Verdacht auch tunlichst für uns, denn weder Steffi noch die Kinder konnten sich irgendeinen Reim darauf machen, warum ihr Mann beziehungsweise Vater sich bei Nacht und Nebel aus dem Staub gemacht haben sollte. Sie standen nicht nur vor einem Rätsel, sondern gleichzeitig auch am Rand eines finanziellen Abgrunds. Seither habe ich mich zahlreiche Male mit Steffi getroffen, habe immer wieder versucht, mit ihr über Toni, ihren Mann, zu reden, über ihre Beziehung zueinander, ihre Träume und Wünsche, ihre Freunde und Bekannten. Immer in der Hoffnung, doch noch den entscheidenden Hinweis über den Verbleib ihres Mannes zu erhalten. Nach allem, was Steffi erzählt hat, habe ich tatsächlich den Verdacht gewonnen, Toni ist mit einer Freundin auf und davongegangen, vielleicht sogar ins Ausland. Ich denke, der Mann hatte einfach nicht den Mut, vorher klar Schiff zu machen. Es mag aber auch sein, ich täusche mich gewaltig, es verhält sich alles ganz anders, und er ist das Opfer eines Gewaltverbrechens geworden. Auf die eine oder andere Weise tauchen die meisten Menschen über kurz oder lang wieder auf, einige aber bleiben für immer unauffindbar. Seit ungefähr einem Jahr kellnert Steffi an einigen Tagen in der Woche stundenweise im ›Quadrat‹, um für sich und die drei Kinder noch etwas dazuzuverdienen. Toni, ein paar Jahre jünger als seine Frau, ist zwar inzwischen offiziell für tot erklärt worden, weil er aber erst wenige Jahre als Anwalt in einer Gemeinschaftskanzlei tätig war, reicht ihre Witwenrente nicht annähernd für sie und die Kinder. Zudem sind Gemeinschaftskanzleien in Münster inzwischen so zahlreich vertreten, dass man die Straßen mühelos damit pflastern könnte.

Die zierliche Steffi ist Ende 30. Ihr hübsches, herzförmiges Gesicht wird sonst von einer gepflegten blonden Lockenfrisur eingerahmt; heute hängen ihre Haare stumpf und kraftlos bis auf die Schultern herab und sie sieht extrem blass und erschöpft aus.

»Wie geht es dir und den Kindern?«, frage ich besorgt.

»Ach, Kathrin, den Kindern geht es einigermaßen gut, aber ich bin in letzter Zeit immer so schrecklich müde. Keine Ahnung, woran das liegt. Vermutlich sind es die Wechseljahre.« Sie versucht ein Grinsen.

»Wechseljahre? Ach was, doch nicht in deinem jugendlichen Alter. Ich vermute, du arbeitest zu viel, daran wird es liegen. Vielleicht ist es auch die Frühjahrsmüdigkeit? Wenn du magst, komm doch mal wieder vorbei, ich würde mich freuen. Im Augenblick stecken wir bis zum Hals in einem Auftrag, aber nächste oder übernächste Woche ist bestimmt wieder mehr Zeit. Und dann können wir beide mal wieder so richtig ausführlich tratschen.«

Steffi lächelt. »Das wäre schön. Ja, ich komme gern mal wieder vorbei.«

Ich bemerke, dass Julian aufsteht und sich von Heiner verabschiedet. Zumindest versucht er, irgendwie Heiners Redeschwall zu entkommen.

Mit dem Daumen weise ich über meine Schulter in Julians Richtung. »Ich muss dann auch mal«, informiere ich Steffi, »aber wir telefonieren in Kürze und machen einen Termin. Ganz bestimmt!«

»Julian.« Ich schwenke mein Handy. »Du hast deins wohl mal wieder abgestellt? Deine Mutter, es ist äußerst dringend!«

»Oh Mann. Ich dachte schon, ich würde den Kerl überhaupt nicht mehr los. Er wollte mit mir gleich heute Abend unbedingt einen Zug durch die Gemeinde machen. Von den guten alten Zeiten quatschen und darauf anstoßen. Danke, dass du mich losgeeist hast«, stöhnt Julian erleichtert, als wir endlich vor dem Lokal stehen und tief Luft holen. Obwohl das Rauchen auch in Gaststätten inzwischen eigentlich verboten ist, wird im ›Quadrat‹ noch ordentlich gequalmt. Zunächst waren die Raucher in den kleinen Nebenraum verfrachtet worden, um damit die Nichtraucher zu schützen, doch schnell stellte sich heraus, dass die Süchtigen in der Überzahl waren. Und so sitzen inzwischen, offiziell zumindest und bis auf Weiteres, die Nichtraucher im Nebenraum.

Auf dem Weg zu unserem Wagen trifft mich gerade eine Art Erkenntnis. »Julian?«

»Ja, was ist?« Mit hochgezogenen Augenbrauen schaut er mich fragend an.

»Kannst du dich noch erinnern, wie Frau Reckers während ihres Telefonats ihren Gesprächspartner genannt hat?«

»Welche Frau Reckers?«

»Helges Sekretärin!«

»Ach so, die.« Er grübelt eine Weile, dann schüttelt er den Kopf. »Nein, daran kann ich mich wirklich nicht erinnern. Warum fragst du?«

»Sie hat ihn Toni genannt.« Triumphierend schaue ich ihn an.

»Klickt da bei dir irgendetwas?«

»Nein.« Julian schüttelt ratlos den Kopf. »Ich verstehe immer noch nichts.«

»Steffi? Toni? Jennifer Reckers? Fällt jetzt vielleicht der Groschen?«

Julian pfeift durch die Zähne. »Du meinst Jennifer Reckers' Toni könnte unser seit Jahren Vermisster sein? Steffis Mann? Es wird etliche Menschen in Münster geben, die auf den katholischen Namen Antonius getauft wurden. Und wer weiß, ob der Toni, mit dem sie telefoniert hat, überhaupt aus der Gegend hier stammt. Ist deine Vermutung nicht ein bisschen zu weit hergeholt?«

»Vielleicht, vielleicht auch nicht. Aber das Leben schreibt bekanntlich die besten Geschichten. Wir sollten das zumindest im Kopf behalten.«

»Gut, notiert.«

Mein Handy meldet sich, vibriert in der Hosentasche. Ich werfe einen Blick auf das Display. Einen Augenblick muss ich überlegen, dann erkenne ich die Nummer wieder. »Unser hilfsbereiter Gerichtsmediziner ruft an. Bestimmt hat er schon das Ergebnis vorliegen.« Ich melde mich. »Hallo, Thomas.«

Er lacht. »Technik ist schon etwas Tolles, nicht wahr?«

Ich stimme ihm zu. »Sofern sie uns wirklich dient und uns unsere Arbeit erleichtert. Sonst kann es auch sehr ärgerlich mit ihr werden. Liegt das Ergebnis schon vor?«

»Yep!«

»Und? Nun lass es dir doch nicht alles aus der Nase ziehen.«

»Haha.« Sein Lachen ist so laut, dass ich das Handy etwa einen halben Meter vom Ohr entfernt halten muss, damit mein Trommelfell keinen Schaden nimmt. Nachdem er sich wieder beruhigt hat, sagt er: »Du wolltest mir noch mitteilen, was ich dafür von dir bekomme.«

Ich zögere. Das stimmt, aber vielleicht kann ich mich ja noch irgendwie drücken. »Ich habe dir doch versprochen, dass wir die Untersuchung bezahlen. Sehr gut bezahlen. Ist das denn nicht ausreichend?«

Er geht nicht auf meine Frage ein. »Hast du Lust, mich ins Kino zu begleiten? Oder in ein Restaurant? Du kannst dir eins aussuchen. Oder wäre dir ein Theaterbesuch lieber?«

Manche Menschen ändern sich nie.

»Thomas, alles, was ich dir anbieten kann, ist ein Abendessen. Und zwar zu dritt, mit Julian. Wir kochen für dich etwas ganz Besonderes!«

»Dein letztes Wort?«

»Ja, mein allerletztes!«

»Wann?«

»Thomas, entschuldige, aber du nervst. Sobald wir unseren aktuellen Fall hinter uns haben. Das kann bereits in der kommenden Woche sein.«

»Also gut, einverstanden.« Er legt eine längere Pause ein, vermutlich, um mich zu ärgern. Das

Zigarettenrauchen haben Julian und ich vor vielen Jahren aufgegeben und seither hat es nur etwa eine Handvoll Situationen gegeben, da hätte ich mir einen Glimmstängel oder zumindest einige wenige Züge gewünscht. Jetzt ist so ein Augenblick; hielte mir jemand seine Schachtel hin, ich würde sofort zugreifen. Ohne dass Thomas es hören kann, bitte ich Julian um einen Kaugummi.

Dann kommt es endlich: »Die Person lebte noch, als ihr der Finger entfernt wurde.«

»Wurde er mit einem Messer abgeschnitten?«

»Eher abgehackt. Mit einem nur mäßig scharfen Beil.«

Dieses Thema versuche ich gedanklich nicht weiter zu vertiefen, dennoch stellen sich mir unverzüglich die Nackenhaare auf. Ich kann Helge überhaupt nicht ausstehen, aber so eine Quälerei wünsche ich ihm nicht.

»Danke, Thomas, das hilft uns sehr. Ich rufe dich wegen des Abendessens wieder an.« Schnell beende ich die Verbindung.

Inzwischen sitzen wir im Wagen. Julian sieht mich fragend an. »Lass mich raten: Helge lebte noch?«

Ich nicke zustimmend.

»Lass mich weiter raten: Ich muss für Thomas kochen?«

Nur mühsam unterdrücke ich ein Grinsen. Wieder nicke ich.

»Tut mir aufrichtig leid, Julian. Da ließ sich nichts machen. Du hast es ja mitbekommen.«

»Dann bleibt mir wohl nichts anderes übrig, als den Kerl zu vergiften, ihn ein für alle Mal unschädlich zu machen!«, zischt Julian und versucht, dabei möglichst hinterhältig und gemein dreinzuschauen. Doch da könnte er 100 Jahre üben, es würde nichts daraus werden. Niemals könnte er hinterhältig und gemein aussehen.

»Ha!«, ruft er wenig später triumphierend aus, nachdem er den Jaguar gestartet hat und ihn nun langsam vom Parkplatz auf die Straße rollen lässt. »Ich hab's. Ich weiß jetzt, wie ich es anstellen werde.«

»Was?«, frage ich, in Gedanken schon wieder bei Claudia.

»Na, diesen Leichenfledderer zu vergiften.«

»Da bin ich aber gespannt. Dann lass mich mal an deinen Plänen teilhaben.«

»Ich koche etwas ganz Scharfes für uns. Chili con Carne würde sich prima eignen. Hatten wir schon lange nicht mehr.« Genießerisch schnalzt Julian mit der Zunge, während er gleichzeitig und in buchstäblich allerletzter Sekunde einem Fahrradkurier ausweicht, der pfeilschnell aus einer Seitenstraße herausgeschossen kommt.

Mir entfährt ein grässlicher Fluch. »Entweder ist er lebensmüde oder er fährt Werbung für die Versicherung mit dem Schutzengel. Immer da, immer nah. Schau dir nur mal seine Berufskleidung an, die hat ja die reinste Tarnfarbe. Asphaltgrau und schwarz. Das dürfte es nicht geben!« Ich schimpfe wie ein Rohrspatz. »Fahrradfahrer sollten generell und per Gesetz zu neonfarbener Schutzkleidung verpflichtet werden. Die einen deshalb, weil sie nicht die einfachsten Verkehrsregeln beherrschen, die anderen, weil man sie vor Autofahrern schützen muss, die nicht die einfachsten Verkehrsregeln beherrschen. Überwiegend aber wegen der ersten Spezies.«

Julian nickt und bearbeitet dermaßen grimmig seinen Kaugummi mit den Zähnen, dass man auf die Idee kommen könnte, er habe bereits Teile des Fahrradkuriers dazwischen. Währenddessen blinkt und hupt er wie verrückt, um auch andere Verkehrsteilnehmer auf diesen Irren auf zwei Rädern aufmerksam zu machen. Doch der ist bereits, nachdem er schlangenlinienförmig mal rechts, mal links einige Autos überholt hat, untergetaucht.

Mir ist ganz schlecht vor Schreck, und auch Julian sieht reichlich blass um die Nase aus.

»Alle Achtung«, sage ich mit zittriger Stimme, »dass du den noch rechtzeitig gesehen hast! Der wäre mir komplett durch die Lappen gegangen.«

Julian ist bereits wieder guter Dinge. »Wenn es mal nur Lappen wären! Also, um nach dieser kleinen Unterbrechung wieder zum Thema zurückzukommen, was hältst du von einem extra scharfen Chili?«

»Ja«, stimme ich zu, »gute Idee. Da schmeckt man das Gift sicher nicht heraus. Aber an welches hattest du denn gedacht? Ich glaube nämlich nicht, dass wir gerade etwas Passendes zu Hause im Schrank haben.«

»Das muss ich mir noch überlegen«, frotzelt Julian. »E605 oder Kurare. Vielleicht auch erstmal ein paar K.-o.-Tropfen und dann sehen wir weiter. Bei meinem nächsten Besuch im Internet werde ich mich schlau machen. Sicher bekomme ich irgendwo einen Tipp.« Ein kurzer Blick zu mir herüber, ein breites Grinsen. Inzwischen hat er seine Sonnenbrille aus dem Handschuhfach geangelt und sie sich hoch in die Haare geschoben. Fehlt wirklich nur noch der Zigarettenstummel im Mundwinkel.

»Weißt du, dass du eine ganz schön versaute Fantasie hast?«, frage ich. »Liegt es an deinem schlechten Umgang oder liest du zu viele Räuberpistolen?«

Julian zuckt mit den Achseln. Mit einer Stimme, die möglichst verrucht klingen soll, brummt er: »Hey, Sweetie, offensichtlich hab ich noch nicht mal 'ne Ahnung, was eine Räuberpistole ist. Ich dachte bisher, das ist die Pistole vom Räuber. Und was meinen Umgang betrifft, den habe ich hauptsächlich mit dir.« Er bemüht sich, möglichst dreckig zu lachen.

»Willst du etwa damit andeuten«, fauche ich und mache Anstalten, ihm das Gesicht mit meinen Fingernägeln zu zerkratzen, doch Julian unterbricht mich sofort: »Nein, nicht doch. Aber Sweetie, das ist doch im Augenblick so was von schnuppe. Hauptsache wir stopfen dem Mistkerl gründlich das Maul und haben endlich unsere Ruhe.«

Ich mime die Entsetzte. »Oh je, mit was für einem Typen habe ich mich nur eingelassen. Und im Übrigen können wir allmählich wieder normal werden, wir sind nämlich da.«

Claudias Nachbarin, Regine Metzger, eine energische, groß gewachsene, etwas zu korpulente Mittvierzigerin mit rotem, kurzem Lockenschopf, erhebt sich vom Sofa, als Julian und ich hereinkommen.

»Regine hat mir Gesellschaft geleistet, weil ich mich nicht gut fühlte, aber jetzt geht es wieder«, erklärt Claudia und zwinkert uns zu.

»Hast du etwas gegessen?«, frage ich. Sie erscheint mir bei näherem Hinsehen etwas mager, als hätte sie in den letzten Tagen einige Pfunde verloren.

»Claudia und ich haben zusammen gekocht und gegessen«, sagt Regine Metzger. »Ich finde auch, sie isst einfach zu wenig. Man muss gut auf sie aufpassen.«

»Machen wir«, versichert ihr Julian und bringt sie zur Tür.

Währenddessen frage ich Claudia: »Was hast du ihr erzählt?«

»Nichts Wichtiges. Nur dass es mir zurzeit gesundheitlich nicht gut geht, und Helge und ich Probleme miteinander haben.«

»Und du willst immer noch nicht die Polizei einschalten?«, fragt Julian, der jetzt wieder zur Tür hereinkommt. Mit sorgenvoller Mine schaut er Claudia an.

»Nein«, fast klingt es trotzig. »Bitte, lasst die Polizei aus dem Spiel. Wenn ich mir vorstelle, die lungern die ganze Zeit hier im Haus herum, schrecklich. Euch vertraue ich voll und ganz.«

Den Satz von der schweren Verantwortung, die damit auf unseren Schultern lastet, schlucke ich herunter.

»Und deine Freundin? Petra?«, frage ich. »Konntest du sie erreichen?«

»Ja, sie will versuchen, morgen Abend zu kommen. Es ist nicht so einfach für sie, sich freizunehmen. Ich schaffe es aber auch ganz gut allein.«

»Kommt nicht infrage.« Julian schüttelt energisch den Kopf. »Dein Mann ist entführt worden, du weigerst dich, die Polizei zu informieren und engagierst lieber zwei Detektive. Und dann willst du auch noch allein in deinem Haus bleiben? Hast du dich in letzter Zeit mal im Spiegel betrachtet?«

Claudia verzieht das Gesicht, beginnt zu weinen.

»Entschuldige.« Julian nimmt sie in die Arme. »Entschuldige bitte, aber wir machen uns eben Sorgen um dich. Um Helge natürlich auch.«

»Weiß ich ja«, Claudia greift nach dem Taschentuch, das Julian ihr reicht.

Wir informieren sie kurz über einige Eindrücke aus der Kanzlei und unsere nächsten Vorhaben. Vermutungen, die sie zusätzlich belasten könnten, ersparen wir ihr. Sie hat schon genug zu bewältigen.

Die Zeit bis zum Einbruch der Dunkelheit verbringen wir vor dem Fernseher und sehen einen ›Tatort‹ mit Ulrike Folkerts und Andreas Hoppe. Claudia hat die Sendung selbst ausgesucht. Sie sagt, es mache ihr nichts aus, sich einen Krimi anzuschauen. »Es ist sogar ganz gut, weil es mich etwas ablenkt.«

Gegen 22.30 Uhr macht sich Julian fertig. Claudia hat heute nach längerem Suchen in Helges Schreibtisch Ersatzschlüssel gefunden. Sie waren versteckt an einem Zwischenbrett mit Klebeband angebracht.

Da sie ihr unbekannt sind, könnte es sich durchaus um Schlüssel zu Helges Kanzlei handeln. Das würde für Julian vieles vereinfachen.

»Soll ich nicht doch besser mitkommen?«, frage ich, kenne aber die Antwort bereits.

»Mir ist es lieber, du bist hier und passt auf Claudia auf. Man weiß nie, was die Entführer noch vorhaben.«

Er umarmt und küsst mich. »Schlaf gut, Katinka. Und warte nicht auf mich. Kann sein, ich schau später auf einen Sprung in unserer Wohnung vorbei, ob dort alles in Ordnung ist.«

»Pass auf dich auf«, flüstere ich und drücke ihn fest an mich.

»Das tu ich, ganz bestimmt«, flüstert er zurück.

Kurz darauf – ich will mich gerade ins Gästezimmer zurückziehen – fragt Claudia mich, ob es mir etwas ausmachen würde, bei ihr im Zimmer zu schlafen. Dort steht neben ihrem großen, französischen Bett noch eine zusätzliche Schlafcouch, die sehr komfortabel aussieht.

»Nein, im Gegenteil«, antworte ich, »ist mir recht. Auch wenn ich weiß, dass Julian sehr vorsichtig ist, bin ich doch immer beunruhigt, wenn er allein unterwegs ist. Ich kann einfach nichts dagegen tun.«

»Das ist verständlich«, pflichtet sie mir bei. »Ich bin jetzt auch in Sorge um ihn. Kathrin?«

»Ja?«, frage ich, während ich es mir gerade im Bett gemütlich mache. »Was hast du auf dem Herzen?«

Ich habe bereits eine Ahnung, was gleich kommen wird. Schade, dass ich nicht vorher mit Julian darum gewettet habe.

»Weißt du eigentlich, dass ich mal in Julian verliebt war?«

Bingo! Die Wette hätte ich gewonnen.

»Nein, aber ich habe es vermutet. Hast du je mit ihm darüber gesprochen?«

Sie starrt an die Decke, dann schüttelt sie den Kopf.

»Warum nicht?«

Jetzt will ich es aber wissen.

»Er hat mir mal sehr geholfen, ist lange her, ich war gerade im ersten Semester. Julian studierte zu dieser Zeit noch Jura.«

Ich nicke. »Wobei hat er dir geholfen, willst du darüber sprechen?«

»Zum ersten Mal hatte ich mich richtig verliebt. In einen Kommilitonen von Julian. Er war meine große Liebe. Und ich seine, das hat er jedenfalls gesagt. Dann wurde ich schwanger. Keine Ahnung, wie das passieren konnte. Ich hatte die Pille genommen.«

Ich enthalte mich eines Kommentars, richte mich im Bett auf und frage: »Du wolltest das Kind gern behalten?«

Claudia nickt. Tränen laufen ihr über die Wangen. »Seine Eltern hatten Großes mit ihm vor, haben ihm sofort, als sie von meiner Schwangerschaft erfuhren, den Umgang mit mir verboten. Von einem Tag auf den anderen haben sie ihn von der Uni abgemeldet und zum weiteren Studium in die USA geschickt. Sie hatten dort Verwandte.«

»Oh je«, sage ich mitfühlend. »Und du? Was hast du gemacht?«

Ich stehe jetzt auf, setze mich zu ihr auf die Bettkante.

»Sein Vater ist zwei Wochen später zu mir gekommen, hat mir Geld und eine Adresse auf den Tisch gelegt und ist gleich wieder gegangen. Ich habe das Kind dann wegmachen lassen.«

»Hat er überhaupt nicht mit dir gesprochen?«, frage ich entrüstet.

»Er hat lediglich gesagt, damit dürfte der Fall wohl hoffentlich erledigt sein. Und das war er dann ja auch gründlich. Der Arzt, der die Abtreibung vorgenommen hatte, war ein absoluter Stümper, aber das wusste ich natürlich vorher nicht. Nach dem Eingriff bekam ich plötzlich Blutungen, wäre beinahe gestorben. Seither kann ich keine Kinder mehr bekommen.«

»Ach, du lieber Gott! Und so etwas in der heutigen Zeit. Was war eigentlich mit deinen Eltern? Lebten sie zu dieser Zeit noch?«

»Meine Mutter war ein halbes Jahr zuvor gestorben und meinem Vater ging es nicht gut. Er konnte Mamas Tod nicht verkraften. Sie waren sehr aufeinander fixiert. Ich wollte ihn mit meinen Schwierigkeiten nicht zusätzlich belasten. Zwei Jahre nach dem Tod meiner Mutter ist er dann gestorben.«

»Ich verstehe. Und Julian hat dir damals geholfen?«

»Ja, er war als Einziger immer für mich da.«

»Und was stand dann einer Liebe zwischen euch im Weg?«

»Ich weiß es nicht«, seufzt Claudia achselzuckend. »Julian hat mich immer wie eine Schwester behandelt, wie jemanden, den er beschützen muss. Für andere Gefühle war offensichtlich kein Platz.«

»Dieser andere Mann«, frage ich insgeheim erleichtert, »hast du je wieder von ihm gehört?«

»Nein, ich weiß noch nicht einmal, ob er wieder nach Deutschland zurückgekehrt ist.«

»Gibst du ihm die Schuld an dem, was du damals durchmachen musstest?«

Da mir kalt geworden ist, sitzen wir inzwischen beide auf Claudias Bett, haben uns dicke Kissen hinter die Rücken gestopft.

»Einerseits schon. Aber ich weiß natürlich nicht, womit seine Eltern ihn unter Druck gesetzt haben. Vielleicht hatte er keine andere Wahl? Er hat mir mal erzählt, seine Eltern hätten damals von ihm verlangt, sich mit der Tochter des Bürgermeisters anzufreunden, um sie später zu heiraten. Das sah er natürlich nicht ein. Er konnte sie ohnehin nicht ausstehen.«

»Sieh mal an, so ein Gemauschel.« Ich bin entrüstet. »Und ich war der Meinung, so etwas gäbe es heute nicht mehr. Hätte diese – wie hieß die Tochter des Bürgermeisters?«

»Annette«, antwortet Claudia.

»Hätte also diese Annette ein Kind von ihm erwartet, wären seine Eltern sogar beglückt gewesen?«

»Da bin ich mir ganz sicher«, pflichtet mir Claudia bei und lacht bitter. Dann möchte sie von mir wissen: »Warum habt ihr eigentlich keine Kinder?«

»Bei unserem Beruf, den unregelmäßigen Arbeitszeiten, aber vor allem auch bei dem Berufsrisiko haben wir beschlossen, auf Kinder zu verzichten. Diese absolute Flexibilität verträgt sich schlecht mit Nachwuchs. Kinder brauchen zuverlässige Regelmäßigkeit, du kannst sie nicht alle naselang zu den Eltern oder Nachbarn geben. Außerdem, du kennst ja Hari und Krishna. Die sind für uns fast wie Kinder. Glücklicherweise haben wir riesig nette und tierliebe Nachbarn. Nicht auszudenken, wenn es Inge und Harald nicht gäbe. Zu ihnen können wir die beiden jederzeit bringen und sie fühlen sich dort wirklich wohl.«

Ich gähne, bin plötzlich sehr müde. »Nimm es mir nicht übel, aber ich möchte jetzt schlafen. Wir unterhalten uns morgen weiter.«

»Danke, dass ich mit dir reden konnte«, sagt Claudia. »Schlaf gut.«

»Du auch!«

»Manchmal denke ich, ich liebe ihn noch immer, trotzdem«, höre ich Claudia noch leise sagen, bevor ich einschlafe.

Erneut träume ich von dem Mann im Keller, von dem ich annehme, dass es sich um Helge handelt. Wieder sitzt er auf dem einfachen Holzstuhl mit dem Rücken zu mir. Direkt über ihm hängt an einem schwarzen Kabel die Glühbirne. Wie im Luftzug bewegt sie sich ganz leicht hin und her.

Die Hände des Mannes sind hinterm Stuhl mit einem groben Strick gefesselt. Ich sehe einen Verband an seiner linken Hand.

Seine Fußgelenke sind an die vorderen Stuhlbeine

gebunden. Hose und Pullover haben eine dunkle, unbestimmbare Farbe.

Über den Kopf hat man ihm einen groben braunen Sack gestülpt.

Der Körper des Mannes wirkt leblos, ist zusammengesackt, soweit die Fesseln es zulassen. Der Kopf ist auf seine Brust gesunken. Ich kann nicht erkennen, ob der Mann noch atmet.

5

8 Uhr morgens. Von Julian keine Spur.

Ich kontrolliere mein Handy. Keine SMS von Julian, keine Nachricht auf der Mailbox.

Auf dem Küchentisch finde ich Claudias Mobiltelefon. Sie muss es gestern Abend dort vergessen haben. Ich werfe einen Blick darauf, auch nichts.

Auf seinem eigenen Handy ist Julian nicht erreichbar.

Zuletzt wähle ich noch die Nummer unseres Festnetzanschlusses zu Hause; vielleicht ist es bei ihm sehr spät geworden und er hat lediglich verschlafen. Ich bete, dass es so sein möge.

Der Anrufbeantworter springt an, Julians Stimme informiert: ›Leider nur der AB von Katharina Fröhlich und Julian Frey. Wir sind gerade im Einsatz. Bitte hinterlassen Sie eine Nachricht und Ihre Rufnummer, wir melden uns so bald wie möglich bei Ihnen.‹

Ich lege auf. Wäre Julian da, liefe der Anrufbeantworter nicht.

Claudia liegt noch im Bett, rührt sich nicht. Wahrscheinlich ist es ihr erster längerer Schlaf seit Tagen. Da sie mir jetzt ohnehin nicht helfen kann, lasse ich sie schlafen, schließe leise die Tür.

Um Ruhe zu bewahren und Zeit zum Nachdenken zu gewinnen, beschäftige ich mich. Ich wasche mich, ziehe mich an, räume meine Sachen im Gästezimmer zusammen. Dann gehe ich in die Küche, um Kaffee für Claudia und mich zu machen.

Das morjahnsche Telefon klingelt. Ein rascher Blick aufs Display informiert mich, dass Regine Metzger, die Nachbarin, anruft.

Ich nehme schnell den Hörer ab und sage ihr auf ihre besorgte Nachfrage, dass Claudia noch schläft, im Augenblick alles im grünen Bereich ist. Frage, ob sie Claudia gleich für ein paar Stunden Gesellschaft leisten könnte. Sie verspricht, gegen 10 Uhr zu kommen.

Während ich mir einen Becher Kaffee einschenke und eine Brötchenhälfte mit Butter und Honig bestreiche, überlege ich fieberhaft, wie ich jetzt am besten vorgehe.

Eigentlich kann ich hier nicht weg, sollte Claudia nicht allein lassen. Sie muss heute das Geld von der Bank holen, und es wäre möglich, dass sich die Entführer wieder melden.

Eventuell könnte ich das Geld für sie besorgen, wenn sie mein Kommen bei der Bank avisiert.

Die Gedanken schwirren in meinem Kopf wie aufgeregte Vögel, weil ich mir Sorgen um Julian mache. Ich weiß jetzt, dass etwas passiert sein muss. Niemals würde er mich ohne eine Nachricht lassen.

»Morgen.« Claudia erscheint in der Küchentür, sieht noch recht verschlafen aus. Ihre verstrubbelten Locken stehen wild in alle Richtungen ab. Sie lässt sich auf einen der Küchenstühle plumpsen.

»Es riecht so lecker nach Kaffee. Schön, von diesem Duft geweckt zu werden.«

»Claudia, Julian ist noch nicht zurück, er hat sich auch in der Zwischenzeit nicht gemeldet!« Meine Stimme klingt sehr aufgeregt.

Erschrocken schaut sie mich an. »Er ist noch nicht wieder zurück?«

»Ich habe keine Ahnung, was ich jetzt tun könnte«, erkläre ich ratlos. »Rufe ich in Helges Kanzlei an, mache ich mich nur verdächtig. Aber irgendetwas muss ich unternehmen. Kann ich ausnahmsweise deinen Wagen benutzen?«

»Natürlich, wenn ich euch schon einspanne.«

Claudia steht auf, um Papiere und Autoschlüssel zu holen.

»Für Verfolgungsjagden leider weniger geeignet. Du weißt ja, es ist der Mini, er steht in der Garage.«

»Einen Mini wollte ich immer schon gern fahren«, beteuere ich und versuche ein Lächeln. »Hat sich bisher leider noch nicht ergeben. Gibt es irgendetwas, das ich über das Fahrzeug wissen muss?«

Claudia schüttelt den Kopf. »Nein, alles ganz normal und einfach zu bedienen. Wo fährst du jetzt hin?«

»Ich schaue mich zuerst in der Nähe der Kanzlei um. Dann melde ich mich wieder. Und du rufst mich bitte sofort an, wenn es etwas Neues gibt. Versprochen? Deine Nachbarin kommt nachher, sie hat bereits vor einer halben Stunde angerufen und sich nach dir erkundigt.«

Während der Fahrt höre ich die 9-Uhr-Lokalnachrichten. Vielleicht ist Julian in einen Unfall hineingeraten, kann sich nicht melden. Es gibt aber keine Meldung, die auf einen Unfall oder Ähnliches hinweist.

Nachdem ich mich mit dem Wagen vertraut gemacht habe, fahre ich immer etwas schneller als erlaubt, benutze Schleichwege, die kaum einer kennt, brause bei Orange noch über die Kreuzung. Vielleicht habe ich Glück und der Wagen liegt so tief, dass er vom Blitz der Geschwindigkeitskontrolle nicht erfasst wird.

In einiger Entfernung vor dem Bürogebäude am Hafen parke ich den Wagen. Ich streiche mehrmals um das Gebäude herum, laufe sogar ein Stück der Uferstraße ab, kann aber nichts Auffälliges entdecken.

Wonach suche ich eigentlich?

Mir fällt plötzlich ein, dass hier irgendwo unser Wagen stehen müsste, denn ganz offensichtlich hat Julian es doch nicht mehr geschafft, unserer Wohnung einen Besuch abzustatten. In meiner Sorge um ihn hatte ich das beinahe vergessen.

Im Hafenweg, vor einer der abends stark frequentierten Szene-Kneipen, finde ich endlich den Jaguar; ein solcher Wagen ist schließlich nicht so einfach zu übersehen. Auf den ersten Blick ist nichts Ungewöhnliches zu erkennen. Teile unseres Gepäcks liegen immer noch auf dem Rücksitz, es wird wirklich Zeit, dass wir wieder nach Hause kommen.

Das Auto ist da, aber wo steckt Julian? Mein Bauchgefühl sagt mir, er muss sich noch irgendwo in der Nähe der Kanzlei aufhalten. Warum meldet er sich dann nicht?

Da stimmt doch etwas nicht. Immer wieder laufe ich die Straße vor dem Bürohaus auf und ab. Dann beschließe ich, mir noch einmal den Hof dahinter anzusehen. Ein paar Privatparkplätze für Angestellte, etliche Mülltonnen in einer Reihe an der rückwärtigen Mauer des Gebäudes. Große, graue Container mit Deckeln zum Aufschieben. Auf den ersten Blick nichts Außergewöhnliches.

Ich schaue mir die Behälter aus der Nähe an. Mülltrennung findet hier offensichtlich nur zwischen Rest- und Papiermüll statt.

Plötzlich höre ich ein höchst eigenartiges Geräusch. Ich drehe mich um, da ist nichts. Spähe hinter die Tonnen, unter die Tonnen, nichts. Vernehme erneut dieses Geräusch, das mich entfernt an die Rufe einer Robbe erinnert.

»Hallo?«, frage ich. Und nochmals, diesmal aber lauter: »Hallo, ist da jemand?«

Da, jetzt höre ich es wieder! Das Geräusch scheint tatsächlich aus einem der Container am Ende der Reihe zu kommen.

Eilig öffne ich drei von ihnen, werfe einen prüfenden Blick hinein, kann aber außer Müll nichts entdecken. Schiebe schließlich den schweren Deckel des letzten Behälters, einer riesigen Papiertonne, hoch – und entdecke Julian!

Da liegt er rücklings auf einem Haufen von Papierabfällen. Hände und Füße sind mit Paketband gefesselt, der Mund ist mit braunem Klebeband verschlossen. Seine Augen rollen wild hin und her. Ich bemerke zunächst gar nicht, dass mir bei seinem Anblick die Tränen übers Gesicht laufen.

Wofür das Mitführen eines Schweizer Taschenmessers gut ist, erfährt man immer erst bei solchen Gelegenheiten.

Mit einem Satz bin ich bei ihm in der Tonne, in wenigen Sekunden habe ich seine Fesseln durchschnitten.

»Bist du bereit?«, frage ich und greife nach dem Klebeband über seinem Mund. »Könnte gleich ein bisschen wehtun.«

Er antwortet etwas, das wie das Brummen eines Bären in einer Mülltonne klingt. Ich vermute, Julian wollte sagen ›Macht nichts‹.

»Du kannst von Glück sagen, dass ich dich bisher noch immer vom Barttragen abhalten konnte«, grinse ich, als wir beide schließlich auf einem Stück Pappe vor der Tonne sitzen und Julian mir liebevoll die Tränen abwischt.

»Klebeband auf Barthaaren, da kommt nämlich Freude auf. Spätestens jetzt wirst du mir wohl zustimmen.«

»Katinka«, stöhnt er, reibt sich Hand- und Fußgelenke und immer wieder über Mund und Stoppelbart. »Ich freue mich ja immer, dich zu sehen, aber heute, da ist es mir ein ganz besonderes Vergnügen.«

»Geht mir ebenso«, beteuere ich und stutze dann. »Sag mal, ist das schreckliche Teil dort auf deinem Hinterkopf ein Horn? Trägt *Mann* das jetzt so in dieser Saison?«

Julians Hand tastet vorsichtig über die Stelle. »Au!« Sein Gesicht verzieht sich schmerzhaft.

»Lass mal sehen. Sieht so aus, als hättest du mächtig Glück gehabt«, konstatiere ich, nachdem ich mir die Beule näher angesehen habe. »Gut, dass du so einen harten Schädel hast. Brauchst du eine Kopfschmerztablette? Ist dir übel? Besser, wir fahren gleich ins Krankenhaus und lassen deinen Kopf untersuchen.«

»Ach was, nicht nötig.« Julian wehrt ab. »Der Schädel brummt nur noch ein bisschen, nicht der Rede wert. Ein bis zwei Aspirin und ich bin wieder in Ordnung.«

Ich krame in meinen Taschen. Wer ein Schweizer Taschenmesser mit sich herumträgt, verfügt meistens auch über einen gewissen Vorrat an Kopfschmerztabletten. Schließlich finde ich ein paar Kautabletten in den Innentaschen meiner Jacke. Das Praktische an diesen Tabletten ist, dass man kein Wasser braucht. Zwei gebe ich Julian, eine nehme ich selbst, aus Solidarität. Seit dem Anblick seiner schrecklichen Beule haben sich nämlich auch bei mir Kopfschmerzen eingestellt, und die können wir beide jetzt überhaupt nicht gebrauchen.

»Kannst du fahren?«, frage ich ihn.

»Ja, warum?«

»Wir haben nämlich zwei Wagen hier stehen.«

Erstaunt sieht er mich an.

»Ich habe mir Claudias Mini ausgeliehen. Und nun möchte ich doch zu gern wissen, was du heute Nacht getrieben hast. Du wirst doch wohl nicht die ganze Zeit in der Tonne herumgelungert haben?«

In diesem Augenblick klingelt mein Handy.

*

Er schreckt hoch. Zwei Personen unterhalten sich leise vor der Tür. Er hat sie vorher nicht kommen gehört.

Mit großem Gepolter öffnen sie die Tür. Treten schnell ein, richten ihn samt Stuhl wieder auf, zerren ihm den Sack vom Kopf.

Es dauert nur Sekunden. Das Licht der Deckenlampe blendet ihn, sticht in seine Augen wie mit vielen kleinen Messern.

Beide Personen tragen Skimützen, die ihre Gesichter fast vollständig verbergen, Jeans, T-Shirts und Turnschuhe, alle Kleidungsstücke sind dunkelfarbig, vermutlich schwarz.

Seine Augen tränen.

Der größere der Männer zieht gemächlich einen Gegenstand aus der Hosentasche. Blitzend fährt die Klinge eines Springmessers vor den Augen des Opfers heraus.

Der Gefangene schreit angstvoll auf.

Der mit dem Messer lacht hämisch, dann schneidet er ihm die Fesseln an Händen und Füßen durch.

»Hinstellen und ausziehen!« Roh wird er vom Stuhl in die Höhe gerissen, doch seine Beine sind durch das lange Sitzen und die straffen Fesseln fast völlig gefühllos.

Er bricht zusammen, wird im letzten Moment von den beiden aufgefangen und gestützt.

Es dauert Minuten, bis das Blut in seinen Beinen wieder zu zirkulieren beginnt und er selbstständig stehen kann.

Während einer seiner Bewacher, der wesentlich größere und kräftigere, den Raum wieder verlässt, steht der andere hinter ihm, hilft ihm beim Ausziehen.

Der Große kommt mit einer weißen Plastikschüssel zurück. Er stellt sie auf den Stuhl. Sie ist mit warmem Wasser gefüllt. Ein Stück Seife, Waschlappen und ein Handtuch legt er daneben.

Der Gefangene zittert vor Erschöpfung, aber auch vor Erleichterung; er darf sich waschen. Seine Schwäche ist so groß, dass er sich dazu hinknien muss.

Danach bekommt er frische Unterwäsche, eine andere Hose, einen anderen Pullover, wärmere Socken – und Schuhe.

Es sind seine eigenen Kleidungsstücke. Als er sie erkennt, beginnt er zu weinen.

Zuletzt erneuern sie seinen Verband. Sie gehen jetzt nicht mehr ganz so ruppig mit ihm um. Endlich ein Hoffnungsschimmer für ihn?

6

Ich melde mich und höre jemanden laut und atemlos ins Telefon rufen: »Sie ist nicht mehr da! Wir waren im Garten … bei der Bank, und als ich von der Toilette zurückkam, ich war wirklich nur ganz kurz weg, da war sie verschwunden.«

»Wer?«, frage ich, »wer ist verschwunden? Wer ist überhaupt am Telefon?«

»Regine Metzger, die Nachbarin von Claudia.«

»Ich verstehe. Und Claudia ist in der kurzen Zeit, während Sie zur Toilette waren, aus dem Garten verschwunden?«

»Ja«, sagt sie kläglich.

»Kein Zweifel?«, frage ich, »haben Sie überall im Haus gesucht?«

»Aber natürlich!«, kommt es entrüstet zurück. »Ich habe gerufen und in jedem Winkel, sogar im Keller nachgeschaut, bevor ich Sie angerufen habe.«

»Gut«, sage ich, »oder vielmehr nicht gut. Bitte, bleiben Sie, wo Sie sind. Wir halten uns gerade in der Nähe des Hafens auf und kommen so schnell wie möglich.«

»Grundgütiger! Nicht wirklich, oder?«, fragt Julian fassungslos. »Claudia ist jetzt auch verschwunden?«

Ich nicke. »Aus dem Garten. Frau Metzger war lediglich kurz weg. Als sie zurückkam, war Claudia spurlos verschwunden.«

Julian wird, nachdem er zuvor gerade wieder etwas Farbe bekommen hatte, erneut blass.

»Komm!«, rufe ich, »den Mini lassen wir vorerst hier stehen. Wir nehmen unseren Wagen.«

Wenige Minuten später fahren wir los, das heißt, ich sitze am Steuer. Bei der enormen Beule auf Julians Hinterkopf bin ich mir gar nicht so sicher, ob er nicht doch Schaden genommen hat.

»Ist gestern Nacht oder heute Morgen noch irgendetwas bei euch passiert?«, erkundigt sich Julian, während er erst im Türfach und dann in den Tiefen des Handschuhfachs nach etwas Essbarem fahndet. Sein Magen knurrt derartig laut, dass das Geräusch spielend den gesamten Verkehrslärm übertönt.

Er kramt schließlich eine schon etwas betagte Salzbrezel hervor und beißt herzhaft hinein. »Oller Pappendeckel«, brummt er enttäuscht.

»Nein, bis dahin war alles im grünen Bereich«, antworte ich, »um auf deine Frage zurückzukommen. Wir hatten sogar noch einen Frauenabend. Claudia hat ein bisschen über sich von früher erzählt. Es hat ihr gut getan, darüber reden zu können.«

»Auch über ihre spezielle Angelegenheit?«

»Genau, auch darüber. Ich erzähl dir davon, sobald wir wieder mal etwas Zeit für uns haben. Aber du kennst ihre Geschichte ja ohnehin viel besser als ich. Jetzt wüsste ich endlich gern von dir, was heute Nacht in der Kanzlei passiert ist!«

Julian schiebt sich den Rest der Brezel in den Mund. Dann holt er tief Luft. »Die Schlüssel passten wirklich. Im ganzen Gebäude schien niemand zu sein. Alle Lichter bis auf die in der Eingangshalle waren aus und es war vollkommen still. Ich habe die Treppe genommen und bin sofort in die Kanzlei gegangen. Kennst du ›Aramis‹?«

»Aramis, Aramis …« Ich überlege. »Du meinst doch nicht etwa das Herrenparfum?«

»Doch, genau das.«

»Wäre mir zu aufdringlich, zu süßlich«, bemerke ich. »Was ist damit? Ist das dein Wunsch fürs nächste Weihnachtsfest oder für deinen Geburtstag?«

Julian lacht. »Nein, das täte ich dir nicht an. In der Kanzlei roch es eindeutig nach diesem Parfum.«

»Ja, und? Es wird zu einem von Helges Mandanten gehören.«

»Dieser Parfumgeruch war in Helges Büro, das angeblich seit Tagen verwaist ist, und zwar ganz frisch.«

Ich überlege kurz. »Du willst mir jetzt aber nicht sagen, dass ›Aramis‹ Helges Parfum ist?«

»Doch, zumindest war es das bis vor Kurzem. Diesen jahrzehntealten Duftklassiker gibt es in jedem Fall noch in teuren Parfümerien, zum Beispiel am Prinzipalmarkt. Aber das nur am Rande.«

Anerkennend pfeife ich, bin erstaunt über Julians Kenntnisse auf diesem Gebiet.

Er grinst und fährt fort: »Ich saß also in seinem Büro und versuchte, das Zugangspasswort zu seinem Computer herauszubekommen, da hörte ich ein Geräusch. Natürlich habe ich sofort nachgesehen, konnte aber nichts finden. Ich nahm an, ich hätte mich getäuscht, oder das Geräusch sei von draußen, von der Straße gekommen. Kaum saß ich wieder am Schreibtisch, da bemerkte ich gerade noch eine Bewegung hinter mir. Im nächsten Augenblick krachte etwas auf meinen Schädel und bei mir gingen die Lichter aus.«

»Au«, sage ich mitfühlend, während ich das Steuer herumreiße und damit um Haaresbreite einem uralten, offensichtlich geistig verwirrten Mütterchen ausweiche, das es sich ausgerechnet hier und jetzt in den Kopf gesetzt hat, zu Fuß den viel befahrenen Kreisel am Ludgeriplatz zu überqueren. Hinter uns quietschen Bremsen, dann ertönt ein wütendes Hupkonzert.

»Du Ärmster!« Schließlich war auch mein Kopf unlängst Opfer einer Attacke geworden, wenn auch einer etwas anderen. »Und du hast vorher gar nichts erkennen können?«

»Nein, lediglich diesen Parfümgeruch, den habe ich noch ganz deutlich wahrgenommen.«

»Nur mal angenommen, rein hypothetisch«, konstruiere ich nach einer Weile, »es handelt sich bei der Person, die dich bewusstlos geschlagen und in den Container verfrachtet hat, allein oder mit Helfern, tatsächlich um Helge …«

»… wäre das schon außergewöhnlich dreist«, bringt Julian meinen Gedanken zu Ende. »Ist das vorstellbar?«

»Du kannst ihn doch viel besser einschätzen. Ich traue ihm ja ohnehin alles Mögliche zu. Aber hältst du es für möglich, dass er Claudia so etwas antut?«

»Mit der Zeit hält man fast alles für möglich«, knurrt Julian. »Die Hand würde ich ganz sicher nicht für ihn ins Feuer legen.«

»Lass uns diesen Faden später wieder aufnehmen«, schlage ich vor, als wir vor Morjahns Anwesen parken. »Jetzt müssen wir erst herausfinden, wo die Dame des Hauses abgeblieben sein könnte. Wenn die beiden mal nicht gemeinsame Sache machen.«

»Claudia würde so etwas nie tun.« Julian scheint sich in diesem Punkt ganz sicher zu sein.

»Gut, dann können wir das zumindest erst einmal etwas zurückstellen. Obwohl ich mal in einem Krimi gelesen habe …«

Frau Metzger reißt die Tür auf, als sie uns sieht. »Gott sei Dank, dass Sie da sind!«

*

Sie waren schon länger nicht mehr bei ihm. Oder hat er das Gefühl für Zeit inzwischen vollkommen verloren?

Durst plagt ihn, der Hunger hingegen macht ihm kaum noch etwas aus.

Seine Fesseln sind nicht mehr ganz so fest gebunden, etwas mehr Bewegungsfreiheit haben sie ihm gelassen. Sie wissen, dass ihm inzwischen jegliche Kraft fehlt, sich zu befreien. Selbst wenn er seine Fesseln abstreifen könnte, wie sollte er diese Tür mit dem festen Schloss und dem Riegel auf der anderen Seite überwinden?

Immer häufiger gerät er jetzt in einen Zwischenzustand. Er hat es für sich so genannt. Ein Zustand zwischen Wachen und Schlafen. Kein Dämmerzustand, nein, ganz im Gegenteil, er kann viele Dinge klarer sehen. Er hat dann das Gefühl, er wird leich-

ter, wird sich bald erheben können, sich seiner körperlichen Hülle entledigen. Er sehnt sich danach, kann es kaum noch erwarten. Vielleicht gibt es doch jemanden, der ihn abholt, um ihn ins Jenseits zu begleiten.

Es tut ihm unendlich leid, dass er Kummer und Elend über viele Menschen gebracht hat, und er ist bereit, die Strafe dafür auf sich zu nehmen, bis zum Letzten zu verbüßen. Und doch ist da diese winzige Hoffnung auf Vergebung.

Früher hatte er sich gut mit seiner Oma mütterlicherseits verstanden und sehr an ihr gehangen. Ihr Verständnis und ihre Zuneigung waren mitunter sein einziger Anker. Deshalb bedeutete es einen herben Schlag für ihn, als sie völlig unerwartet starb. Ihren letzten Wunsch, ihn noch einmal zu sehen, konnte er nicht erfüllen; er war zu spät gekommen. Konnte nur noch ihre kalte Hand halten.

Bei den wenigen Menschen, denen er sich wirklich verbunden fühlte, hatte er völlig versagt.

»Gibt es etwas Neues?«, fragt Julian die aufgeregt in der Tür stehende Frau Metzger. »Haben Sie etwas gehört?«

Sie schüttelt den Kopf. »Ich weiß ohnehin nicht, was hier los ist, Ihre Freundin verheimlicht mir doch irgendetwas.«

»Sie hat in der Tat zurzeit ein paar Probleme, aber davon wird sie Ihnen bestimmt lieber selbst erzählen wollen«, deute ich an. »Es gibt Schwierigkeiten mit ihrem Mann, ich möchte mich da nicht einmischen. Wichtig ist jetzt, dass wir alle Claudia beistehen. Allerdings müssen wir sie dazu erst einmal schleunigst wiederfinden.«

Regine Metzger nickt. »Ich verstehe. Aber Sie müssen doch auch etwas essen. Sie würden mir eine große Freude machen, wenn ich Sie einladen dürfte.«

Ich nehme dankbar an, schaue auf meine Uhr und werfe einen Seitenblick auf Julian, der gerade ein Gähnen unterdrückt. Nach dieser strapaziösen Nacht muss er hundemüde sein, aber auch großen Hunger haben. »Schon gleich 12 Uhr. Das wäre ganz wunderbar, Frau Metzger«, sage ich. »Danach werden wir allerdings, wenn Claudia noch immer nicht aufgetaucht ist, die Polizei einschalten müssen.«

Trotz unserer großen Unruhe versuchen wir die Mahlzeit zu würdigen.

Als wir uns nach dem Essen dem Eingang des morjahnschen Hauses nähern und ich noch suchend in meinen Taschen nach dem Schlüssel krame, wird die Tür plötzlich von innen aufgerissen.

Ähnlich einem Racheengel mit Schwert steht Claudia drohend in der Tür. Ihr Haar ist zerzaust und steht noch wilder als sonst vom Kopf ab. Ihre weiße Bluse, die nur teilweise von einer Strickjacke verdeckt wird, ist vorn zerrissen. Als habe jemand Claudia am Kragen gepackt und geschüttelt.

Erleichtert lässt sie den Gegenstand in ihrer Hand sinken, als sie uns wahrnimmt. Es ist ein Degen, kein Schwert.

»Wo zum Teufel hast du gesteckt?«, kommt Julian ihr zuvor. Er eilt auf sie zu, schließt sie erleichtert in seine Arme.

»Wir haben uns große Sorgen um dich gemacht!«

»Kommt schnell«, sagt Claudia kurz und zieht uns ins Haus hinein.

»Zwei Männer«, berichtet sie uns dann, als wir am Küchentisch sitzen, »zwei Typen mit schwarzen Skimützen haben mich bedroht und überwältigt, in meinem eigenen Garten! Könnt ihr euch das vorstellen?«

Wir schütteln sprachlos die Köpfe.

»Ich saß auf der Bank, Regine war nur eben zur Toilette gegangen, da haben sie sich von hinten angeschlichen. Der eine hat mir ein Messer an die Kehle gehalten und dann haben sie mich gezwungen mitzukommen.«

»Wohin?«, frage ich entsetzt.

»Zum Hinterausgang des Gartens. Sie kannten sich gut aus. Ganz in der Nähe stand ein Wagen, ein alter, schwarzer Mercedes Kombi mit total verschmutzten Nummernschildern. Es war nicht möglich, etwas außer dem Münsterschen Kennzeichen zu entziffern. Die hinteren Scheiben des Fahrzeugs waren abgedunkelt.«

Claudia macht eine kurze Pause, nimmt sich ein Glas, geht zur Spüle und füllt es mit Wasser. Nach einem großen Schluck berichtet sie weiter: »Die beiden Männer haben mich auf den Rücksitz gestoßen und mir eine Art Sack über den Kopf gestülpt. Der mit dem Messer hat sich neben mich gesetzt, der andere ist sofort losgefahren. Sie haben mir gedroht, wenn ich nicht spure oder ich die Polizei einschalte, bekomme ich Helge in den nächsten Monaten in Einzelteilen zurück!« Es sprudelt nur so aus Claudia heraus.

»Das waren ihre Worte?«, frage ich entsetzt.

»Ja, genauso haben sie sich ausgedrückt. Ich hatte nicht das Gefühl, dass sie spaßen. Sie sind eine ganze Weile mit mir herumgefahren. Ich hatte fürchterliche Angst! Schließlich hat das Auto abrupt gehalten. Der Mann neben mir hat mir einen Zettel in die Hand gedrückt, mir dann den Sack vom Kopf gerissen und mich aus dem Wagen gestoßen.«

»Wo haben sie dich wieder rausgelassen?«, fragt Julian.

»Fast genau dort, wo sie mich zuvor in den Wagen verfrachtet hatten, nur auf der anderen Straßenseite.«

»Sie haben dich also wieder nach Hause gebracht«, stellt Julian fest. »Was ist mit dem Zettel, den sie dir gegeben haben?«

Mit zittrigen Händen holt Claudia ein mehrfach gefaltetes Blatt aus ihrer Hosentasche, legt es auf den Tisch.

Julian zieht sich wieder Einmalhandschuhe an, bevor er das Papier auseinanderfaltet.

›Die Geldübergabe wird morgen Abend stattfinden.

Halten Sie sich unbedingt ab 17 Uhr in der Nähe Ihres Telefons auf und warten Sie dort weitere Anweisungen ab. Sie werden die Kombination des Safes und den Ort der Geldübergabe erfahren.

Packen Sie den gesamten Inhalt des Safes zu den vier Millionen in eine Reisetasche.

Noch einmal: Keine Polizei! Kommen Sie unbedingt allein. Wenn Sie sich an die Abmachungen halten, wird Ihnen und Ihrem Mann nichts geschehen.

Wenn Sie sich nicht daran halten, werden Sie keine zweite Chance bekommen!‹

»Das ist deutlich«, bemerkt Julian. »Liegt das Geld bereit?«

Claudia nickt. »Sollen wir es heute noch abholen?«

»Nein, besser erst morgen Vormittag. Zu riskant, das viele Geld bis morgen hier im Haus liegen zu haben. Es wäre mir ohnehin viel lieber, du würdest heute Nacht nicht allein bleiben. Du kannst gern bei uns schlafen. Petra hat sich noch nicht bei dir gemeldet?«

»Doch, aber sie kann sich leider in den nächsten Tagen nicht freinehmen. Das ist aber kein Problem. Regine hat mir schon angeboten, die Nacht drüben bei ihr zu verbringen. Und wisst ihr, ich halte das für ganz praktisch. Ihr müsst euch keine Sorgen machen, und ich bin schnell zu Hause, wenn ich etwas brauche. Außerdem solltet ihr beiden wirklich mal wieder in eurer Wohnung vorbeischauen, ihr seht ziemlich ramponiert aus, wenn ich das so sagen darf. Ich habe euch schon viel zu lange beansprucht.«

»Halb so wild«, winke ich ab, »ist ja schließlich unser Job. Aber einverstanden. Und bevor du uns schlägst, ist es eine gute Lösung. Morgen wird dich einer von uns zur Bank begleiten, und später werden wir rechtzeitig wieder bei dir sein, zwecks Geldübergabe.«

»Und, Claudia, denk daran«, Julian weist auf sein Handy, »wenn irgendetwas ist, sofort anrufen.«

Wir einigen uns darauf, Claudia zu ihrem Auto zu bringen, das noch am Hafen steht. Sie wird es dann wieder mit zurücknehmen.

»Ist ganz gut, wenn ich noch ein bisschen rauskomme«, sagt sie, »zumal so gut beschützt.«

7

Eine halbe Stunde später sind wir endlich wieder in unserer Wohnung im Kreuzviertel. Ihre praktische Aufteilung ermöglicht es uns, sie gleichzeitig als Büro zu nutzen.

Wir waren nur wenige Tage weg, und doch kommt es uns viel länger vor. Auch fehlen uns Hari und Krishna, unsere beiden Tiere. Wir haben sie vor fünf Jahren von einem etwas seltsamen Ehepaar übernommen, das eine Zeit lang angeblich in Indien gelebt haben soll, schließlich aber von Deutschland nach Australien ausgewandert ist. Sie wollten den Tieren die lange Reise im Laderaum eines Flugzeugs nicht zumuten.

Hari ist ein überaus sprachbegabtes Graupapagei-Weibchen unbestimmten Alters und Krishna ein wunderschöner, sechsjähriger Karthäuserkater. Im Grunde ein absolutes Dreamteam! Nur manchmal, wenn wir Besuch haben, machen die beiden sich einen Heidenspaß daraus, uns zu blamieren. Führen sich auf, als hätten sie niemals auch nur einen Funken Erziehung genossen.

Krishna benutzt dann in seiner Sprache unentwegt lautstark redend und singend die Katzentoilette, obwohl er durchaus nach draußen gehen könnte. Und Hari erzählt mit einem Mal Schwänke, als hätte sie ihre Jugend ausnahmslos in zwielichtigen Verhältnissen verbracht. Auch kennt sie ganze Strophen von Küchenliedern auswendig, und irgendwoher muss sie die ja schließlich haben!

Wir erinnern uns immer wieder voller Freude an einen nun schon etwas zurückliegenden Abend, als es darum ging, unseren ersten großen Auftrag an Land zu ziehen.

Unser potenzieller Auftraggeber wollte sich gern mit uns in unserer Wohnung zu einem kleinen Imbiss treffen, obwohl wir das Arbeitsessen lieber woandershin verlagert hätten. Auf neutralen Boden sozusagen. Aber was sollten wir machen, es war nun mal sein ausdrücklicher Wunsch.

Es schien uns auch durchaus verständlich, dass jemand, der vorhat, einen großen Auftrag zu vergeben, zuvor gern etwas mehr über die Menschen erfahren möchte, denen er den Zuschlag erteilt.

Der Unternehmer, Herr über mehrere, bekanntermaßen erfolgreich produzierende Fabriken, beabsichtigte, bessere Außensicherheitsmaßnahmen einbauen zu lassen.

Er erschien samt Gattin.

Diese, so stellte sich schnell heraus, war allergisch gegen allerhand, leider auch gegen Katzenhaare, wie sie behauptete. Und so versuchten wir, Krishna, der meistens sehr neugierig ist und schrecklich gern Besucher begrüßt, hin und wieder in seiner Kontaktfreude zu zügeln.

Julian und ich hatten uns mit dem Menü große Mühe gegeben, und der Abend verlief auch zur allgemeinen Zufriedenheit, bis zu dem Augenblick, als Krishna zur Katzentoilette schritt.

Er hatte bisher vielleicht nicht ganz so die Beachtung erfahren, die er sich gewünscht hatte und war daher ein bisschen verstimmt.

Das musste das Zeichen für Hari gewesen sein, auch etwas zur Unterhaltung der Gäste beizusteuern. Umständlich wie ein Clown und unter lautem Gebrabbel kam sie aus ihrer zwei Meter hohen Voliere geklettert, deren Tür immer offen steht, und brachte sich schließlich stöhnend auf dem Dach in Position, als hätte sie soeben das Matterhorn bezwungen.

Nach kurzer, aber reiflicher Überlegung, ich bemerkte es aus dem Augenwinkel, während wir gerade Forelle nach Müllerinnenart genossen, und darauf folgender Stimmprobe, hob sie an zu deklamieren. Es waren sage und schreibe drei Strophen aus ›Sabinchen war ein Frauenzimmer‹, die es ihr wohl besonders angetan hatten.

Sein Geld hat er versoffen /
in Schnaps und auch in Bier, /
Da kam er zu Sabinchen geloffen /
und wollte welches von ihr. /
Sie konnt ihm keines geben /
Drum stahl sie auf der Stell /
Von ihrer treuen Dienstherrschaft /
Sechs silberne Blechlöffel.

Doch schon nach 17 Wochen /
Da kam der Diebstahl raus, /
Da jagte man mit Schimpf und Schande /
Sabinchen aus dem Haus. /

Sie sprach »Oh Gottvergessener, /
Du rabenschwarzer Hund!« /
Der nahm sein krummes Schustermesser /
und schnitt ihr ab den Schlund.

Ihr Blut zum Himmel spritzte, /
Sabinchen fiel gleich um; /
Der böse Schuster aus Treuenbrietzen, /
Der stand um sie herum./
Sie tat die Glieder strecken /
nebst einem Todesschrei. /
Den bösen Wicht tun jetzt einstecken /
zwei Mann der Polizei.

Einen Augenblick herrschte beklemmende Stille. Julian und ich saßen wie erstarrt.

Der Frau des Fabrikbesitzers war anzusehen, dass sie noch zwischen dem Wunsch schwankte, unverzüglich in Ohnmacht zu fallen oder ein Hörgerät abstellen zu können.

Krishna war derweil gravitätisch aus seiner Katzentoilette gestiegen und stand in der Tür zum Flur. Von dort aus hatte er interessiert den Ausführungen seiner Freundin gelauscht.

Plötzlich begann der Fabrikbesitzer zu glucksen. Dann lachte er aus vollem Hals, und seine Heiterkeit ließ den Tisch wackeln. Besteck und Weingläser klirrten munter.

Sein Lachen war herzerfrischend und enorm ansteckend. Erleichtert stimmten wir anderen mit ein. Sogar seine Frau ließ sich zu einem Kichern hinreißen.

Bereits am nächsten Vormittag war der Vertrag unterschrieben.

Wie schon erwähnt, kümmern sich in unserer Abwesenheit unsere Nachbarn Harald und Inge um Hari und Krishna. Sie haben für alles ein Herz, was kreucht und fleucht und man kann ihnen völlig bedenkenlos jedes Lebewesen anvertrauen; sie lieben es, als wäre es ihr eigenes.

Da wir nur kurz zu Hause sein werden, holen wir die Tiere gar nicht zu uns herüber, sie wären nur enttäuscht. Ich schreibe Inge eine Notiz, dass wir erst in ein oder zwei Tagen damit rechnen, wieder zurück zu sein.

Der Anrufbeantworter blinkt. In unserer Abwesenheit haben sich etliche Mitteilungen angesammelt.

Während Julian unter der Dusche steht, sehe ich zunächst flüchtig die Post durch. Sie scheint größtenteils aus Werbeschreiben zu bestehen, die ich nach einer Weile leicht genervt zur Seite lege. Danach gehe ich die telefonischen Nachrichten und E-Mails durch. Julians Mutter möchte wissen, wann wir endlich wieder mal Zeit haben, zu ihr zum Kaffee zu kommen. Es fällt ihr schwer, sich dran zu gewöhnen, dass es auch Handys gibt.

Sarah, Kriminalhauptkommissarin und gute Freundin aus Köln, hat mir eine Mail geschickt. Sie möchte mich nun definitiv auf eine Flasche Wein einladen. Obwohl ja nun wahrhaftig keine Weltreise zwischen uns liegt, haben wir uns schon seit fast einem Jahr nicht mehr gesehen. Immer, wenn wir es beinah geschafft hatten, einen Termin zu vereinbaren, kam bei ihr oder mir etwas dazwischen. Sarah und ich werden also endlich mal wieder gemeinsam einen ausgiebigen Zug durch die Kölner Altstadt unternehmen. Ich freue mich schon riesig, sie, einige gemeinsame Bekannte und auch die rheinische Metropole wieder zu sehen. Sobald wir den aktuellen Fall abgeschlossen haben, werde ich mich bei ihr melden.

Auf dem Anrufbeantworter gibt es gleich mehrere Nachrichten von Hannelore. Sie ist Anfang 60, wohnt im Stadtteil Coerde und ist eine ehemalige, sehr engagierte Sozialarbeiterin, die wir bei einem früheren Einsatz kennen- und schätzen gelernt haben. Hannelore klingt äußerst beunruhigt. Schon mehrfach habe sie versucht, uns zu erreichen, mache sich ernsthafte Sorgen um Tim, einen fünfjährigen Jungen aus einer sozial schwachen Familie, der nun schon seit zwei Wochen wie vom Erdboden verschluckt sei. Sie habe das Jugendamt bereits vor einem Monat darüber informiert, dass das Kind viel zu dünn sei, zudem ständig krank und vernachlässigt aussähe. Auf ihr wiederholtes Klingeln und Klopfen an der Wohnungstür der Eltern würde niemand reagieren. Und dass diese Leute längere Zeit im Urlaub seien, wäre doch sehr unwahrscheinlich. Ob wir eine Idee hätten?

Beim Versuch, Hannelore zurückzurufen, springt nur ihr Anrufbeantworter an. Per Handy ist sie ebenfalls nicht erreichbar. Mir bleibt nichts anderes übrig, als eine Nachricht aufs Band zu sprechen. Ich rate ihr, unverzüglich die Polizei einzuschalten. Für alle Fälle hinterlasse ich ihr noch unsere Handynummern. Ich seufze. Wir bräuchten dringend mehr Zeit oder auch Verstärkung. Es liegt eine Menge an, vieles auch eindeutig im Argen.

Zuletzt bittet uns der Geschäftsführer des Autohauses Hotteböhmer baldmöglichst um einen Besuch. Aus der Zeitung weiß ich, dass dort unlängst zum zweiten Mal innerhalb weniger Monate eingebrochen wurde. Sind die Außensicherungen des Geländes und der Gebäude in Ordnung und entsprechen sie den modernen Standards, werden wir uns etwas anderes einfallen lassen müssen, um Einbrecher fortan fernzuhalten oder sie eventuell zu überführen. Es gibt immer Möglichkeiten.

Im vergangenen Jahr hatten wir es unter anderem mit einem ganz besonders hartnäckigen Einbruchs- und Diebstahlsfall in einer Textilfirma zu tun. Wir haben uns fast die Zähne daran ausgebissen, bis wir schließlich darauf kamen, die Verwandtschaft näher unter die Lupe zu nehmen. Was wir dabei entdeckten, war ein tiefer, widerlicher Sumpf von Wut und abgrundtiefem Hass innerhalb der Familie. Neben den vorhandenen zwei Kindern waren plötzlich noch zwei weitere, uneheliche Nachkommen aufgetaucht. Dieses Zwillingspaar hatte erst jetzt von seiner im Sterben liegenden Mutter erfahren, wer sein leiblicher Vater war. Die beiden wollten natürlich ebenfalls als rechtmäßige Erben anerkannt werden. Das war geschehen, doch sie hatten nicht mit dem erbitterten Widerstand ihrer Halbgeschwister gerechnet, die partout nicht bereit waren, den Kuchen durch vier, statt wie bisher durch zwei zu teilen. Diese hatten eine Menge irreführender Spuren gelegt, sodass wir zunächst nicht darauf kamen, dass die Einbrüche und Diebstähle nur fingiert waren. Die falschen Fährten sollten lediglich dazu dienen, den beiden neuen Verwandten die Schuld in die Schuhe zu schieben, sie in Misskredit zu bringen, mit dem Ziel, sie als Erben wieder auszuschließen. Es ist ungeheuerlich, was sich Menschen immer wieder ausdenken.

Auch bei der Autofirma melde ich mich telefonisch und versichere, dass wir sobald wie möglich einen Termin für eine Besichtigung vereinbaren werden.

Wegen der morgigen Geldübergabe ist mir ziemlich mulmig, außerdem sind wir nicht wirklich vorangekommen bei unseren Ermittlungen. Da stimmt etwas ganz entschieden nicht, ich kann es förmlich riechen. Und das liegt sicher nicht nur am Duft von ›Aramis‹.

Grübelnd überfliege ich die Tageszeitung. Ich will sie gerade zur Seite legen, da fällt mir im lokalen Teil eine Schlagzeile auf:

LEITER DES STAATLICHEN BAUAMTES VERMISST!

›Hannes Sandreitner (39), der sich vor mehr als 14 Tagen bei seiner Dienststelle abgemeldet hatte, angeblich um einen Kurzurlaub anzutreten, ist danach nicht mehr zur Arbeit erschienen. Er gilt seither als vermisst.‹

Darunter noch das Übliche, sachdienliche Hinweise etc. und ein Foto des Vermissten. Aus beruflichem Interesse schaue ich es mir genau an, doch der Mann auf dem Bild ist mir unbekannt. Interessantes, kantiges Gesicht, graublaue Augen, hellblonde, etwas längere, fransig geschnittene Haare ohne Scheitel. Auf jeden Fall hat der Mann einen guten Friseur oder eine gute Friseurin.

Das Konterfei sagt mir nichts, den Namen allerdings meine ich, schon mal gelesen zu haben, nur der Zusammenhang will mir nicht gleich einfallen.

Ich lasse die Zeitung für Julian offen liegen, vielleicht kennt er diesen Sandreitner zufällig.

Wasser tropft plötzlich auf mein Haar, läuft übers Gesicht direkt auf die Post, die noch ungeöffnet in meinem Schoß liegt.

»Julian!«, rufe ich, »es kommt Wasser durch die Decke! Wahrscheinlich hat die schöne Nachbarin wieder mal die Wanne überlaufen lassen. Schaust du bitte mal nach?«

»Auf die schöne Nachbarin habe ich jetzt aber überhaupt keine Lust«, murmelt es an meinem rechten Ohr, bevor Julian beginnt, es sanft anzuknabbern.

»Sie sollen sich nicht so anschleichen!«, murre ich. »Das fällt nämlich unter Heimtücke und wird aufs Schwerste geahndet. Wer sind Sie überhaupt und was wollen Sie von mir?«

Ich werfe einen Blick über die Schulter. Julian trägt lediglich ein Handtuch um die Hüften.

»Huch!«, rufe ich erschrocken und schaue

schnell wieder weg. »Zu Hilfe, man belästigt mich! Warum hilft mir denn niemand? Na gut, wenn mir keiner hilft, muss ich mich eben selbst drum kümmern.«

Ich jage Julian durch die Wohnung, aber nur ein bisschen, schließlich ist es noch nicht lange her, da hat jemand versucht, ihm den Schädel einzuschlagen.

»Also, beantworte er mir meine Frage«, fordere ich ihn auf, als ich ihn überwältigt habe und in Siegerpose auf ihm knie. »Was will er von mir? Möge er sich sputen mit einer Antwort, denn ich habe heute auf der Burg noch viel zu schaffen, muss mich ums Gesinde kümmern und ums Essen.«

»Untertänigstes Erbarmen, Euer Obrigkeit!«, keucht er. »Ich wollte Hoheit doch nur zum Bade abholen!«

»So, nur zum Bade«, erwidere ich, nun schon etwas gnädiger gestimmt. »Nennt man das heutzutage so? Nun gut, sei es ihm ausnahmsweise gestattet. Trage er mich dorthin, aber vorsichtig, sonst kann es schnell vorüber sein mit meiner Gunst und Gnade.«

»Sag mal«, frage ich Julian etwas später, nachdem ich ihn über die wichtigsten telefonischen Nachrichten und Mails informiert habe, »kennst du zufällig diesen Sandreitner?«

Ich weise auf die Zeitung, die noch aufgeschlagen auf dem Küchentisch liegt.

Interessiert schaut er sich das Farbfoto an, liest den kurzen Text. »Kommt mir irgendwie bekannt vor, aber ich weiß im Moment nicht, wo ich ihn hintun soll. Es fällt mir aber bestimmt noch ein.«

Nachdenklich blickt er auf das Zeitungsfoto, trommelt dabei leise mit den Fingern auf der Tischplatte herum.

»Jetzt hab ich's!«, ruft er nach einer Weile. »Ich erinnere mich wieder. Vor ein paar Wochen stand ein Artikel in der Zeitung, in dem es um eine Beschwerde der ›Grünen‹ ging. Ein besonders schönes Randgebiet der Rieselfelder sollte in Kürze als privates Baugebiet freigegeben werden. Dabei steht das gesamte Areal als Europareservat für Zugvögel seit langem schon unter Naturschutz. Und in diesem Zusammenhang fiel auch der Name Sandreitner.«

»Ja, jetzt wo du es erwähnst, fällt es mir auch wieder ein. Die Angelegenheit hat einigen Staub aufgewirbelt. Es soll geschoben, bestochen und geschmiert worden sein. Wieder einmal. Die mit den großen wirtschaftlichen Interessen setzen sich leider eben immer irgendwie durch. Es wird übrigens vermutet, dass dieser Bauamtsleiter, dieser Sandreitner, als Privatmensch in eine ganze Reihe schmutziger Immobiliengeschäfte im Ausland verstrickt ist. Es war bisher nur noch nicht möglich, ihm etwas nachzuweisen. Der Mann scheint ungeheuer raffiniert zu sein und mit allen Tricks zu arbeiten. Wenn ich mich richtig erinnere, geht es um private Immobiliengeschäfte, also Feriendomizile in Spanien, Italien und Frankreich. Irgendwie schafft er es immer wieder, Kaufwilligen das Geld aus der Tasche zu ziehen und sie dann in einer Bauruine sitzen zu lassen.«

Julian nickt grimmig. »Weil viele Menschen immer noch wie wild hinter Ferienwohnungen im sonnigen Süden Europas her sind und sich vorher nicht gründlich informieren und absichern. Ich bezweifle allerdings, dass er diese Scheingeschäfte allein abwickelt. Das ist gar nicht möglich. Dazu braucht man eine Menge gewiefter Helfer. Vor allem auch vor Ort. Sandreitner, Sandreitner …«

Er fasst sich an die Stirn, schüttelt immer wieder den Kopf. »Aber ›Hannes‹, diesen Vornamen kenne ich doch.«

Plötzlich haut er mit der Faust auf den Tisch, dass unsere Kaffeebecher hüpfen und der Kaffee überschwappt.

Erschrocken sehe ich ihn an. Vielleicht ist der nächtliche Schlag auf seinen Kopf doch nicht ganz ohne Nebenwirkungen geblieben. Mit einem Papiertaschentuch tupfe ich die Kaffeepfützen von der Tischplatte.

»Weißt du, wer Hannes ist, zumindest der, den ich meine?« Seine Augen blitzen triumphierend.

»Nein, ich habe keine Ahnung, aber du wirst es mir bestimmt gleich erzählen.«

»Das muss dieser Saukerl sein, der Claudia damals im Stich gelassen hat, als sie schwanger war.«

Julian schaut sich das Foto von Sandreitner noch einmal genau an. »Diese Augen und die Haarfarbe, das könnte schon hinkommen, aber Sandreitner hieß er ganz sicher nicht.«

»Vielleicht hat er geheiratet und aus irgendwelchen Gründen den Namen seiner Frau angenommen«, schlage ich vor.

»Ja, das wäre eine Möglichkeit, wenn es auch eher ungewöhnlich ist.«

»Vielleicht Taktik, vielleicht fand er es ganz ratsam, seinen alten Namen abzulegen«, spinne ich den Faden weiter.

»Du meinst, weil er bereits Dreck am Stecken hatte?«

»Genau. Ist doch geradezu ideal, sich durch Heirat einen anderen Namen zulegen zu können. Ganz legal. Ein Mann mit deinen weitreichenden Verbindungen kennt doch sicher jemanden beim Standesamt, den er fragen könnte?«, erkundige ich mich betont beiläufig.

Er grinst. »Ich kenne tatsächlich jemanden. Ich könnte versuchen, sie anzurufen.«

»*Sie*? Ah ja, wie könnte es auch anders sein! Aber wenn es der Wahrheitsfindung dient, ruf an in drei Teufels Namen.«

Julian telefoniert eine Weile herum, allerdings nicht in des Teufels Namen, sondern unter seinem eigenen. Muss sich durchfragen, denn auch die Bekannte, die er sucht, hat inzwischen geheiratet und heißt jetzt anders. Endlich hat er Erfolg.

Ich nutze die Zeit für ein paar Besorgungen. Glücklicherweise haben wir im Viertel einen kleinen, feinen Gemüseladen und die Waren dort sind stets frisch und appetitlich. Wenn ich es zeitlich nicht schaffe, den Wochenmarkt am Dom zu nutzen, kaufe ich sehr gern hier ein.

Als ich zurückkomme, hat Julian die Küche bereits für einen Großangriff des Chef de cuisine vorbereitet.

Fachmännisch inspiziert er den Inhalt der Einkaufstaschen.

»Ah, wunderbar, da zaubern wir doch gleich mal etwas Leckeres.«

»Und, konntest du den Namen herausbekommen?«, frage ich neugierig, während wir gemeinsam in der Küche hantieren, um ein ›Gratin dauphinois‹ zuzubereiten, ein Kartoffelgratin mit Käse. Dazu wird es einen französischen Grauburgunder geben, ein ganz kleines Glas natürlich nur. Zwei Espressi werden das Essen schließlich abrunden.

GRATIN DAUPHINOIS *(KARTOFFELGRATIN MIT KÄSE) MIT MANGOLDGEMÜSE*

Für 4 Personen

Zutaten:

1 kg Kartoffel
4 EL Butter
Salz, Pfeffer
Kümmel oder Muskat
200 g Appenzeller Käse (fein geraspelt),
1/8 l süße Sahne
1/4 l Milch
1 Ei

Kartoffeln schälen, in dünne Scheiben schneiden oder hobeln. Unter fließendem Wasser gut waschen und mit Küchenpapier abtrocknen. Eine flache Auflauf-

form dünn ausfetten, eine Hälfte der Kartoffelscheiben hineinschichten, salzen, pfeffern und mit Kümmel oder Muskat würzen, die Hälfte des Käses drüberstreuen. Die zweite Hälfte der Kartoffeln gleichmäßig auf dem Käse verteilen, würzen, wieder mit Käse bestreuen. Sahne, Milch und Ei verquirlen, über die Kartoffeln gießen. Die restliche Butter in Flöckchen auf der Oberfläche verteilen. Gratin im vorgeheizten Ofen 35 Minuten backen (200 Grad, Gas Stufe 3). Heiß servieren.

Tipp: Schön knusprig wird das Kartoffelgratin, wenn Sie die Kartoffelscheiben gründlich unter fließendem Wasser abspülen, das befreit sie von der Stärke.

Mangold-Gemüse nur kurz in wenig Salzwasser garen, bis die Blätter zusammenfallen, Flüssigkeit abgießen und das Gemüse mit etwas zerlassener Knoblauchbutter zum Gratin servieren.

»Ja.« Er schmunzelt. »Kostet mich allerdings ein Essen in einer nicht ganz billigen Lokalität.«

»Den Namen, bitte.«

»Frau Schmidt-Ziermann.«

»Julian.« Spaßhaft drohe ich ihm mit dem spitzen Kartoffelschälmesser. »Ich meine natürlich den Geburtsnamen dieses Herrn Sandreitner.«

»Ach so. Bingo! Er ist es tatsächlich. Der Name ist beziehungsweise war Hannes Kramphusen. Der olle Fritz Kramphusen war damals ein hohes Tier bei der Stadt Münster und hatte so seine ganz eigenen Vorstellungen, was aus seinem Sohn werden sollte.«

»Behalte das mal im Blick«, bitte ich Julian. »Mir fällt da gerade etwas ein, das damit nichts zu tun hat. Du schuldest Frau … wie heißt doch gleich die Dame vom Standesamt?«

»Sybille Schmidt-Ziermann.«

»Danke. Du hast Frau Schmidt-Ziermann für ihre Hilfe eine Einladung in ein Restaurant in Aussicht gestellt. Und ich schulde unserem hilfreichen Freund aus der Gerichtsmedizin bekanntlich ebenfalls noch ein Essen. Was hältst du davon, wenn wir von dem Vorhaben Abstand nehmen, Thomas van Dyck zu vergiften, ihn stattdessen zusammen mit Sybille Schmidt-Ziermann zu einem gemeinsamen Abendessen einladen?«

Julian schaut mich einen Augenblick mit gerunzelter Stirn an, und ich will gerade sagen: Okay, vergiss es wieder. War nur so ein spontaner Einfall. Da antwortet er: »Super Idee. Ja, warum eigentlich nicht? Entweder die beiden verstehen sich, dann ist es ohnehin problemlos, oder sie können nichts miteinander anfangen, dann ufert das Treffen zumindest nicht unnötig aus.«

»Wie ist sie denn so, wie sieht sie aus?«, möchte ich wissen.

»Tja, wie sieht sie aus? Da muss ich mal überlegen.«

Julian fährt sich durchs Haar. »Ganz passabel, groß, sie geht mir ungefähr bis hierhin«, mit der Handkante weist er unter sein Kinn, »schlank, dunkelhaarig, zumindest habe ich sie so in Erinnerung. Durchaus sportlicher Typ, spielt Tennis oder Golf, ich kann mich nicht so genau erinnern.« Er grinst.

»Manchmal ist sie etwas pingelig, wenn du verstehst, was ich meine. Und verheiratet ist sie übrigens inzwischen nicht mehr.«

Zur Unterstreichung seiner Aussage macht Julian eine entsprechende Gebärde mit den Händen und verdreht dazu seine Augen. Wie immer bringt mich sein Gesichtsausdruck zum Lachen.

»Doch, ich verstehe gut, was du meinst. Und ich bin beruhigt. Deiner Kurzbeschreibung nach müsste sie gut zu Thomas passen. Ich bin schon sehr gespannt, ob ich damit richtig liege.«

»Wie hilft uns das alles jetzt weiter?«, frage ich nach dem Essen und in froher Erwartung des Espressos, den Julian gerade für mich bereitet. Wenn es ums Kochen und Essen geht, lasse ich mich nur zu gern bedienen. »Dein Kartoffelgratin war wie immer wunderbar. Du bist eben ein Genie!«

Julian lächelt zufrieden, während er flink mit der alten Espresso-Maschine hantiert, Kaffee und Wasser einfüllt und sie dann auf den Herd stellt. »Die Firma dankt herzlich. Während deiner Abwesenheit vorhin habe ich ein bisschen recherchiert. Dabei ist mir eine Idee gekommen. Hast du Lust, mich ins ›Haus am See‹ zu begleiten? Ich spendiere dir dort einen Nachtisch. Wie wäre es mit einem kleinen Diäteis nach der vorausgegangen Cholesterinbombe? Bei der Gelegenheit könnten wir auch gleich testen, ob sich das Restaurant für die ausstehende Einladung eignet. Für Sybille und Thomas habe ich eigentlich keine Lust, selbst zu kochen.«

»Du meinst das noble Restaurant und Hotel in Münster-Hiltrup?«, frage ich erstaunt, ohne auf seinen letzten Satz einzugehen. »Und dann ein Diäteis?«

»Du kannst natürlich auch eine Mousse au chocolat nehmen, dafür wird mein Taschengeld wohl gerade noch reichen. Jedenfalls wurde in diesem Hotel vor drei Wochen im Rahmen einer Tagung der Beschluss gefasst, einen Teil des Vogelschutzgebietes in den Rieselfeldern für besagtes Bauvorhaben freizugeben. Und ich wüsste jetzt zu gern, wer auf der Gästeliste stand.«

Während ich mich im Bad zurechtmache, mein halblanges, manchmal ziemlich störrisches Haar mit einer Bürste in Form zu bringen versuche, stöbert Julian die Post durch, die ich zur Seite gelegt hatte.

»Das ist doch vollkommen unmöglich!«, höre ich ihn plötzlich entsetzt aus dem Wohnzimmer rufen.

»Was ist unmöglich?«

»Das Schreiben hier, das mit der Post gekommen ist!«

»Welches Schreiben?«, nuschle ich, weil ich mir inzwischen die Zähne putze.

Jetzt steht Julian in der Tür zum Bad. Seine blauen Augen scheinen vor Ärger Funken zu sprühen. Sichtlich aus der Fassung starrt er auf den Brief in seiner Hand.

»Eine Kündigung. Das hier ist sozusagen unsere Wohnungskündigung.«

»Du willst mich wohl mal wieder so richtig veralbern?« Ich grinse. Hin und wieder packt Julian der Übermut, und dann treibt er es schon mal ganz schön auf die Spitze. Früher bin ich regelmäßig darauf reingefallen. »Bravo, das wäre dir beinah gelungen.«

Doch Julian schüttelt nur sprachlos den Kopf.

Ich lege die Zahnbürste aus der Hand und schaue ihn ratlos an. Allmählich schwant mir, dass er es wirklich ernst meint.

»Nein, ich will dich bestimmt nicht auf den Arm nehmen. Hier, lies selbst.« Mit leicht zittriger Hand reicht er mir das Schreiben.

Mir wird flau im Magen und meine Beine fühlen sich plötzlich wie Pudding an, als ich den kurzen Text überfliege. Ich gehe ins Wohnzimmer, muss mich unbedingt setzen. Die Kernaussage des Schreibens lautet: ›Aus Gründen einer Vollsanierung und anschließender Umwandlung in Eigentumswohnungen werden alle Mieter aufgefordert, innerhalb von drei Monaten ihre Wohnungen zu räumen.‹

Im Briefkopf steht der Name einer mir unbekannten Firma.

»Julian, hast du gewusst, dass der Hauseigentümer inzwischen gewechselt hat?«

Er schüttelt den Kopf. »Nein, das wurde offensichtlich hinter unserem Rücken abgewickelt.«

»Und das ist rechtens?« Ich bin entsetzt.

»Keine Ahnung, aber ich nehme an, dass bei Mietwohnungen nicht nach der Meinung der Mieter gefragt werden muss. Eins weiß ich aber sicher: Wir haben eine wesentlich längere Kündigungsfrist als nur drei Monate. Bei einer Mietzeit von über zehn Jahren, wie es bei uns der Fall ist, müssten wir mindestens neun Monate Kündigungsfrist haben. Das hat sich meines Wissens in der Zwischenzeit nicht geändert. Außerdem haben wir nur diesen einen alten Vertrag, in dem alles genauestens geregelt ist.«

»Und du bist ganz sicher, dass seit Änderung des Gesetzes nicht für beide Seiten eine dreimonatige Kündigungszeit gilt?«, frage ich zweifelnd. »Ich kann mich nämlich nicht mehr so genau erinnern.«

Julian schüttelt den Kopf. »Soweit ich weiß, kommen beide Parteien bei einer Mietzeit bis zu fünf Jahren mit einer Frist von wenigen Wochen auseinander, ab fünf Jahren ändert sich das allerdings. Dann sind es drei Monate. Vermieter sind aber nach wie vor dazu verpflichtet, Rücksicht darauf zu nehmen, wie lange ein Mieter eine Wohnung schon bewohnt, und können ihm nicht einfach mit einer kurzen Frist kündigen. Wir werden uns noch ganz genau erkundigen, was Sache ist. Verlass dich drauf! Aber das Ganze ist schon ein ziemlicher Hammer.«

»Das kannst du laut sagen«, bestätige ich. »Man ist ja inzwischen auf einiges gefasst, aber mit einer Kündigung hätte ich niemals gerechnet. Gut, dass wir schon gegessen haben, ich bekäme jetzt keinen Bissen mehr hinunter.«

Julian nickt. »Es ist ärgerlich und wird bestimmt nicht einfach werden, in Münster wieder eine passende Wohnung für uns und die Tiere zu finden, aber es wird sich wohl nicht mehr ändern lassen. Früher oder später müssen wir hier raus. Sicher ist es schade um unsere schöne Wohnung, aber nimm es nicht so tragisch, Katinka, wir schaffen das und wer weiß, wofür es letztlich gut ist.«

Beim Stichwort Tiere fallen mir sofort unsere Nachbarn ein. »Für Inge und Harald wird es eine Katastrophe werden, diese Wohnung aufgeben zu müssen. Ihre Miete ist immer noch relativ günstig. Eine so preiswerte Wohnung in zentraler Lage bekommen sie nicht mehr. Das ist vorbei. Und sie sind doch immer so knapp bei Kasse, seit Harald seinen Job bei Ratio verloren hat. Außerdem werden sie uns fehlen, schon wegen der Tiere.«

»Tja, das wird in der Tat schwierig«, seufzt Julian mit sorgenvoll gerunzelter Stirn und trommelt dabei leise mit den Fingern auf der Kiefernholzplatte unseres Wohnzimmertisches. »Sobald wir unseren aktuellen Fall abgeschlossen haben, werden wir uns mit dem Thema auseinandersetzen müssen. Aber jetzt stellen wir es erst mal zurück und machen uns den Abend noch so gemütlich wie möglich. Ich habe dir doch versprochen, dich einzuladen! Oder hast du jetzt keine Lust mehr?«

»Und ob ich Lust habe! Ich könnte mich jetzt vielleicht doch wieder mit dem Gedanken an eine Mousse au chocolat anfreunden. Ach, was rede ich da, ich brauche eine große Portion davon.«

»Alles andere hätte mich auch gewundert.« Julian lacht.

Leise verlassen wir die Wohnung, in der Hoffnung, dass Hari und Krishna uns nicht hören. Sie würden es nicht verstehen, dass wir sie nicht zu uns holen.

Was wohl Inge und Harald empfunden haben mögen, als sie die Kündigung heute in ihren Händen hielten? Ich bemühe mich, alle Gedanken, die mit der Wohnungskündigung verbunden sind, eine Weile zu verdrängen, zumindest so lange, bis wir unseren aktuellen Ermittlungsfall zu einem Abschluss gebracht haben. Und jetzt will ich mich einfach nur auf den Abend mit Julian freuen!

Auf dem kurzen Treppenabschnitt nach unten fällt Julian mit lautem Getöse der Schlüsselbund aus der Hand. Daran hängen ungefähr 20 Schlüssel der unterschiedlichsten Art. Die Herkunft der meisten ist mir völlig unbekannt und ich kann nur hoffen, sie führen nicht zu Blaubarts Kammern. Neben den Schlüsseln ist noch die Figur eines silbernen springenden Jaguars befestigt. Ein massives Teil, durchaus geeignet, notfalls auch als Waffe zweckentfremdet zu werden, und es ist mir vollkommen rätselhaft, wie Julian es schafft, diesen Schlüsselbund in der Hosentasche seiner knackig sitzenden Jeans unterzubringen.

Krampfhaft versuchen wir, unser Kichern zu unterdrücken, doch das Scheppern war so laut, dass Inge besorgt ihren Kopf aus der Tür steckt. Sofort lege ich einen Zeigefinger auf meine Lippen.

»Wir sind's nur. Entschuldige den Krach. Alles in Ordnung. Wir waren lediglich auf einen Sprung da und sind auch sofort wieder weg. Selbstverständlich hätten wir uns sonst bei euch gemeldet.«

Sie nickt. »Habt ihr auch Post bekommen?« Die

Sorgen stehen ihr ins Gesicht geschrieben. »Könnt ihr einen kleinen Moment für uns erübrigen?«

»Sicher«, sagt Julian leise und nach einem kurzen Blick auf seine Uhr: »Aber lasst uns in unserer Wohnung darüber sprechen. Wie geht's den Tieren?«

»Alles bestens, die sind beschäftigt. Sie hocken beide vor dem Fernseher und schauen eine Tiersendung von Anno Tobak. Es geht überwiegend um Vögel und Hari und Krishna sind hin und weg. Alle paar Minuten steht der Kater auf, um hinter dem Fernseher nachzusehen, ob sich die kleinen Freunde mit dem bunten Gefieder nicht doch dahinter verstecken. Und immer wieder kehrt er enttäuscht zurück.« Ein kleines Lächeln huscht über ihr Gesicht. »Ich sag schnell Harald Bescheid.«

»Leben ist eben das, was passiert, wenn man gerade etwas anderes vorhat«, murmele ich vor mich hin, während wir wieder in unsere Wohnung zurückkehren.

Julian grinst. »Meine Rede. Übrigens, weißt du noch, wie die kleinen gefiederten Freunde beim dicken Kater Garfield hießen?«

Ich kichere. »Aber sicher. Piepsbällchen. Ich musste auch sofort daran denken.«

Eine Minute später stehen Inge und Harald in unserem Wohnzimmer.

»Ist doch einfach unglaublich, das mit der Kündigung!«, stößt Harald voller Ärger hervor. Sein Gesicht hat die Farbe einer überreifen Tomate. Man sieht ihm an, dass er kurz davor ist zu platzen.

»Und dann wollen diese Blutsauger auch noch teure Eigentumswohnungen draus machen!« Mit seinem rechten Zeigefinger tippt er sich mehrmals an die Stirn. »Wer von uns kann sich denn so was leisten?«

»Bitte, setzt euch doch.« Julian weist auf die Sessel.

»Nein, wir bleiben gleich stehen«, wehrt Inge bestimmt ab. »Wir wollen euch auch gar nicht lange stören. Ihr wolltet ja ohnehin gerade weg. Es ist nur, weil wir uns so fürchterlich über die Kündigung aufregen und gar nicht wissen, ob das überhaupt erlaubt ist, uns mit einer Frist von drei Monaten auf die Straße zu setzen.«

»Weiß doch jedes Kind, dass in Münster so gut wie keine noch einigermaßen bezahlbare Wohnung zu kriegen ist«, ergänzt Harald und fügt hinzu: »Das heißt, wir müssen entweder in einen entlegenen Stadtteil wie zum Beispiel Nienberge oder Roxel umziehen oder können gleich irgendwo außerhalb der Stadtgrenze nach einer Wohnung suchen. Dann haben wir wieder das elendige Problem mit der Fahrerei am Hals!«

Inge, der wir die Ratlosigkeit ansehen können, brummelt: »Wir haben vor ein paar Tagen endgültig beschlossen, unseren alten Kombi abzuschaffen. Es ist finanziell für uns einfach nicht mehr drin. Die vielen Reparaturen und dann die immer höher werdenden Spritkosten dazu. Und wer weiß, ob sie nicht zusätzlich die Kfz-Steuer für ältere Autos erhöhen.«

Während ich noch um die richtigen Worte ringe,

zu gern hätte ich den beiden etwas Tröstliches gesagt, redet Julian weiter.

»Wir waren auch wie vor den Kopf gestoßen, als wir von der Kündigung erfahren haben, das könnt ihr uns glauben.«

Ich pflichte ihm bei: »Wenn ich mit allem gerechnet hätte, aber mit einer Wohnungskündigung sicher nicht. Das wäre mir überhaupt nicht in den Sinn gekommen.«

Julian redet schon weiter: »Im Augenblick haben wir keine Zeit, uns damit auseinanderzusetzen. Wir werden aber noch abklären, ob das alles juristisch einwandfrei ist. Verlasst euch drauf! Wenn es etwas gibt, das wir gegen diese Kündigung oder auch die Kündigungsfrist unternehmen können, dann finden wir es heraus.«

»Ihr kennt doch Steffen und Natalie?«, fragt Inge. »Die Schürmanns. Die haben bis vor Kurzem eine Straße weiter gewohnt, in der Nordstraße.«

»Sicher«, antworte ich. »Wir haben sie doch mal bei euch kennengelernt. Ein sehr sympathisches junges Paar. Sie ist Arzthelferin und er arbeitet irgendetwas bei der Stadt. Was war es doch noch?«

»Rechtspfleger«, knurrt Harald missmutig. »Hat ihm aber auch nichts genützt.«

»Die beiden wohnen nicht mehr dort? Davon haben wir ja gar nichts mitbekommen.« Jetzt bin ich wirklich erstaunt.

Auch Julian ist sehr überrascht, kombiniert aber mit der gewohnten Schnelligkeit. »Ihr wollt damit jetzt aber nicht etwa andeuten, dass es Parallelen zu unserer Situation gibt?«

»Doch, genau.« Harald, nicht gerade ein Leichtgewicht, lässt sich mit einem lauten Ächzer in einen unserer Sessel plumpsen, sodass die Federn entsetzt quietschen. Bis heute wusste ich nicht, dass diese Sessel überhaupt so etwas wie Sprungfedern besitzen. »Bei Steffen und Natalie fing das auch so an. Sie haben versucht, sich mit Händen und Füßen gegen die Kündigung zu wehren, hatten sogar einen Anwalt eingeschaltet.«

Unsere sonst so friedliche Nachbarin nickt grimmig und fährt fort: »Ihnen stand nämlich ein Anspruch auf mindestens sechs Monate Kündigungsfrist zu. Die wohnten dort doch schon seit vielen Jahren!«

»Und?«, frage ich interessiert, als Inge eine Pause einlegt und Harald ärgerlich mit den Fingern schnippt. »Hat der Anwalt irgendetwas erreichen können?«

»Pah!«, ruft Harald verächtlich. »Die stecken doch alle unter einer Decke. Das war doch alles ein abgekartetes Spiel. Richtig mit System rausgeekelt haben sie die Mieter, auch Natalie und Steffen. Unter Druck gesetzt und dann rausgeekelt. So, wie man es manchmal in Fernsehkrimis zu sehen bekommt.«

Wieder nickt unsere Nachbarin heftig. Die kurzen, rotblond gefärbten Haare stehen wild von ihrem Kopf ab, vermutlich, weil sie sich immer wieder die Haare rauft. Jetzt bückt sie sich, greift nach einem von Krishnas ramponierten Tennisbällen, die auf dem Parkettboden herumliegen. Inges Frust ist riesengroß und sie braucht jetzt etwas, das sie mit ihren Händen bearbeiten kann.

»Mitten am Tag wurde ihnen der Strom abgedreht. Dann funktionierte plötzlich das Telefon nicht mehr, der Aufzug blieb ständig stecken und es dauerte eine Ewigkeit, bis er wieder funktionierte. Wochenlang drückte mitten in der Nacht jemand auf die Türklingeln, da war an Schlaf gar nicht mehr zu denken. Bei Natalie und Steffen lagen die Nerven zuletzt dermaßen blank, dass sie richtig erleichtert waren, als sie endlich eine neue Wohnung in Münster-Handorf gefunden hatten und aus der anderen raus durften. So war das. Nee, mir kann man nichts mehr vormachen. Regelrechter Terror war das!«

Harald, der inzwischen wie erschlagen im Sessel hängt, gibt zur Bestätigung ein paar Grunzlaute von sich.

Ich bin sprachlos. Das klingt äußerst beunruhigend. Unsere beiden Nachbarn sind zwar von relativ schlichtem Gemüt und tragen ihr Herz auch mitunter zu sehr auf der Zunge, sie sind aber immer reell und absolut zuverlässig. Wir haben keinen Grund, an ihren Worten zu zweifeln.

Mitten in der City verschwanden ja inzwischen auch ganze Straßenzüge samt Geschäften. Wurden, obwohl eigentlich erst vor wenigen Jahren bereits komplett modernisiert und vergrößert, innerhalb kürzester Zeit abgetragen, um von einem neuen, reicheren Investor noch größer und angeblich wesentlich attraktiver wieder aufgebaut zu werden. Für die Einwohner und Besucher von Münster bedeutete das einerseits eine monströse Baustelle nach der anderen – verkehrstechnisch und für die Lebensqualität ein regelrechtes Fiasko – und andererseits, dass die Waren in den neu entstandenen Passagen und Einkaufszentren immer exklusiver, immer teurer wurden. Warum sollte Ähnliches nicht auch die Wohnviertel heimsuchen? Schon jetzt wurden durch den Neubau oder die Sanierung, wie es auch hieß, viele Mieten drastisch erhöht.

Immer weniger Menschen können diesem enormen Druck standhalten. Auf der Suche nach Wohnungen mit einigermaßen passablen Mieten werden sie systematisch an die Randgebiete der Stadt gedrückt oder auch ganz aus der Stadt vertrieben.

Julian unterbricht meine Gedanken, indem er einen Arm reckt und demonstrativ auf seine Armbanduhr schaut.

»Tut mir leid, aber wir müssen jetzt los. Wir haben noch einen wichtigen Termin. Aber es war gut, dass ihr uns von den Schwierigkeiten der beiden erzählt habt. Wollen wir hoffen, dass es bei uns im Haus gar nicht erst zu solchen Maßnahmen kommt. Unternehmt bitte nichts in den nächsten Tagen, wir machen das zusammen, sobald wir wieder etwas Luft haben. Einverstanden?«

Unsere Nachbarn nicken. Harald stemmt sich mit letzter Kraft wieder aus dem Sessel. Als die beiden sich an der Tür von uns verabschieden, wirken sie nicht mehr ganz so niedergeschlagen. Es tut eben gut, wenn man über drückende Probleme sprechen und auch mit Unterstützung rechnen kann.

»Gebt unseren Tierchen einen Kuss von uns«, flüstere ich ihnen hinterher. »Bis bald!«

Dann nehmen Julian und ich einen erneuten Anlauf. Doch jetzt wird uns nichts und niemand mehr von unserem abendlichen Ausflug abhalten.

8

»Dieser Obstsalat ist fantastisch«, schwärme ich.

Etwas später als beabsichtigt sitzen wir im Restaurant des Hotels ›Haus am See‹, im Stadtteil Hiltrup, direkt an einem künstlich geschaffenen und idyllisch von Bäumen und Büschen umgebenen See.

Wie immer ist vom Ambiente bis hin zum lukullischen Angebot alles vom Feinsten. Ich habe umdisponiert und statt der geplanten Mousse au Chocolat, die jetzt wirklich zu üppig wäre, ein kleines Schälchen Obstsalat bestellt. Allerdings mit Sahne.

»Seit fünf Tagen schon nicht mehr gejoggt!«, erinnert sich Julian und streicht sich über die Stelle, an der andere einen mehr oder weniger deutlichen Bauchansatz haben.

Ich richte mich automatisch kerzengerade auf und ziehe meinen Bauch ein, aber damit ist auch nicht viel gewonnen. Zumindest nicht um die Taille herum.

»Musst du mich gerade jetzt, wo es so gemütlich ist, daran erinnern?« Ich ziehe einen Flunsch und schiebe den Teller mit dem restlichen Dessert von mir.

»Aber, Kathinka! Bei dir gibt es nicht ein einziges Gramm, das überflüssig wäre. Iss also in Ruhe weiter und genieße. Ich schau mal an der Rezeption, ob ich jemanden finde, der vor drei Wochen Dienst hatte. Gibst du mir bitte das Bild von Helge?«

Ich krame das Farbfoto, das Claudia und Helge gemeinsam auf ihrer Bank im Garten zeigt, aus meiner Tasche und reiche es ihm mit der Bitte: »Bestellst du uns anschließend einen Cappuccino, wenn du fertig bist?«

»Mache ich.«

Eine Viertelstunde später ist Julian zurück. Auf einem kleinen silbernen Tablett mit Spitzendeckchen balanciert er höchst elegant zwei Tassen und eine kleine Porzellanschale mit Keksen. Er deutet eine kleine Verbeugung an und serviert mit den Worten: »Gnädige Frau, Ihr Cappuccino.«

»Wenn es bei uns mal nicht mehr so gut läuft, oder wir uns in Kürze gar auf der Straße wiederfinden sollten, weiß ich wenigstens, wohin ich dich zur Arbeit schicken kann«, bemerke ich trocken. »Das beruhigt mich ungemein.«

Julian grinst. »Der Barkeeper, den ich suche und der vor drei Wochen zum Dienst eingeteilt war, hat ausgerechnet heute frei. Ich habe aber seine Adresse.« Er wedelt mit einer Quittung, auf der er die Anschrift notiert hat. »Sein Kollege hat freundlicherweise für uns bei ihm angerufen. Unser Mann kann sich sehr gut an den bewussten Abend erinnern und wenn wir möchten, können wir gern anschließend noch bei ihm vorbeikommen. Egal, wie spät es wird. Er ist Nachtarbeit schließlich gewohnt. Übrigens heißt er Daniel Heisenberg.«

»Gute Recherche, mein Schatz. Ich bin sehr gespannt, was er zu erzählen hat. Komm, lass uns austrinken und fahren.«

Unterwegs fragt Julian: »Ist etwas mit dir, Katinka?

Du bist so schweigsam? Machst du dir Sorgen oder bist du nur müde?«

»Beides. Mir gehen viele Dinge durch den Kopf. Die Kündigung der Wohnung und der vermehrte Stress, der dadurch auf uns zukommt. Bisher war es so einfach und ideal für uns. Inge und Harald waren immer, wenn wir sie brauchten, für die Tiere da. Dann natürlich unser aktueller Fall, der liegt mir auch ganz schön schwer im Magen. Nicht zu vergessen, die Sache mit dem kleinen Jungen, um den sich Hannelore Sorgen macht. Hoffentlich bewahrheiten sich ihre Vermutungen nicht. Vielleicht war der Kleine lediglich krank und die Familie ist zurzeit ganz einfach bei Verwandten. Möglicherweise löst sich ja noch alles in Wohlgefallen auf.«

Julian wiegt zweifelnd den Kopf hin und her. »Ich wünschte natürlich auch, es wäre so, halte das aber eher für unwahrscheinlich. Hanne hat zu viel Erfahrung, sie täuscht sich sicher nicht. Wenn sie meint, es sei angebracht, muss sie eben die Polizei holen. Lieber einmal zu viel die Polizei benachrichtigt, als zu spät zu kommen.«

»Wie bei dem kleinen Mädchen vor ein paar Wochen«, erinnere ich ihn. »Polizei und Jugendamt wussten von dem Fall; trotzdem haben sie den Tod des Kindes nicht verhindert.«

Wir schweigen bekümmert, während wir wieder stadteinwärts fahren und zum x-ten Mal an einer roten Ampel halten. Dann bemerkt Julian: »Vertrauen wir einfach darauf, dass Hannelore auch ohne unser Zutun die richtigen Maßnahmen ergreift.«

Der Barkeeper bewohnt eine kleine, schick eingerichtete Zweizimmerwohnung in der Von-Corfey-Straße im Stadtteil Berg Fidel. Von dort hat er es nicht allzu weit bis zu seiner Arbeitsstätte.

Heisenberg, den ich auf Ende 20 schätze, trägt einen legeren, dunkelblauen Hausanzug, ein flottes weiß-blaues Halstuch und hat die blau umrandete Brille hoch in das blond gesträhnte, modisch gestylte Haar geschoben.

Wir werden herzlich begrüßt, nachdem wir uns ausgewiesen haben, herein und direkt an seine Hausbar gebeten.

Dort, wo andere Menschen ihr Wohnzimmer haben, mit Sofa, Sesseln, Couchtisch und Fernseher, hat sich Heisenberg eine umfangreich bestückte und komplett verspiegelte Bar eingerichtet.

Reflexartig kontrolliere ich im Spiegel den Sitz meiner Frisur sowie den meiner weißen Bluse und stelle mit Genugtuung fest, dass auch Julian seiner Eitelkeit frönt. Dabei treffen sich unsere Blicke und wir brechen in Lachen aus.

Der Barkeeper schmunzelt; er kennt dieses Verhaltensmuster offensichtlich hinreichend.

Die mit weichem Leder bezogenen Barhocker laden zum längeren Verweilen ein. Durch die weit geöffnete Tür dürfen wir einen Blick in sein kleines, aber sehr komfortables Schlafzimmer werfen. Dort entdecke ich den Flachbildschirm des Fernsehers zu Füßen eines französischen Bettes. Diese beiden Teile füllen den Raum fast aus.

»Nehmen Sie doch Platz.« Heisenberg weist auf die Barhocker. »Was darf ich Ihnen anbieten?«

»Wir lassen uns überraschen. Für mich allerdings nur wenig Alkohol«, bitte ich.

»Gern. Ich mixe Ihnen eine Bloody Mary Spezial. Ist das okay?« Der Barkeeper lächelt gewinnend.

LONGDRINK BLOODY MARY SPEZIAL

<u>Zutaten:</u>
3 Eiswürfel
5 cl Wodka
3 TL Zitronensaft
1/8 l Tomatensaft
Pfeffer aus der Mühle
Worcester Sauce
Tabasco
Zitronenscheibe

Dieser klassische Longdrink mit dem Gruselnamen besteht aus 1 Teil Wodka (etwa 5 cl) und 4–5 Teilen Tomatensaft. Abgerundet wird er je nach Geschmack mit Salz (sehr gut passt hier Selleriesalz), Pfeffer, Zitrone, Tabasco und (oder) Worcester Sauce.

Geben Sie zuerst Eiswürfel in ein Longdrinkglas, danach die aufgeführten Zutaten. Verrühren Sie das Ganze dann langsam von unten nach oben. Dekorieren Sie mit einer Zitronenscheibe. Ein Stück Staudensellerie eignet sich vorzüglich zunächst zum Umrühren, dann zum Knabbern!

»Hört sich verlockend an.« Fasziniert schaut Julian ihm beim Hantieren zu.

Kein Wunder, denke ich, dass die Menschen einem sympathischen Barmann gern ihr Herz ausschütten.

»Ihre Fragen betreffen also Hannes Sandreitner und die Tagung im ›Haus am See‹ vor drei Wochen? Bei der es um das neue Bauvorhaben in den Rieselfeldern ging?«, fragt Heisenberg, während er flink und routiniert mixt und schüttelt. »Ich habe die Vermisstenanzeige heute in der Zeitung gelesen.«

Er macht auf mich nicht nur einen äußerst wachen, sondern auch bemerkenswert kultivierten Eindruck. Unmöglich, dass er *nur* Barkeeper ist.

»Genau«, antwortet Julian, »es könnte einen Fall betreffen, an dem wir gerade arbeiten. Einen Entführungsfall. Uns interessiert, ob Ihnen etwas Ungewöhnliches aufgefallen ist. Etwas, das vielleicht sogar mit Hannes Sandreitner direkt in Verbindung steht?«

Ich füge noch hinzu: »Wir wissen natürlich, dass Sie zu Diskretion und Verschwiegenheit verpflichtet sind, wären Ihnen aber sehr dankbar, wenn Sie uns dennoch helfen würden. Uns läuft nämlich die Zeit davon, und es geht wirklich um Leben und Tod.«

Heisenberg nickt und überlegt, währenddessen schenkt er uns unsere blutroten Drinks ein. Im Handumdrehen garniert er mit diversen Fruchtscheiben, Schirmchen und weiterem dekorativem Zubehör unsere Gläser zu wahren Kunstwerken.

Wir schauen gebannt zu. Ich versuche, mir ein paar seiner Handgriffe und Ideen einzuprägen.

»Sie wissen, woher der Name ›Bloody Mary‹ vermutlich stammt?«, fragt er uns. Wir verneinen.

»Eine Version besagt, die Bloody Mary sei nach der englischen Königin Maria I. Tudor benannt worden. Diese soll aufgrund ihrer blutigen Protestantenverfolgung im 16. Jahrhundert den Beinamen von ihrer Thronnachfolgerin Elisabeth I. erhalten haben. Aber nun zurück zu Ihrem Anliegen. Ich denke, das könnte Sie interessieren: Sandreitner hat nach dem offensichtlich erfolgreichen Abschluss noch eine ganze Weile an der Bar weitergefeiert. Und getrunken.«

»Aber sicher nicht allein?«, hakt Julian sofort nach.

»Nein, mit einem anderen Mann zusammen. Ich meine mich zu erinnern, dass er Anwalt ist. Er kommt hin und wieder ins ›Haus am See‹, auch in wechselnder weiblicher Begleitung. Ich kann mich aber lediglich an seinen Vornamen erinnern: Helge. Diesen Namen vergisst man nicht so schnell.«

Überrascht halte ich die Luft an und atme dann hörbar aus. »Und während die beiden Männer also den erfolgreichen Abschluss feierten, ist Ihnen da irgendetwas Ungewöhnliches aufgefallen?«

»Kann man wohl sagen. Eine ganze Weile sah es so aus, als verstünden sich die beiden ausgezeichnet, haben ziemlich gebechert und sogar Brüderschaft getrunken. Dann aber sind sie plötzlich in Streit geraten. Der Anwalt hat ein kleines Diktiergerät aus der Tasche gezogen und mit etwas gedroht, das klang wie ›Damit habe ich dich in der Hand!‹ Bald danach ist er gegangen. Der Sandreitner ließ sich nicht davon abhalten, noch ein paar weitere Schnäpse zu kippen, obwohl er sichtlich genug hatte. Schließlich ist er fast vom Stuhl gefallen. Hotelangestellte haben ihn zum Ausschlafen auf ein Zimmer geschafft.«

Das sind mehr Informationen, als wir uns erhofft hatten. Auch wenn ich noch nicht weiß, was ich davon halten soll.

Helge und Hannes, zunächst in Eintracht und glückseliger Trinkgemeinschaft, feiern den gelungenen Abschluss eines Projektes, das nicht astrein gewesen sein kann, so viel steht fest. Dann passiert irgendetwas im Laufe der Unterhaltung, das von einem Moment zum anderen einen Streit zwischen den beiden auslöst.

»Sie haben uns sehr geholfen.« Julian leert sein Glas. »Wir haben jetzt zumindest eine Spur. Vielen Dank auch für das köstliche Getränk. Wenn wir uns mal bei Ihnen revanchieren können, zögern Sie bitte nicht, sich an uns zu wenden.«

Er legt eine unserer Visitenkarten und einen Geldschein unter sein Glas.

Daniel Heisenberg strahlt. »Das ist aber nicht nötig.«

»Doch, ist schon in Ordnung.« Julian nickt ihm zu. »Sie haben uns einen Teil Ihrer wertvollen Freizeit geopfert, dafür möchten wir uns bedanken.«

Während Heisenberg uns zur Tür bringt, möchte ich noch etwas wissen. »Wenn Sie mir noch eine letzte Frage gestatten: Was haben Sie studiert? Sie haben doch studiert?«

Überrascht blickt er mich an, dann antwortet er schmunzelnd: »Ja, das ist richtig. Ich habe an der Uni Münster Psychologie studiert und bin seit zwei Jahren Diplom-Psychologe.«

»Und Ihre Arbeit an der Bar?«, frage ich neugierig.

»Das Studium konnte ich damit weitgehend selbst finanzieren. Durch einen glücklichen Zufall bekam ich gleich während des ersten Semesters diese Stelle als Barkeeper im ›Haus am See‹. Sie ist sehr gut dotiert, ich kann selbstständig arbeiten und habe durch die Kunden fast immer interessante Kontakte. Nach all den Jahren macht mir diese Arbeit immer noch viel Spaß.«

»Es ist also tatsächlich so, dass viele Menschen in ihrem Barmann einen Vertrauten sehen, jemanden, dem sie auch ihre intimsten Geheimnisse anvertrauen könnten?«

Heisenberg nickt. »Absolut richtig. Die meisten tun es auch. Durch die enthemmende Wirkung des Alkohols fällt es ihnen natürlich noch viel leichter zu reden als beispielsweise während einer therapeutischen Sitzung. Auf diese Weise kann ich Beruf und Hobby miteinander verbinden«, fügt er fröhlich hinzu.

»Ich folgere daraus, Sie haben Ihre Berufung bereits gefunden?« Julian ist beeindruckt.

Heisenberg lacht. »Auch wenn es vielleicht etwas seltsam wirkt und nicht für jeden verständlich ist, es könnte tatsächlich so sein. Wenn Sie wieder mal im ›Haus am See‹ sind …«

»… werden wir bestimmt zu Ihnen an die Bar

kommen und uns von Ihnen verwöhnen lassen«, vollende ich den Satz. »Wir freuen uns jetzt schon darauf.«

»Und wenn ich Sie jetzt auch noch etwas fragen dürfte?« Daniel Heisenberg schaut uns erwartungsvoll an. »Haben Sie noch ein paar Minuten?«

Julian lacht. »Sicher, warum nicht. In dieser Nacht kommen wir in unserem Fall ohnehin nicht weiter. Und Sie haben uns schließlich auch Ihre Zeit zur Verfügung gestellt. Der Psychologe schläft wohl nie? Was möchten Sie wissen?«

»Mich interessiert, wie Sie beide zu Ihrem Beruf als Privatdetektive gekommen sind.«

Ich schmunzle. »Das ist aber eine etwas längere Geschichte!«

»Ich hätte Zeit, und wenn Sie noch einen Drink mögen?«, bietet Heisenberg an und schaut mir dabei tief in die Augen. Zumindest kommt es mir so vor. Was für strahlend blaue Augen der Mann hat. Wäre ich nicht schon in festen Händen … Rasch versuche ich, den für kurze Zeit entglittenen Faden wieder aufzunehmen. »Gern, dann aber für uns bitte ganz ohne Alkohol.«

»Kein Problem.« Der Barmann steht bereits wieder hinter der Theke und ist völlig in seinem Element, während Julian und ich wieder auf die gemütlichen Hocker klettern.

»Willst du beginnen?«, fragt Julian zufrieden kauend und greift zum wiederholten Mal in die Schale mit den Erdnüssen. »Köstlich, diese Nüsse!«

Heisenberg schmunzelt, während er mixt und ich

frotzle: »Werde ich wohl müssen, denn du hast ja ständig den Mund voll.«

Zu meinem blanken Entsetzen, ich kann nämlich so schwer nein sagen, zaubert der Barkeeper jetzt eine weitere Schale mit Leckereien unter der Theke hervor und platziert sie direkt vor mir. Pralinen, Marzipan, Bonbons, Nüsse aller Art, was das Herz begehrt und alles natürlich vom Feinsten.

»Oh Gott!« Ich hebe abwehrend die Hände und Julian murmelt: »Jenes höhere Wesen, das wir verehren.«

Heisenberg bricht in lautes Lachen aus. »Böll? ›Dr. Murkes gesammeltes Schweigen‹?«

»Alle Achtung!« Julian nickt grinsend und ist sichtlich beeindruckt von Heisenbergs umfassender Bildung.

Unbeirrt fahre ich fort und erkläre: »Wir hatten doch eben erst ein üppiges Dessert.«

»Ach, das hier sind nur Kleinigkeiten«, winkt Daniel Heisenberg ab. »Und Sie können es sich doch nun wirklich leisten.«

»Danke, der Satz kommt mir bekannt vor.« Ich enthalte mich eines weiteren Kommentars, doch während ich langsam ein Karamelltoffee auswickle, denke ich kummervoll daran, dass sich die gerade erst mühsam überlisteten zwei Kilos wohl bereits wieder bei mir eingefunden haben dürften. Wie treue und überaus anhängliche Hunde begleiten sie mich schon eine ganze Weile. Gleichzeitig überlege ich, wie ich die ganze Geschichte in Kurzform erzählen könnte. Nicht, dass es mir hier nicht gefallen würde, nein, ich genieße es geradezu, auf diesem gemütlichen Barhocker zu sitzen und mich bedienen zu lassen und Julian ganz offensichtlich auch. Wir stehen nur eben ziemlich unter Zeitdruck mit unserem Fall.

»Es ist keine schöne Geschichte«, beginne ich dann, als das Karamellbonbon endlich wieder meine Zähne freigibt und mir damit die Möglichkeit gewährt, zu erzählen. »Sie haben bestimmt vom Pferdeschlitzer gehört?«

»Klar.« Der Barkeeper nickt ernst. »Ging ja damals durch alle Zeitungen. Sie hatten mit diesen Fällen zu tun?«

»Eigentlich nicht«, fährt Julian fort, als er merkt, dass ich immer noch etwas mit dem Sahnebonbon zu kämpfen habe. »Wir arbeiteten beide damals noch bei der Polizei und auch in verschiedenen Bereichen. Katharina in der Abteilung für Wirtschaftskriminalität und ich überwiegend im Raub- und Einbruchsdezernat. Die grausigen Pferdemorde aus Nord- und Ostdeutschland waren uns ja schon länger bekannt. Als der Schlitzer dann aber im Münsterland, zudem noch ganz in unserer Nähe, sein Unwesen fortsetzte – zumindest waren wir uns zunächst sicher, dass es sich nur um den einen Schlitzer handeln könne – waren wir nicht mehr zu halten. Wir begannen, uns in unserer Freizeit mit den Fällen zu beschäftigen und schließlich auch, auf eigene Faust zu recherchieren. Damit hat es angefangen.«

Julian macht eine Pause, während Daniel Heisenberg uns zwei höchst künstlerisch dekorierte und farbenfrohe Fruchtcocktails serviert. Sie erinnern mich so sehr an Sonne, Strand und Meer, dass ich das Gefühl habe, Letzteres wie aus einer Muschel rauschen zu hören. Die blaue Flüssigkeit schmeckt herrlich exotisch und nach viel mehr. Ich kann mir lebhaft vorstellen, dass seine Kunden, beziehungsweise die des Hotels, das auch so sehen, wenn sie bei ihm an der Theke sitzen.

Der Barkeeper sieht uns erwartungsvoll an. »Es war gar nicht *der* Pferderipper, sondern ein Trittbrettfahrer?«

Ich nicke und fahre fort. »Zumindest nehmen wir an, dass es sich bei den Fällen im Münsterland um einen Nachahmer gehandelt hat. Etliches weist darauf hin, dass der Mann, den wir schließlich dingfest gemacht haben, leider lediglich ein Trittbrettfahrer gewesen ist. Ein Mensch mit multipler Persönlichkeit, etlichen, sehr unterschiedlichen Gesichtern, der mal einen vollkommen irren Eindruck machte und dann aber auch wieder ganz normal wirken konnte, und zwar richtig sympathisch. Niemand hätte in einem solchen Moment einen Tierquäler in ihm vermutet.«

»Warum ein Nachahmer?« Man merkt Heisenberg aufrichtiges Interesse an.

Eigentlich sollten wir nicht mit Dritten, die wir nicht genauesten kennen, über offene Fälle sprechen. Gefühlsmäßig würde ich unserem Gegenüber absolut vertrauen, überlasse es aber Julian, darüber zu entscheiden. Ist er meiner Meinung, wird er erzählen, warum wir zu diesem vorläufigen Ergebnis kamen. Vorausgesetzt er kann sich wieder von seinem azurblauen Trinkhalm lösen, an dem er mit einem geradezu glückseligen Gesichtsausdruck saugt. Der passt so gar nicht zu dem ernsten Thema, das wir gerade besprechen, und ich überlege soeben, ob unser neuer Freund irgendwelche Drogen mit in den Cocktail hineingemixt haben könnte, als Julian entschlossen sein Glas absetzt und mich für einen kurzen Augenblick ansieht. Per Augenkontakt gebe ich ihm, für Außenstehende nicht erkennbar, mein Einverständnis und er berichtet weiter.

»Während des letzten Falls auf einer Weide, nur etwa eine Viertelstunde von Münster entfernt, wurde ein Pony zunächst durch Messerstiche verletzt und dann durch einen aufgesetzten Kopfschuss unterhalb des Ohres getötet. Ein weiteres konnte im letzten Moment noch durch den beherzten Zugriff eines Kollegen gerettet werden. Ungefähr zur selben Zeit muss es einen Angriff auf eine Stute in der Nähe von Hannover gegeben haben. Dieses Tier hatte allerdings nicht so viel Glück wie das eine Pony, es wurde tot außerhalb der Weide gefunden. Es trug die typischen Verletzungen, war an Hals und Bauch aufgeschlitzt worden und muss grausam verendet sein. Die Stute war übrigens trächtig. Dem Todeszeitpunkt nach konnte es sich unmöglich um ein und denselben Täter gehandelt haben.«

»Können es nicht ohnehin mehrere Täter gewesen sein?«, wirft Heisenberg mit gerunzelter Stirn ein.

»Im Prinzip schon«, gebe ich zu, »wir hatten auch bereits diesen Gedanken, aber die Leute von der Soko gehen nach wie vor von einem Einzeltäter aus und die Spuren, die bei der Stute in der Nähe von Hannover gefunden worden waren, wiesen eindeutig auf den Pferderipper hin. Der Kerl, den sie in der Nähe von Münster gefasst hatten, passte einfach nicht in das Täterprofil.«

»Es gibt eben eine Menge kranker Spinner«, ergänzt Julian. »Die suchen nur nach einer Gelegenheit, auf sich aufmerksam zu machen.«

»Und wie kam es nun zu Ihrem gemeinsamen Entschluss, Abschied vom Polizeidienst zu nehmen und sich selbstständig zu machen? Immerhin bedeutete es ein großes wirtschaftliches Risiko.«

Ich suche eine Weile nach den richtigen Worten.

»Während unseres Engagements für die Pferde hatten wir unsere anderen Tätigkeiten etwas vernachlässigt und uns deshalb ordentliche Rüffel eingefangen. Uns liegt ein Pferdeleben eben wesentlich mehr am Herzen als verschobene Autos oder ein Einbruch in ein Kaufhaus, bei dem es lediglich um Diebstahl geht.«

Heisenberg nickt. »Kann ich gut verstehen.«

Nach einem flüchtigen Blick auf seine Armbanduhr erzählt Julian: »Uns wurde sogar mit einem Disziplinarverfahren gedroht und das hat uns schon ziemlich genervt. Immerhin hatten wir maßgeblich mit dazu beigetragen, dass zumindest der westfälische Pferdekiller gefasst werden konnte; er hatte schließlich fünf Tiere auf dem Gewissen«

»Vergiss nicht den anderen Fall«, erinnere ich ihn. »Der kam auch noch hinzu. Nachdem es uns gelungen war, zu dessen erfolgreichem Abschluss ebenfalls beizutragen, stand unsere Entscheidung, uns selbstständig zu machen, felsenfest. Interessanterweise ging es auch in diesem Fall um ein Pferd, und zwar um einen ziemlich wertvollen Jährling, der über Nacht von der eigentlich gut gesicherten Koppel, die direkt an das Gestüt grenzte, gestohlen worden war. Das Muttertier, selbst noch sehr jung und unerfahren, war nicht besonders interessiert an seinem Nachwuchs, und so hatte die Stute auch nicht großartig darauf aufmerksam gemacht, als sich dreiste Diebe auf der Weide zu schaffen gemacht, das Fohlen eingefangen und dann abtransportiert hatten. Offensichtlich vollkommen unbemerkt. Am übernächsten Tag war dann eine Lösegeldforderung mit der Post gekommen. 100.000 Euro wollten die Entführer für das Fohlen haben.«

Julian schüttelt noch im Nachhinein unwillig den Kopf und fügt hinzu: »Die Besitzer hatten einen guten Finderlohn versprochen, und mit dessen Hilfe sind wir binnen einer Woche fündig geworden. Es gibt immer jemanden, der den Mund nicht halten kann oder sich verplappert.«

»Gerade hatten wir den Besitzern das Fohlen wohlbehalten zurückgebracht, da erreichte uns die Nachricht, dass Julians Großmutter gestorben war«, berichte ich weiter. »Sie war weit über 90, demenzkrank und lebte bereits seit Längerem in einem Wohnheim, das auf solche Fälle spezialisiert ist. Die Oma hat Julian ein hübsches Sümmchen als Erbe hinterlassen. Das war praktisch der Grundstein zu unserer Selbstständigkeit, unserer kleinen Detektei.«

»Sehr spannend«, lächelt Daniel Heisenberg und hantiert an der Espressomaschine. »Danke, dass Sie mir die Geschichte erzählt haben. Ich weiß, Sie müssen eigentlich aufbrechen, aber einen kleinen Schwarzen nehmen Sie doch noch mit mir gemeinsam? Oder lieber einen Cappuccino?«

»Gerne einen Espresso«, antworte ich und Julian nickt zustimmend. Mit leuchtenden Augen verfolgt er, wie der Barkeeper das modische, schwarz glänzende und mit vielen Extras ausgestattete Gerät bedient. Ich weiß, Julian möchte schon lange so eine Maschine haben, doch ich habe mich bisher immer strikt dagegen gewehrt. Ein weiteres Teil in der Küche, das herumsteht und geputzt werden muss. Aber ich weiß schon jetzt, diesen Kampf werde ich verlieren.

9

»Ein sehr sympathischer Mensch und ein äußerst gemütlicher Abend«, stellt Julian zufrieden fest, als es uns endlich gelungen ist, uns von Heisenbergs bequemen Barhockern und der reichlich bestückten Theke zu trennen, und nun wieder auf der Straße stehen. »Das hat sich doch gelohnt.«

Ich gähne, kann ihm aber nur beipflichten. »Das war bestimmt nicht das letzte Mal, wir sehen ihn sicher wieder. Meine Güte, bin ich satt. Ich habe das Gefühl, den Inhalt einer ganzen Pralinenschachtel vertilgt zu haben.«

»Dein Gefühl trügt dich nicht«, stichelt Julian, »es war mindestens eine Schachtel. Des Weiteren eine Tüte Karamellbonbons, etliche Marzipanstückchen und –«

»Und du?«, falle ich ihm lachend ins Wort, »hast mir dabei ja wohl hilfreich zur Seite gestanden beziehungsweise gesessen. Und zusätzlich noch eine ganze Erdnussplantage leer geräumt.«

Julian stimmt in mein Lachen ein, dann zieht er seine Jacke aus und legt sie um meine Schultern. »Ganz schön frisch geworden.«

»Das wird ja immer bunter«, bemerke ich etwas später grübelnd, als wir wieder im Wagen sitzen und stadteinwärts fahren. »Kannst du etwas mit dem anfangen, was Heisenberg uns erzählt hat?«

»Im Moment noch nicht. Tatsache ist also, dass Hannes und Helge sich kennen. Helge wird in seiner Eigenschaft als Anwalt und Notar an der Tagung teilgenommen haben, vielleicht sogar als Geschäftspartner. Er hat das Vorhaben in Sandreitners Auftrag irgendwie durchbekommen, an den Grünen, an Robin Wood und den anderen Naturschützern vorbei. Hat sie allesamt wieder einmal ausgetrickst. Dafür ist er ja inzwischen hinreichend bekannt. Vielleicht ist er auch noch tiefer in diese Immobiliengeschichte verwickelt, als wir bisher annehmen.«

»Das könnte gut sein«, bestätige ich und ergänze: »Die beiden begießen also den erfolgreichen Abschluss, trinken sogar Brüderschaft miteinander. Das bedeutet, sie haben sich vor diesem Abend noch nicht so nahe gestanden. Sie amüsieren sich, erzählen sich eine Menge Dinge, vor allem Sandreitner redet. Und plötzlich ist der Ofen aus, da hat er sich mit einer Bemerkung oder einer Aussage offensichtlich um Kopf und Kragen gequatscht. Und Helge hat, gerissen wie er nun mal ist, die Geständnisse des Herrn S. gleich mitgeschnitten. Sicher ist sicher, auch wenn eine solche Aufzeichnung vor Gericht keinerlei Beweiskraft hätte. Dennoch, Kanzlei Ränke & Tücke lässt grüßen.«

»Nehmen wir weiterhin an«, mutmaßt Julian, »diese Jennifer Reckers steckt mit Helge, ihrem Chef, nicht nur unter einer Bettdecke, sondern die beiden wollen auch noch gemeinsam irgend so ein Ding schaukeln, ein ganz großes. Mit Peanuts gibt sich Helge nämlich nicht ab, so viel steht fest. Was für eine Rolle könnte Hannes dabei spielen?«

»Sie werden versuchen, ihn zu erpressen«, schlage ich vor. »Seine Geschäfte, vor allem die dubiosen, werden ihm Millionen eingebracht haben, die er vermutlich in der Schweiz oder in Liechtenstein geparkt hat.«

»Zwei Menschen sind inzwischen verschwunden«, grübelt Julian.

Längst sind wir zu Hause angekommen, sitzen aber immer noch rätselnd im Wagen.

»Offiziell gibt es einen Entführten und eine Lösegeldforderung über vier Millionen. Es gibt ein Beweisstück, einen Teil von Helges Ringfinger, und sogar ein Foto, das den Entführten zeigt, wenn auch mit verhülltem Kopf. Könnte also theoretisch jeder druntersteckenn, auch eine Person, die lediglich den Eindruck einer Entführung erwecken soll. Aber –«, Julian schaut mich schelmisch lächelnd an, »wir sollten vielleicht nicht im Auto übernachten. Was meinst du, möchtest du nicht endlich mal meine Briefmarkensammlung kennenlernen? Es soll die größte und wertvollste weit und breit sein.«

Ich strahle ihn an. »Und ich habe schon befürchtet, du fragst mich nie. Leider ist es gerade jetzt etwas ungünstig, weil nicht mehr viel Zeit bleibt und wir uns noch für morgen vorbereiten müssen. Aber es wäre schön, du würdest mich noch mal fragen, wenn wir diesen Fall hinter uns haben.« Er grinst zustimmend, dann wird er ernst.

Während wir in unserer Wohnung Kleidung und Ausrüstung kontrollieren, fassen wir weiter zusammen, was wir bisher wissen oder vermuten.

»Schade, dass ich es heute nicht mehr geschafft

habe, Jennifer Reckers nach der Arbeit im Auge zu behalten«, bedaure ich. »Das hätte uns vielleicht zusätzliche Erkenntnisse gebracht.«

»Es ist aber auch möglich, dass sie zurzeit alles Auffällige vermeidet; sie und Helge wissen ja nun, dass wir ihnen auf der Spur sind. Natürlich immer vorausgesetzt, unsere Vermutungen stimmen. Wenn wir nur wüssten, wie diese Fälle miteinander in Verbindung stehen.«

Ich spekuliere: »Könnte es sein, dass Hannes mit Jennifer unter einer Decke steckt und sie Helge in ihre Gewalt gebracht haben, bevor dieser seine Informationen gegen Sandreitner verwenden konnte? Können wir das völlig ausschließen?«

»Nein, können wir nicht«, räumt Julian ein. »Ein paar absichtlich gelegte Spuren, wie zum Beispiel die mit dem Parfum, leiten schnell in die Irre. Wir werden morgen äußerst auf Draht sein müssen, um unbedingt die Kontrolle zu behalten.«

»Was hältst du davon, wenn wir uns ausnahmsweise noch etwas Verstärkung holen? Ich denke da zum Beispiel an deinen Freund und ehemaligen Kollegen beim Bundeskriminalamt, Leonard«, schlage ich vor.

In einem spektakulären Entführungsfall vor ein paar Jahren war es allein Leonards Fähigkeiten und seiner Umsicht zu verdanken gewesen, dass das kleine Mädchen in letzter Minute noch gerettet werden konnte. Entführer hatten die Kleine, Tochter eines Großindustriellen, aus dem Kindergarten heraus in ihre Gewalt gebracht und bereits 2,5 Millionen erpresst. Die Übergabe des Geldes hatte dann allerdings nicht wie vereinbart die Freigabe des Mädchens zur Folge, sodass eigentlich alle schon davon ausgingen, dass das kleine Mädchen nicht mehr am Leben, ja vermutlich gleich nach ihrer Entführung umgebracht worden sei. Einzig Leonard wollte sich nicht damit abfinden. Er hatte nicht aufgegeben, bis er sie schließlich in einem Waldstück unweit ihres Elternhauses in einer in der Erde vergrabenen Holzkiste fand. Die Verfassung des Kindes war sehr schlecht, nicht mehr lange und sie wäre erstickt. Inzwischen geht es ihr wieder besser. Aber verwinden lässt sich ein solches traumatisches Erlebnis sicher nie.

Ich füge hinzu: »Wenn ich mich recht erinnere, ist er auch ausgebildeter Polizeilicher Fallanalytiker, was einem Profiler entspricht.«

»Das stimmt«, bestätigt Julian. »Allerdings war dieser Entführungsfall sein letzter, danach ist er aus dem Polizeidienst ausgetreten. Durch irgendwelche Schlampereien wäre der Fall beinah aus dem Ruder gelaufen, das war äußerst knapp. Wäre Leo nicht gewesen, nicht auszudenken. Ihn hat diese Geschichte noch viele Monate später Tag und Nacht verfolgt.«

»Ja, ich weiß, aber er arbeitet zumindest noch im Personen- und Objektschutz, dürfte also durchaus fit sein. Bitte, ruf ihn gleich morgen früh an und frage ihn, ob er uns unterstützen kann. Es wäre mir lieber, wir hätten noch eine weitere verlässliche und kompetente Person dabei. Wir wissen ja noch nicht einmal, mit wie vielen Gegnern wir es morgen zu tun haben werden.«

»Okay. Wir brauchen auch noch mindestens zwei

einsatzfähige Autos; mit einem alten Jaguar und einem Mini können wir keinen Blumentopf gewinnen geschweige denn eine Verfolgung bewerkstelligen. Du müsstest es dann allerdings übernehmen, mit Claudia zur Bank zu fahren.«

»Mache ich gern.«

Ich gähne. »Jetzt bin ich aber hundemüde; es bleibt in unserem Alter eben nichts mehr so einfach in den Kleidern hängen.«

Julian grinst. »You're fishing for compliments, my dear. Dafür siehst du aber noch ganz proper aus. Mal abgesehen von den dunklen Schatten unter deinen Augen, den tiefen Falten um deinen Mund und, zeig doch mal her, sind das tatsächlich alles graue Haare, hier an deinen Schläfen –«

Scheinbar entrüstet greife ich mir eins von unseren großen Sofakissen und schleudere es in Julians Richtung. Blitzschnell duckt er sich, ist in seinen Bewegungen geschmeidig wie eine Raubkatze und, wenn es sein muss, auch genauso gefährlich. Er wirft mir das Kissen wieder zurück, dann verzieht er sich lachend ins Bad. Hoffentlich funktionieren unsere Reflexe morgen auch so gut.

Vor dem Frühstück sind wir endlich wieder unsere übliche Runde gejoggt. Für gewöhnlich laufen wir ungefähr eine Dreiviertelstunde über die Promenade, einer Lindenallee für Fußgänger und Radfahrer, die sich etliche Kilometer auf dem alten Befestigungsring der Stadt entlangzieht.

Wir vermissen diese sportliche Betätigung, wenn wir tagelang nicht dazu kommen.

Während ich im Bad bin, telefoniert Julian mit Leonard. Er erreicht ihn glücklicherweise sofort auf dem Handy.

Ich lausche Julians Worten. Was ich höre, klingt gut. Leo will sich freinehmen, wird einen Kollegen kurzfristig bitten, für ihn einzuspringen und für zwei Tage seinen Dienst zu übernehmen. Er verspricht, sich auch um die Autos zu kümmern, die wir brauchen. Ich bin sehr erleichtert darüber, dass wir mit Verstärkung rechnen können.

Beim Frühstück macht sich bereits eine leichte Anspannung bemerkbar. Aber das kennen wir von unseren Einsätzen, das ist für uns völlig normal. Jeder ist dann in Gedanken und bereitet sich auf seine Weise vor, sammelt und konzentriert seine Kräfte für die bevorstehende Aktion. Julian hat unter anderem die Marotte, mit den Fingern auf seinen Oberschenkeln Klavier zu spielen. Früher hat er ganze Konzerte auf der Tischplatte gegeben. Da mich die lauten, trommelnden Geräusche aber äußerst nervös machten, hat er für seine Soli eine weichere Unterlage gefunden.

Vor einem Einsatz absolvieren wir beide, wenn es sich einrichten lässt, einige spezielle Yogaübungen, damit wir möglichst auf den Punkt fit sind. Dazu benötigen wir nicht viel Zubehör: ein Stuhl, eine Matratze oder im Freien ein Rasenplatz reichen vollkommen. Lediglich Ruhe ist wichtig, um abschalten zu können.

Inzwischen habe ich mit Claudia telefoniert. Sie sagt, es gehe ihr den Umständen entsprechend gut. Ich musste ihr versprechen, sie über das, was wir inzwischen in Erfahrung bringen konnten, zu informieren, wenn ich wieder bei ihr bin. Aber ich werde mich dabei auf das Allernötigste beschränken. Die Querverbindungen der am Fall beteiligten Personen sind zu suspekt. Gegen 10 Uhr werden wir uns in ihrem Haus treffen.

*

Er ist abgeschrieben. Seit er sich waschen und frische Kleidung anziehen durfte, ist keiner mehr zu ihm gekommen.

Liegt es zwei oder schon drei Tage zurück? Oder länger? In den wenigen Wachphasen murmelt er vor sich hin, manchmal spricht er auch mit den Ratten. Erzählt ihnen, dass sein Durst jetzt nicht mehr so schlimm ist, dass er ihn aushalten kann. Erzählt ihnen von den kurzen Zeiten in seinem Leben, in denen er seiner Meinung nach ein guter Mensch gewesen ist.

Seine Lippen sind rissig. Er vermeidet, sie mit der Zunge, die sich inzwischen wie ein dickes, unbewegliches Stück Zellstoff anfühlt, zu berühren.

Sein Körper ist an einem Punkt angekommen, an dem er aus einem Selbsterhaltungstrieb heraus nur noch die allernötigsten Funktionen erfüllt. Nur noch auf kleinster Sparflamme existiert. Schreien, weinen, verzweifeln, sich Vorwürfe machen – das alles verbraucht nur Energie, die er nicht mehr hat.

Er spürt, der kleinste Lufthauch kann jetzt sein Lebenslicht auslöschen.

10

Claudia und ich fahren mit dem Mini zur Bank. Sie hat unseren Besuch telefonisch avisiert. Da solche Summen nicht in Filialen ausgegeben werden dürfen, müssen wir zur Hauptstelle am Alter Fischmarkt ins Stadtzentrum. Wir fahren auf einen Kurzzeit-Parkplatz am Hörster Platz. Von dort brauchen wir nur wenige Minuten zur Bank.

»Hast du alle erforderlichen Unterlagen dabei?«, vergewissere ich mich.

Sie nickt verbissen. »Ja, ich hoffe. Weißt du, dass mir in einer halben Stunde das Haus nicht mehr gehören wird? Eine Belastung von vier Millionen werden wir im Leben nicht abzahlen können. Wir können nur noch versuchen, das Haus zu verkaufen und müssen uns fürs Erste eine Wohnung mieten.«

Tränen rinnen ihr über die Wangen.

Ich versuche, sie zu trösten und zu beruhigen. »Mach dir nicht so viele Sorgen. Julian und ich gehen davon aus, dass wir die Erpresser zu fassen bekommen und dass sie uns zu Helge führen. Früher oder später haben noch alle Täter ausgepackt.«

»Ihr geht von mehreren aus?«

»Das alles lässt sich nur organisieren, wenn mehrere beteiligt sind. Und mehrere Täter bedeuten auch immer die Chance, dass es Schwachstellen gibt, dass einer von ihnen einen Fehler macht. Übrigens, hat Julian dir mal von Leonard van Delft erzählt?«

»Ist das der Kripobeamte, der vor ein paar Jahren in dem Entführungsfall um das kleine Mädchen eine entscheidende Rolle gespielt hat?«

»Genau. Leonard arbeitet zwar seither nicht mehr für die Polizei, wird aber bei uns mit dabei sein, solange es nötig ist. Im Hintergrund, wie wir auch. Wir haben also Verstärkung bekommen.«

»Das ist gut. Wer hatte die Idee?«

»Julian«, antworte ich. So eine klitzekleine Notlüge muss schließlich gestattet sein, zumal unter solch außergewöhnlichen Bedingungen. »Er hat schließlich eine ganze Weile mit Leonard zusammengearbeitet und kennt ihn gut, weiß, dass man sich auf ihn absolut verlassen kann.«

In der Bank dauert es länger als geplant. Aber wie hatten wir auch annehmen können, dass ein Geldinstitut auf eine telefonische Lösegeldforderung hin, die vorerst auch noch geheim bleiben muss, vier Millionen Euro ohne gesicherte Gegenwerte auszahlt?

Mit quälender Langsamkeit geht alles seinen bürokratischen Gang. Allein eine halbe Stunde warten wir auf einen Notar. Er soll zur Sicherheit gleich dabei sein. Zahlreiche Formulare müssen ausgefüllt und schließlich unterschrieben werden. Ich fungiere gewissermaßen als zusätzliche Zeugin.

Schließlich kommt ein Bankangestellter mit einem kleinen, schwarzen, sehr stabilen Koffer. Er öffnet ihn und zeigt uns den Inhalt.

»Exakt vier Millionen! Ich nehme nicht an, dass Sie nachzählen möchten?« Er zwinkert uns zu. Immerhin hat der Mann Humor.

»Nein, wir verlassen uns auf Sie«, antworte ich und bin erstaunt, dass so viel Geld in einen einzigen Koffer dieses Formats passt. Aber das liegt sicher daran, dass die Erpresser nicht auf kleinen, gebrauchten Scheinen bestanden haben.

Claudia quittiert den Empfang, und ich bestätige den Vorgang als Zeugin ebenfalls schriftlich.

»Wie kommen Sie jetzt nach Hause?«, fragt einer der Bankangestellten. »Wir stellen Ihnen gern einen unserer Wagen und einen Fahrer zur Verfügung!«

»Vielen Dank«, antwortet Claudia tapfer, »aber ich habe meinen persönlichen, professionellen Geleitschutz bereits bei mir. Und wir sind mit meinem Auto hier.«

Natürlich werden wir dann doch bis zum Parkplatz eskortiert, müssen den Koffer noch nicht einmal selbst tragen. Dann verschwindet das Behältnis mit dem wertvollen Inhalt im Kofferraum des Mini Coopers. Wir verabschieden uns und fahren los.

Zu unserem aus gegebenem Anlass ohnehin schon etwas aufwändigeren Outfit – man kann schließlich nicht abgerissen zur Bank gehen, um vier Millionen Euro abzuholen – tragen Claudia und ich jetzt extrem dunkle Sonnenbrillen, obwohl uns keine Sonne blendet. Das war ihr Vorschlag. Und wir machen beide ein Pokerface. On the way in secret mission. Ich wette, es wirkt absolut professionell.

Claudia meint: »Schließlich fahren wir nicht alle Tage mit mehreren Millionen im Auto durch Münsters Innenstadt. Ich möchte auf keinen Fall, dass es uns jemand ansieht. Stell dir vor, wir stehen gerade bei Rot an einer Ampel und ein paar Kerle springen aus einem vor oder hinter uns wartenden Wagen, um uns den Koffer wegzunehmen. Dann war alles umsonst.«

»Du schaust zu viele Krimis«, stelle ich nüchtern fest. »Im Übrigen möchte ich wetten, dass irgendwo hinter uns Sicherheitskräfte der Bank auch weiterhin auf uns aufpassen, dabei unseren Kofferraum immer im Blick haben, bis wir zu Hause sind. Es kann also überhaupt nichts passieren. Und schließlich bin ich ja auch noch zu deinem Schutz da.«

»Hast du eigentlich eine Waffe bei dir?«, fragt Claudia angelegentlich und vermeidet es, mich anzusehen. »Und meinst du wirklich, sie fahren hinter uns her? Wir beide könnten jetzt also gar nicht mit dem Geld abhauen?«

»Sehr enttäuscht?«, kontere ich. »Ich wusste gar nicht, dass auch du ein gewisses kriminelles Potenzial besitzt. Ist aber nett von dir, dass du mich immerhin in deine Fluchtpläne mit einbeziehst. Und es spricht auch für eine gewisse Frauensolidarität, von der ich schon annahm, es gäbe sie gar nicht.«

Ein Lächeln huscht über Claudias Gesicht. »Doch«, versichert sie leichthin, »die gibt es.«

»Manchmal habe ich den Eindruck, sie liegt zusammen mit dem Strand unterm Pflaster«, murmele ich, während ich im Spiegel scheinbar meine Frisur begutachte und meine Lippen mit einem Stift nachziehe. In Wirklichkeit aber kontrolliere ich, ob ich inmitten des Verkehrs hinter uns etwas Auffälliges entdecken kann.

»Wenn diese elendige Geschichte vorbei ist, könnten wir beide uns doch öfter mal treffen«, schlägt Claudia vor. »Auf dem Markt oder im Café zu einer Tasse Cappuccino. Das wäre doch schön.«

»Ja, gerne.«

Auf dem restlichen Heimweg informiere ich sie in aller Kürze über die letzten Neuigkeiten. Manche Informationen lasse ich weg; ich bin der Meinung, das müssen Helge und Claudia schon untereinander regeln.

Nachdem ich Claudia nach Hause begleitet habe, rufe ich mir ein Taxi. Und zwar eines mit einem Taxifahrer meines Vertrauens. Mit Mark war ich früher während unserer Studienzeit eine Weile befreundet, aber wir mussten schnell feststellen, dass wir, zumindest in Liebesdingen, nicht füreinander geschaffen sind. Später haben wir den Grund verstanden, als er sich in einen entzückenden jungen Mann verliebt hatte. Immerhin ist zwischen uns dann doch noch eine gute Freundschaft entstanden. Ich konnte ihm einmal aus der Patsche helfen und seither fährt er mich mit seinem Taxi, wann immer ich möchte und er gerade frei ist. Das ist auch der Grund, warum Julian und ich noch immer keinen zweiten Wagen haben, obwohl wir ihn beruflich gut gebrauchen könnten.

Minutenlang sehe ich wieder die Bilder von damals vor Augen: Mark, der nachts bei strömendem Regen völlig betrunken und mit einem kompletten Filmriss von der Polizei vom Kopfsteinpflaster des Prinzipalmarktes, Münsters guter Stube, aufgelesen wird. Die altehrwürdigen Renaissancefassaden der Patrizierhäuser mögen diesen Anblick zutiefst missbilligt haben.

Mark, der es nicht einmal fertigbringt, eine Mücke zu erschlagen und Frösche in selbstlosem Einsatz zur Paarungszeit über die Straße trägt, wird beschuldigt, den Wirt der Münsterschen Kneipe ›Im Krähennest‹ nach einem Streit erstochen zu haben.

Mark, der mich anruft und bittet: »Kathrin, hilf mir! Ich kann mich zwar an nichts mehr erinnern, aber ein Mörder bin ich ganz bestimmt nicht.«

Durch einen Tipp, den ich aufgrund einer ausgesetzten Belohnung erhalten hatte, war es mir innerhalb von zwei Tagen gelungen zu beweisen, dass Mark unmöglich zur Tatzeit ›Im Krähennest‹ gewesen sein konnte. Eine von Marks Kommilitoninnen, offensichtlich eine verschmähte Liebe, hatte ihm die Tat in die Schuhe schieben wollen. Sie arbeitete als Aushilfe im Lokal und gab zu Protokoll, der Wirt habe zu fortgeschrittener Stunde und in volltrunkenem Zustand versucht, sie zu vergewaltigen, und da habe sie sich mit einem Küchenmesser zur Wehr gesetzt. Zeugen dafür konnte sie nicht benennen, aber glücklicherweise hatte ein einzelner Gast den Vorfall heimlich beobachtet. Er hatte sich zuvor noch auf der Toilette aufgehalten und dann einen Hinterausgang benutzt.

Den Geldkoffer nehme ich an mich. Regine wird sich um Claudia kümmern, bis Julian, Leonard und ich alle Vorbereitungen getroffen haben. Dann werden wir, jeder auf seinem Posten, den Anruf der Entführer abwarten.

»Mark?«, frage ich, während er mich nach Hause fährt und dabei geschickt die eine oder andere Abkürzung durch die engen Gassen der Innenstadt nutzt. Bei Taxifahrern drückt die Polizei manchmal ein Auge zu. »Könntest du dich ab 17 Uhr für uns bereithalten? Ich weiß, es ist etwas kurzfristig, aber wir arbeiten gerade an einen ziemlich heiklen Fall.«

»Ich bin dabei. Worum geht es und wo soll ich mich hinstellen?«

Ich gebe ihm die nötigen Informationen.

Mark pfeift durch die Zähne. »Braucht ihr noch weitere Hilfe? Das ließe sich organisieren.«

»Es wäre zur Sicherheit vielleicht gar nicht schlecht, wenn du noch einen weiteren Kollegen mobilisieren könntest. Er sollte sich aber zunächst im Hintergrund halten.«

»In Ordnung, wird gemacht, Chefin!«

Mark grinst und reicht mir den Koffer. »Wir bleiben in Verbindung. Wenn ihr euren Einsatzplan gemacht habt, meldet euch. Du hast ja meine Handynummer!«

»Danke.« Ich gebe ihm einen Kuss auf die Wange. »Aber bitte, keine gefährlichen Alleingänge.«

»Versprochen.«

Mark hat zwar sein BWL-Studium noch beendet, wurde dann aber in seinen diversen Jobs nicht glücklich. Innerhalb weniger Jahre hatte er es zum Besitz etlicher Taxis gebracht und ist seitdem viel ausgeglichener als früher.

»Na ja, vermögend bin ich nicht«, hat er mir mal auf meine Frage hin gestanden, »aber ich komme gut hin und bin zufrieden.«

Seit einem Jahr lebt er nun glücklich mit seinem Lebensgefährten Tom zusammen. Der fährt ebenfalls Taxi. Beide Jungs sehen ausgesprochen gut aus. Der eine ist blond und sehr schmal, der andere dunkelhaarig und muskulös.

So erträumen sich junge Mädchen zuerst ihre großen Brüder und wenig später dann ihre Männer.

Alles in allem habe ich ein gutes Gefühl. Zusammen mit diesen beiden und Leonard kann heute Abend nicht mehr viel schiefgehen.

11

Aus dem Wohnzimmer ertönt lautes Lachen. Julian und Leonard sind ganz offensichtlich guter Stimmung und amüsieren sich prächtig. Julian gibt gerade einen uralten Witz zum Besten.

»Hoffentlich sind wir nicht zu lange geblieben?«, erkundigt sich der Besuch beim Abschied. »Aber nein«, wehrt der Gastgeber ab, »um diese Zeit stehen wir ohnehin immer auf.«

Schallendes Gelächter.

Bereits im Treppenhaus ist mir der angenehme Duft eines guten Pfeifentabaks aufgefallen. Julians Sorte ist es nicht, also muss inzwischen auch Leonard unter die Pfeifenraucher gegangen sein. Früher hat er Unmengen dieser schrecklich starken und stinkenden französischen Zigaretten gequalmt.

Im Wohnungsflur ist der Geruch dann ganz deutlich, und je näher ich unserem Wohnzimmer komme, desto dichter wird auch der Bodennebel.

Ich tue so, als sei er wirklich undurchdringlich, was nicht besonders weit von der Realität entfernt ist, und taste mich langsam und mit ausgestreckten Armen in den Raum hinein.

Jeweils eine Bierflasche, selbstverständlich alkoholfrei, vor sich auf dem Tisch und die Pfeifen lässig zwischen den Zähnen, grinsen die beiden mich an, als sie mich sehen. Ihre Pullover haben sie, wohl durch Bier- und Tabakgenuss erhitzt, längst ausgezogen und lümmeln sich lediglich in T-Shirts und Jeans auf unseren beiden Zweisitzern herum.

Julian empfängt mich mit den Worten: »Kaum bin ich dir aus den Augen, küsst du andere Männer.«

»Sicher«, antworte ich trocken, »ich muss mich schließlich auch irgendwie beschäftigen, während du dich amüsierst. Deinen Worten nach zu urteilen hast du also die ganze Zeit aus dem Fenster geschaut. Mich wundert nur, dass du bei diesem Nebel überhaupt etwas erkennen konntest.«

Wir lachen und ich begrüße Leonard. »Ich kann dir gar nicht sagen, wie froh ich bin, dass du dabei bist.«

Er ist leicht gebräunt, wirkt entspannt und gleichzeitig topfit. Seine dunklen, kurz geschnittenen Haare sind mit Gel zu einer Igelfrisur gestylt, die ihm gut steht. Er winkt bescheiden ab. »Für euch mache ich es gern. Ich hoffe nur, ich bin für diesen Einsatz nicht zu lange aus der Übung.«

»Kann ich mir nicht vorstellen«, beruhige ich ihn. »Zur weiteren Verstärkung kommt übrigens noch Mark mit seinem Taxi hinzu. Er und ein weiterer Kollege mit seinem Privatwagen werden sich in der Nähe bereithalten.«

»Gute Idee!«, begeistert sich Julian. Er ist aufgestanden und öffnet zum Lüften beide Fensterflügel. »Ihre fabelhaften Ortskenntnisse können sehr hilfreich für uns sein. Dass wir nicht sofort darauf gekommen sind, sie zu fragen! Katinka, du bist ein Schatz.« Er setzt sich wieder und lehnt sich zufrieden zurück.

»Es ist natürlich sehr kurzfristig, aber Mark kann es glücklicherweise für uns einrichten.«

Aus der großen Obstschale auf dem Tisch nehme ich mir eine der noch verbliebenen Bananen. »Jetzt brauche ich dringend etwas Nervennahrung.«

Während ich in aller Kürze die Bankerlebnisse zum Besten gebe, betrachten die beiden ehrfürchtig den Geldkoffer, selbstverständlich auch von innen. Wann hat man schon mal die Gelegenheit, so viele Millionen aus der Nähe zu sehen?

Gemeinsam gehen wir dann unseren voraussichtlichen Einsatzplan durch. Diesmal ist äußerste Flexibilität angesagt, da wir nicht die geringste Ahnung haben, was die Erpresser sich ausgedacht haben. Wir werden blitzschnell reagieren und handeln müssen, dürfen nicht den kleinsten Fehler machen.

Meine Aufregung weicht jetzt einer gespannten Aufmerksamkeit. Immer wieder spielen wir verschiedene Möglichkeiten im Geiste durch. Schließlich kontrollieren wir ein letztes Mal unsere Waffen und die gesamte übrige Ausrüstung.

Vor ein paar Jahren war mir in einer entscheidenden Situation, inmitten einer heiklen Verfolgungsjagd zu Fuß, einer meiner Schnürsenkel gerissen und ich musste daraufhin auf Socken weiterlaufen. Das allein wäre noch nicht schlimm gewesen, hätte ich nicht das außerordentliche Pech gehabt, prompt in eine Glasscherbe zu treten. Die Schmerzen waren unbeschreiblich. Leider durfte ich nicht anhalten, denn dann wären unsere gesamten Vorbereitungen umsonst gewesen. Während ich also weiterrannte, fühlte ich mich aufs Unangenehmste an einen der Teilnehmer des Ironman erinnert, der vor Jahren trotz eines gebrochenen Unterschenkelknochens noch Kilometer bis ins Ziel gelaufen war.

Dass Schnürsenkel zerreißen, kommt vor, bei unseren Einsätzen allerdings darf so etwas auf gar keinen Fall passieren. Notfalls werden eben alle Bänder vor einem Einsatz erneuert.

»Seid ihr sicher, dass wir auf die Westen verzichten sollen?« Julian schaut uns zweifelnd an, nachdem wir eine Weile hin und her diskutiert haben. Wir nicken. Leo und ich wollen optimale Beweglichkeit. Bei allen Vorteilen, aber die kugelsicheren Westen hängen nun mal wie Blei am Körper. Selbstverständlich gibt es Situationen und Einsätze, da wäre es unverantwortlich, sie nicht zu tragen.

»In Ordnung«, gibt Julian nach. »Ich bestehe aber darauf, die Westen mit einzupacken. Im Bedarfsfall können wie sie dann immer noch einsetzen.«

Während ich mit Claudia telefoniere, verschwinden die beiden Männer in der Küche. Für mich, die ich nicht gern am Herd stehe, ist es ein großes Glück, dass etliche meiner männlichen Bekannten und Freunde gern kochen und, ganz wichtig, die Küche danach auch wieder ordentlich verlassen.

Claudia wirkt jetzt sogar am Telefon zunehmend nervöser. Um sie etwas abzulenken, berichte ich ihr von unseren Vorbereitungen.

»Tut es dir inzwischen leid, dass du die Polizei

nicht eingeschaltet hast?«, frage ich. »Noch wäre es möglich.«

»Nein, nein«, wehrt sie rasch ab. »Ich bin nur wahnsinnig aufgeregt und stelle mir gerade vor –«

»Claudia«, unterbreche ich sie, »mach dir nicht so viele Gedanken. Wir wissen zum einen leider nur sehr wenig, das haben die Entführer sehr geschickt angestellt, zum anderen kommt es meistens anders, als man denkt. Mach du genau das, was die Entführer verlangen, und überlass den Rest einfach uns. Wir werden schon gut auf dich aufpassen. Und wir werden Helge finden.«

»Na gut«, kommt es leise zurück. »Regine weiß jetzt übrigens Bescheid. Ich konnte die Entführung nicht länger vor ihr geheim halten. Aber sie hat hoch und heilig versprochen, Stillschweigen zu bewahren.«

»Ja, klar«, gebe ich zu. »So etwas lässt sich einfach nicht verheimlichen, wenn man öfter zusammen ist. Ist bestimmt in Ordnung, dass sie Bescheid weiß.«

»Wann kommt ihr?«, fragt Claudia und ich meine herauszuhören, dass sie froh ist, wenn wir wieder in ihrer Nähe sind.

»Julian und Leonard rumoren noch in der Küche, wir werden gleich eine Kleinigkeit essen. Direkt im Anschluss kommen wir zu dir. Sollen wir dir einen Teller voll mitbringen? Es gibt unser Nationalgericht, das rieche ich bis hierher. Tortiglioni mit frisch zubereiteter Tomatensoße, bestreut mit Parmesan und auserlesenen Kräutern.«

ZUTATEN FÜR PASTA LA SELVA

Tortiglioni-Gericht für Genießer

125 g Tortiglioni (pro Person)
Gemüsebrühe (Würfel), anstatt Salzwasser
Pfeffer
10 g Pinienkerne
2 EL Olivenöl
Zerdrückte Knoblauchzehe (nach Geschmack)
Frisches Basilikum
Frisch geriebener Parmesan

»Danke, Kathrin, klingt fantastisch, aber ich gehe gleich zu Regine rüber und esse dort; sie hat mich schon gestern eingeladen.«

»Sie ist richtig glücklich, jemanden bekochen zu können«, stelle ich fest und bemühe mich um Heiterkeit in der Stimme. »Da ihr Mann häufig auf Geschäftsreise ist, fehlt es ihr wohl. Und nun hat sie in dir ein dankbares Opfer gefunden. Ich für meinen Teil bin immer ganz begeistert, wenn mir jemand das Kochen freiwillig abnimmt.«

»Da hast du recht!«, Claudia lässt sich für einen Augenblick von meiner Heiterkeit anstecken. »Regine kocht gut, insofern fühle ich mich auch gar nicht als Opfer.«

»Also, bis dann«, sage ich. »Trotz allem, lass es dir gut schmecken und grüß Regine von uns. Ach, Claudia, noch etwas, wir werden über die Terrasse kommen. Ich rufe dich aber auf jeden Fall vorher noch auf dem Handy an.«

»Sehr angenehm, sich von zwei so attraktiven Männern bekochen zu lassen und mit ihnen zu speisen«, bemerke ich schmunzelnd. »Es schmeckt ausgesprochen lecker.«

Wir bemühen uns, möglichst nicht über die bevorstehende Aktion nachzudenken. Aber das ist gar nicht einfach. Schließlich lenke ich unsere Unterhaltung auf Fitness- und Selbstverteidigungs-Programme.

Julian und ich stellen erfreut fest, dass auch Leo inzwischen Träger des 4. Dan, des Schwarzen Gürtels ist, die Stufe im Ju-Jutsu, in der man komplett ausgebildet ist und sich eigentlich aus jeder misslichen Situation befreien können sollte.

Im Gegensatz zum Judo ist Ju-Jutsu eine Kampfsportart, bei der man auch schlagen und treten darf, ja manchmal sogar muss.

Ju-Jutsu-Kämpfer müssen alle Hebeltechniken und Würfe des Judo, Karatetritte und -schläge und auch die Akido-Stockkampfkunst beherrschen. Wir vereinbaren, uns wieder häufiger zu sehen und auch gelegentlich gemeinsam zu trainieren.

Inzwischen sind wir zum Aufbruch bereit, verstauen unsere Ausrüstung und den Geldkoffer im Jaguar.

Leo fährt in seinem schwarzen Audi A4 Kombi hinter uns her.

Bevor wir uns Claudias Haus nähern, kündige ich telefonisch unsere Ankunft an.

»Alles ruhig?«, fragt Julian so laut, dass Claudia ihn hören kann. »Wir kommen zu dritt durch den Hintereingang und sind in zwei Minuten bei dir.«

»Ja, alles ruhig«, bestätigt sie. »Ich öffne euch gleich die Terrassentür.«

Claudia atmet auf, als wir da sind und sie die Tür hinter uns schließt.

»Ich bewundere dich, du bist sehr tapfer«, versichert Julian und stellt ihr Leonard vor.

»Kann ich euch etwas anbieten?«, fragt Claudia. »Wie ist es mit Kaffee, dürft ihr jetzt welchen trinken oder regt er zu sehr an oder auf?«

»Kein Problem«, grinst Julian, »ist noch Zeit genug zum Durchlaufen.«

Leo bittet um eine Tasse Tee, Julian hätte gern einen Becher Kaffee. Wir Frauen entscheiden uns für einen Cappuccino und verschwinden gemeinsam in der Küche.

Überraschenderweise ist die Luft von Kuchenduft erfüllt. Auf dem Küchentisch prangt eine herrliche Apfeltorte. Erstaunt sehe ich Claudia an. Sie gehört eigentlich nicht zu den Frauen, die Kuchen selbst backen, aber offensichtlich hat sie hier einmal eine Ausnahme gemacht.

»Du hast Kuchen gebacken? Wann hattest du dafür Zeit?«

»Heute Mittag, zusammen mit Regine. Die Ablenkung hat mir richtig gutgetan.«

UMGEDREHTE APFELTORTE

Ein ganz besonderes Vergnügen!

Füllung:
40 g Butter
90 g Zucker
75 Walnüsse
750 g Äpfel (in Viertel schneiden)

Teig:
80 g Margarine
160 g Zucker
Zitrone
100 g Mondamin
80 g Mehl
2 gestr. TL Backpulver
1 Prise Salz
3 Eier

Den Boden einer Springform mit Backpapier auslegen, sodass auch ein Teil der Wände (der Form) ausgekleidet ist.

Das flüssige Fett daraufgießen, den Zucker darüberstreuen, die Äpfel ringförmig (von außen nach innen) im Wechsel mit Walnüssen verteilen.

Fett, Zucker, Eier mit Zitrone und Salz schaumig rühren (zuerst Fett und Zucker).

Mehl und Mondamin mit Backpulver sieben und unterrühren. Dann die Masse auf die Äpfel geben.

Nach dem Backen ca. 10 Minuten auskühlen lassen, den Rand der Springform lösen, die Tortenplatte auf den Kuchen legen und das Ganze umdrehen.

Bodenblech entfernen, Papier vorsichtig abheben.

Backzeit: Bei 175 °, ca. 50-60 Minuten (Elektroherd), bei Umluft, eventuell geringere Hitze wählen.

Dieser Kuchen kann auch mit anderem Obst, wie zum Beispiel Kirschen oder Pflaumen gebacken werden.

Während Claudia und ich in der Küche werkeln, durchsuchen die Männer sicherheitshalber alle Räume nach Abhörwanzen. Wir können nicht ausschließen, dass Helges Entführer über einen Hausschlüssel verfügen. Es wäre katastrophal, wenn sie unsere Gespräche mithören könnten und damit auch gleich Informationen über unsere Vorbereitungen erhielten.

Julian und Leo kontrollieren sogar die Kellerräume und den Dachboden, stellen aber nichts Auffälliges fest.

Nach einem gemeinsamen Kaffeetrinken, das von einem großen Stück Apfeltorte gekrönt wird, heißt es warten.

Julian bleibt im komfortablen Fernsehsessel sitzen, der sich in die Horizontale kippen lässt. Leo nimmt dankbar das Angebot an, es sich im Gästezimmer gemütlich zu machen. Claudia und ich legen uns in ihrem Zimmer auf die Betten.

»Versuche, noch ein bisschen zu entspannen«, rate ich ihr. »Unter Umständen wird es eine lange Nacht.«

Sie seufzt und schließt die Augen.

Ich versuche, die Zeit für autogenes Training zu nutzen, döse schließlich darüber ein.

*

Er wird an den Schultern gerüttelt.

Jemand rollt den Sack über seinem Kopf etwas höher, hält ihm ein Glas Wasser an den Mund.

Die Berührung des Glases mit seinen aufgeplatzten, blutverkrusteten Lippen schmerzt, lässt ihn zusammenzucken.

Obwohl eine Hand jetzt von der Fessel befreit ist, kann er das Glas, das sie ihm geben wollen, nicht halten.

Stattdessen wird ihm eine geschälte Banane in die Hand gedrückt. Er schafft es nicht, sie zum Mund zu führen. Sie gleitet aus seiner Hand.

Ein Laut, der an ein tierisches, unwilliges Grunzen erinnert, quält sich aus seinem Mund.

»Mann, iss!«, hört er jemanden knurren. Der Befehl kommt von irgendwo hinter dieser dicken Wand aus Watte.

Er kann nicht essen, ist zu schwach, auch widert ihn der Geruch der Banane an.

Er möchte nichts, er will nur noch seine Ruhe. Kaum merklich schüttelt er den Kopf, lässt ihn dann wieder nach vorn auf die Brust sinken.

Eine Weile geschieht nichts, dann werden auch die

anderen Fesseln durchschnitten. Der Sack über dem Kopf wird heruntergestreift. Ohne die Fesseln droht er vom Stuhl zu rutschen, wird im letzten Moment aufgefangen.

Jemand nimmt ihn hoch wie ein Kind, bettet ihn auf eine Matratze, die auf dem Boden an der Wand liegt. Legt ihm ein Kissen unter den Kopf und breitet eine Wolldecke über ihn.

Er öffnet seine Augen nicht.

Außer einer großen, alles verschlingenden Schwärze empfindet er nichts mehr.

12

Das Telefonläuten zerreißt die Stille im Haus. Es ist kurz nach 17 Uhr, wie ich mit einem raschen Blick zur Uhr feststelle.

In Sekundenschnelle finden wir uns alle am Telefon ein.

Block und Stift liegen bereit.

Claudia sieht Julian fragend an. Er tritt noch etwas näher an sie heran, dann nickt er.

Sie nimmt den Hörer ab und meldet sich nach einem nervösen Räuspern.

»Haben Sie das Geld?« Die Stimme klingt blechern und ist laut genug, dass wir sie alle verstehen können.

»Ja.«

»Hören Sie jetzt gut zu. Ich wiederhole nichts. Haben Sie etwas zum Schreiben?«

»Ja.«

»Ich nenne Ihnen jetzt die Safekombination. Räumen Sie den Safe komplett aus und packen Sie den Inhalt zusammen mit dem Geld in eine Reisetasche.«

Claudia notiert die Zahlenkombination des Safes.

»Haben Sie das?«

»Ja.«

»Es bleibt Ihnen nicht viel Zeit. Wenn es Ihnen nicht gelingt, die Tasche innerhalb von zwei Stunden an der vorgeschriebenen Stelle zu deponieren, werden Sie Ihren Mann nicht lebend wieder sehen. Haben Sie mich verstanden?«

»Ja, alles klar.«

Claudias Gesicht ist jetzt so weiß wie die Fingerknöchel ihrer Hand, die den Hörer fest umklammert hält.

Julian streicht ihr beruhigend über den Rücken.

»Sie fahren zum Gasthof ›Waldschlösschen‹ im Nordosten von Münster. Sie kennen das Ausflugslokal in den Bockholter Bergen?«

Claudia bejaht.

»Parken Sie Ihren Wagen auf dem Parkplatz davor, bleiben Sie im Wagen sitzen und warten Sie auf weitere Anweisungen. Kommen Sie allein. Und wenn Sie doch, entgegen unseren Anweisungen, die Polizei einschalten –«

»Die Polizei wird nichts davon erfahren«, unterbricht Claudia rasch. »Ich habe es Ihnen doch schon versichert!«

»Gut. Starten Sie in genau zehn Minuten.«

Die Verbindung ist unterbrochen.

»Uhrenvergleich«, fordert Julian. »Es ist gleich 17.08 Uhr. Leo, du öffnest mit Claudia den Safe und packst den Inhalt in die Tasche zu dem Geld.«

Zwischenzeitlich haben wir die vier Millionen in eine Reisetasche umgepackt.

Leo nickt und rennt zusammen mit Claudia in Helges Zimmer, wo sich der Safe innerhalb eines begehbaren Kleiderschranks befindet.

Julian telefoniert unterdessen mit Mark, gibt einige kurze Anweisungen. Da unser Jaguar zu auffällig ist, werden Julian und Leo in dessen Wagen vorausfahren. Leo kennt die Strecke zum ›Waldschlösschen‹ gut, für alle Fälle wird sich aber Mark in seinem Taxi stadtauswärts vor den Konvoi setzen; er kennt Münster und Umgebung wie seine Westentasche und natürlich auch jede erdenkliche Abkürzung. Vermutlich wird er die Route durch die Rieselfelder, das große Vogelschutzgebiet, wählen. Claudia muss also zunächst lediglich hinter dem schwarzen Audi herfahren.

Julians praktischer Ader, vor allem aber seiner Leidenschaft für ausgefallene Fahrzeuge, ist es zu verdanken, dass der Mini mit einem ganz besonderen Rücksitz ausgestattet ist. Unter diesem Sitz lässt sich eine Menge Gepäck verstauen. Julian hat diese Rückbank vor einigen Jahren zufällig bei einem Händler entdeckt und in den Mini eingebaut.

Die Fahrt als lebendes Gepäckstück unter dem Rücksitz wird nicht sonderlich bequem für mich werden, aber so kann ich zumindest unentdeckt mitfahren.

Auf die Sekunde zehn Minuten nach dem Anruf sind wir startklar. Julian und Leo haben zuvor den Weg durch den Keller nach draußen genommen und sind zum Hinterausgang des Gartens geschlichen. Leos Audi parkt unweit in einer Seitenstraße.

Da Haus und Garage praktischerweise durch eine Tür miteinander verbunden sind, gelange ich mit der Reisetasche von drinnen in die Garage, während Claudia von außen hineinkommt.

Sie startet den Mini in dem Moment, als sie Leos

Audi vorbeifahren sieht, und hängt sich direkt an ihn dran.

»Kannst du Julian sehen?« Meine Stimme klingt dumpf aus den Tiefen der Rückbank.

»Nein«, murmelt Claudia, »er wird sich hingelegt haben, für den Fall, dass wir beobachtet werden.«

Der Feierabendverkehr stockt ärgerlicherweise immer wieder, aber wir hoffen, die verlorene Zeit später wieder aufholen zu können.

Ich rufe Julian an.

»Wie hast du deine fast 1,90 Meter unsichtbar gemacht?«

»Ganz ähnlich wie du deine 1,72 Meter unten im Mini«, antwortet er und ich spüre sein Grinsen. »Zweimal zusammengefaltet und den Rest eingeklappt.«

Ich gluckse, erzähle es Claudia weiter, um sie ein wenig aufzuheitern.

»Habt ihr das Gefühl, wir werden verfolgt?«, frage ich Julian.

»Claudia sagt, ihr sei niemand aufgefallen.«

»Leo kann auch nichts entdecken«, antwortet er. »Aber ganz sicher können wir nicht sein. Ich melde mich wieder, wenn wir Mark sehen.«

»Moment, warte noch«, bitte ich ihn und frage dann leise: »Was war eigentlich im Safe?«

Ich höre ihn mit Leo kurz Rücksprache halten.

»Wertpapiere, eine Menge Bargeld, jedenfalls für zu Hause. Leo schätzt über den Daumen gepeilt 50.000 Euro. Und ein hübsches, kleines Säckchen, voll mit noch hübscheren Rohdiamanten!«

»Wow!« Ich pfeife anerkennend durch die Zähne. »Wir haben wohl doch den falschen Beruf gewählt.«

Eine Viertelstunde später meldet Julian sich wieder.

»Mark ist jetzt im Taxi vor uns, Tom auch in der Nähe. Er fährt seinen Privatwagen, einen schwarzen Zweiliter-Golf. Zwei Taxis wären zu auffällig.«

»Gut«, ächze ich und versuche, Dehnübungen zu machen, damit mir Beine und Füße nicht einschlafen. Das fehlte noch, plötzlich das Auto verlassen zu müssen, und die Beine reagieren nicht. »Will Mark durch die Rieselfelder fahren?«

»Ja, es ist der kürzeste Weg. Rechtzeitig vor der letzten Abbiegung, dort wo das große Hinweisschild zum Gasthof steht, werden wir uns trennen. Leo und ich, Tom und Mark kommen über die anderen beiden Zufahrtswege. Also, keine Sorge, wir sind immer in Reichweite. Wie geht es Claudia?«

Ich gebe ihr die Frage weiter.

»Na ja, ein bisschen nervös bin ich schon, aber die Tatsache, dass Kathrin im Wagen ist und ihr alle in meiner Nähe seid, gibt mir Zuversicht.«

»O. k., ich habe es gehört«, sagt Julian. »Sie soll sich durch nichts beirren lassen, wir schaffen das gemeinsam! Und noch einmal: Leben hat absolut Vorrang vor dem Geld. Nur kein unnötiges Risiko eingehen.«

Ich wiederhole Julians Anweisung laut.

Wir stehen auf dem Parkplatz vor dem ›Waldschlösschen‹. Entgegen meiner Hoffnung, um diese Uhrzeit mehrere parkende Wagen vorzufinden, sind wir die

Einzigen. Das Geschäft läuft wohl in der Woche eher mäßig. Trotzdem, es kommt mir seltsam vor. Bis auf einige wenige Vogelstimmen ist es still.

»Wirklich kein einziges Auto?«, frage ich Claudia. »Kein Fahrrad? Gar nichts?«

»Nein, aber vielleicht öffnen sie erst später. Warte mal, ich sehe da etwas. Sieht aus wie ein Schild. Soll ich aussteigen und nachschauen?«

»Bleib lieber im Auto. Fahr einfach etwas näher heran, damit du lesen kannst, was auf dem Schild steht«, rate ich, während ich meine Beine massiere. Ich muss unbedingt verhindern, dass sie einschlafen.

Claudia startet den Mini, setzt einige Male vor und zurück, bis sie unmittelbar vor dem Eingang des Gasthofs steht.

»Die haben Betriebsferien«, berichtet sie. »Ein Schild ist über die Speisekarte geklebt. Darauf steht: ›Zurzeit Betriebsferien‹! Moment, da steht noch etwas darunter: ›Vom 1. bis zum 26‹. Die haben tatsächlich fast vier Wochen zu.«

»Das passt ja, irgendwie«, bemerke ich. »Ansonsten kein Licht, keine Bewegung im ganzen Gebäude?«

»Nein, wie ausgestorben. Sieht wirklich so aus, als sei während der Ferien niemand da.«

»Vielleicht ist das Absicht«, murmele ich.

»Soll ich den Wagen wieder dorthin stellen, wo er eben gestanden hat?«

»Ja, besser du hältst nicht so dicht am Eingang.«

»Hoffentlich melden sich die Entführer bald«, bemerkt sie, als wir wieder auf dem Parkplatz stehen.

Mein Handy vibriert. Auf dem Display erkenne ich die Festnetznummer meiner Mutter. Leider muss ich den Anruf wegdrücken; jetzt ist keine Zeit für Privatgespräche.

Wenig später meldet sich Julian: »Wir sind auf unseren Positionen. Gibt's was Neues bei euch?«

»Nicht direkt, aber am Eingang des Gasthofes hängt ein Schild. Sie machen zurzeit Betriebsferien und zwar für fast vier Wochen. Wir findest du das?«

Julians Antwort kann ich leider nicht verstehen, denn in diesem Augenblick klingelt Claudias Handy.

»Bleib dran«, sage ich zu Julian, »könnte sein, die Entführer melden sich gerade.«

Claudia nimmt das Gespräch an. Wie auch schon bei den vorausgegangenen Telefonaten ist die verstellte Stimme laut genug, um mitzuhören.

»Sie befinden sich auf dem Parkplatz?«

»Ja, ich befinde mich jetzt auf dem Parkplatz«, wiederholt Claudia laut und deutlich.

»Vor Ihnen, in etwa 100 Metern Luftlinie, liegt ein Baggersee. Sehen Sie ihn?«

»Ja, natürlich sehe ich den See.«

»Steigen Sie jetzt aus, nehmen Sie die Tasche und folgen Sie dem Waldweg nach links. Nach ungefähr 400 Metern sehen Sie zu Ihrer Rechten eine Absperrung. Davor steht ein Hinweisschild mit der Aufschrift: ›Privat. Zugang verboten!‹ Hinter der Schranke beginnt ein Pfad, diesem folgen Sie. Verwenden Sie keine Abkürzung. Der Weg führt zu einem Bootssteg, dort liegt ein Ruderboot bereit. Damit rudern Sie über den See zum gegenüberliegenden Steg an der Hütte. Steigen Sie nicht aus, bleiben Sie so lange im Boot sitzen, bis Sie weitere Anweisungen erhalten!«

»Kathrin?«, flüstert Claudia hinter einem Taschentuch. »Da weiß jemand sogar ganz genau, in welche Richtung unser Wagen geparkt ist.«

»Ich habe jedes Wort verstanden.« Dann gebe ich den Inhalt des Telefonats an Julian weiter.

»Was machen wir nun?«, frage ich ihn. »Ich kann schlecht mitgehen, ohne dass es auffällt. Claudia hat den Eindruck, dass uns jemand mit einem Fernglas beobachtet.«

»Wie kommt sie darauf?«, fragt Julian.

»Weil derjenige weiß, dass wir rückwärts eingeparkt haben. Er sagte wörtlich: *Vor* Ihnen liegt ein See.«

»Ich verstehe«, sagt Julian. Er bespricht sich mit Leo.

Claudia drängt: »Ich muss jetzt aussteigen, was soll ich tun?«

»Mach genau das, was die Entführer fordern«, flüstere ich. »Du erhältst Verstärkung auf dem Landweg. Leo ist der Schnellste zu Fuß, er wird um den See herumlaufen.«

Claudia steigt aus dem Wagen und nimmt die Reisetasche vom Beifahrersitz.

»Schließ mich um Himmels willen nicht ein«, mahne ich. »Lass den Schlüssel stecken und tu nur so, als würdest du den Wagen abschließen.«

»Gut, dass du mich dran erinnerst«, raunt Claudia, dann läuft sie los. Als sie mir weit genug weg zu sein scheint, drehe ich mich im Liegen um, öffne die Heckklappe, aber nur so weit, dass ich mich wie eine Schlange hinauswinden kann.

Draußen lasse ich mich im Schutz des Wagens auf den Waldboden fallen. Dort bleibe ich zunächst liegen. Es wäre mir wesentlich lieber, ich könnte etwas unternehmen.

Während ich warte, läuft ein Film vor meinen Augen ab. Eine ähnliche Situation haben Julian und ich schon einmal vor ein paar Jahren erlebt. Nachdem wir von den Entführern und Erpressern zahlreiche Male durch die Stadt dirigiert worden waren, landeten wir schließlich äußerst genervt mitten in der Nacht zur Geldübergabe am Dortmund-Ems-Kanal, nahe dem Münsterschen Hafen. Wir hatten die Order bekommen, das Paket mit dem Lösegeld mit einer Schwimmweste zu umwickeln und es dann an einer bestimmten Stelle in den Kanal zu werfen. Die Erpresser waren plötzlich mit einem kleinen Motorboot aufgetaucht, hatten das Paket aus dem Wasser gefischt und wären mit dem Geld auf und davon gewesen, hätte der Schiffsmotor nicht wenig später mitten auf dem Kanal seinen Geist aufgegeben.

Julian war beherzt ins Wasser gesprungen und konnte einen der Erpresser glücklicherweise überwältigen. Den Rest erledigte die Wasserschutzpolizei, die ich alarmiert hatte. Manchmal ist Fortuna eben zur rechten Zeit an der richtigen Stelle. Ob wir in diesem Fall auch so viel Glück haben würden?

Mein Handy vibriert. »Claudia ist soeben ins Boot gestiegen«, gibt Julian durch, »und rudert jetzt los.«

»Denkst du, Leo schafft es, rechtzeitig an der Hütte zu sein?«

»Bestimmt. Er ist durchtrainiert und in stabiler seelischer Verfassung.«

»Kannst du durchs Fernglas etwas an der Hütte erkennen?«

»Nein, keine Bewegung. Aber vielleicht ist trotzdem jemand in dem Häuschen oder steckt irgendwo dahinter.«

»Hoffentlich ist das nicht eine von vielen Irrfahrten«, flüstere ich. »Ich fühlte mich schon an den Fall am Dortmund-Ems-Kanal erinnert. Als du hinter dem Boot hergeschwommen bist.«

»Daran habe ich auch gedacht. Moment, ein zweiter Anruf auf meinem Handy. Ich melde mich gleich wieder.«

»Leo ist in der Nähe der Hütte«, berichtet er wenig später, »und Claudia hat gerade den Anleger erreicht.«

Ich habe mich inzwischen aus meiner Deckung hinter dem Mini hervorgewagt und arbeite mich gegenüber durchs Dickicht hinunter zum See. Es ist unwahrscheinlich, dass Claudias Wagen jetzt noch beobachtet wird.

»Julian? Was ist los, Julian?«, frage ich leise, als ich durchs Handy lautes Knacken und danach nichts mehr höre. Die Verbindung ist abgebrochen.

Ich kehre auf dem Fuß um, hetze zurück durchs Dickicht. Würde ich am See entlanglaufen, wäre ich für jedermann zu sehen, und die zufällige Joggerin nähme mir jetzt bestimmt niemand ab.

Ein dicker Brombeerzweig kratzt mir durchs

Gesicht. Zerreißt mir die Haut über der Nase und an der rechten Wange. Ich schmecke Blut.

»So ein Mist!«, fluche ich ärgerlich. Im Laufen drücke ich mir ein Taschentuch auf die Wunde. Nichts Tiefes, aber es blutet gehörig. Zu allem Überfluss setzt völlig unerwartet ein durchdringender Nieselregen ein.

Möglichst unauffällig nähere ich mich der Stelle, an der ich Julian vermute. Tastend setze ich einen Fuß vor den anderen, um zu vermeiden, dass ich auf kleine Äste trete. Ihr Knacken würde mich sofort verraten.

»Erschrick nicht«, höre ich es plötzlich irgendwo hinter mir flüstern. »Ich bin's, Julian.«

Ich fahre herum, kann ihn jetzt sehen. »Was ist passiert?«

»Zweimal hintereinander lasse ich mich nicht überwältigen!«, grinst er und weist mit dem Daumen nach unten. »Schau mal.«

Eine schlanke weibliche, mir unbekannte Person, ganz in Schwarz gekleidet liegt bäuchlings auf dem Waldboden. Ihre Hände sind auf dem Rücken mit einer Kunststoff- Einwegfessel zusammengebunden. Ihr Mund ist mit einem schwarzen Knebel verschlossen. Es ist vermutlich ihr eigenes Halstuch.

Neben ihrem Kopf, in gebührendem Abstand, liegt eine schwarze Skimütze, ein Handy und etwas, das wie eine handliche Neun-Millimeter-Para Heckler & Koch aussieht.

Die junge Frau gebärdet sich äußerst ungehalten, würde am liebsten Gift und Galle spucken, wenn sie nur könnte.

»Kennst du sie?«, fragt Julian.

Ich trete näher, gehe in die Hocke und schaue sie mir nochmals ganz genau an. Wütend rollt sie mit den Augen.

»Nie gesehen.«

Julian bindet ihr jetzt auch noch die Füße zusammen, steckt dann ihr Handy und die Pistole in seinen Rucksack. Schließlich befreit er sie von dem Knebel, aber nur für den Bruchteil einer Sekunde, dann verschließt er ihr mit einem Klebeband blitzschnell den Mund.

»So kann sie uns weder entkommen, noch um Hilfe rufen«, stellt er befriedigt fest. Er zieht ein paar Mal die Luft ein.

»Sag mal, riechst du das auch?«

»Du meinst den Geruch nach nassem Waldboden?«

Julian grinst. »Quatsch, das Parfüm! Das kommt mir bekannt vor.«

Ich schnuppere jetzt ebenfalls und dann geht mir ein Licht auf. »Du meinst, das könnte –«

Er nickt und legt mir schnell einen Finger auf die Lippen.

»Nicht hier.«

Während wir uns einige Meter von unserer Gefangenen entfernen, sodass sie unser Gespräch nicht verfolgen kann, fragt er erschrocken: »Was ist mit deinem Gesicht passiert?«

»Unwichtig«, wehre ich ab, »nur eine Brombeerranke. Sieht bestimmt schlimmer aus, als es ist.«

»Bist du sicher?«

»Ganz sicher. Lass uns lieber nachsehen, was Claudia treibt.«

Julians Handy macht sich bemerkbar.

»Leo?«, fragt er leise.

»Noch nichts weiter passiert«, berichtet er mir dann. »Leo sagt, er ist so nah, dass er hören kann, wenn Claudias Handy klingelt.«

»Vielleicht sind die Pläne der Entführer jetzt durcheinander geraten«, vermute ich.

»Und nun haben sie ein Problem. Wir aber auch, wenn es nicht bald weitergeht«, fährt Julian nach einem Blick auf seine Uhr fort. »Die Zeit läuft uns nämlich davon.«

Ein Knall zerreißt die Stille. Ein Pistolenschuss. Er kommt aus Leos Richtung.

»Ich kann Claudia nicht mehr sehen«, flüstere ich.

Erschrocken schauen Julian und ich uns an. Rasend schnell tippt Julian eine kurze SMS ein und schickt sie an Claudias Handy. Danach schickt er eine an Leo.

Wir warten, eng aneinandergelehnt, Rücken an Rücken, und decken uns somit gegenseitig.

Der Regen macht eine Pause. Es kann doch nicht sein, dass jemand auf Claudia geschossen hat. Das würde doch überhaupt keinen Sinn ergeben.

»Könnte Leo geschossen haben?«, frage ich.

»Schon, aber genau kann ich es nicht sagen«

»Vielleicht hat er genau wie du jemanden auf den Fersen gehabt«, spekuliere ich. »Die Erpresser wollen offensichtlich auf Nummer sicher gehen und suchen erst einmal das gesamte Ufer ab.«

Auf dem Handy sind zwei Nachrichten eingegangen.

»Gott sei Dank!« Julian atmet hörbar aus. »Claudia geht es gut. Sie ist noch im Boot, hat sich aber nach dem Schuss auf den Boden fallen lassen. Sie wird sich fürchterlich erschrocken haben.«

»Hätte ich auch«, gebe ich zu. »Dafür, dass sie gerade so viel Schreckliches durchmacht, verhält sie sich ganz tapfer.«

Julian nickt, während er die andere Nachricht abruft. Dabei murmelt er: »Claudia ist stärker, als es manchmal den Anschein hat. Sie kommt schon zurecht.«

Mir schießt die Frage durch den Kopf, was wir früher ohne Mobiltelefone gemacht haben. Irgendwie ging es doch auch.

»Leo hat sich gemeldet. Er hatte ebenfalls das zweifelhafte Vergnügen mit einem Angreifer, wir haben nun schon zwei Gefangene.«

»Und der Schuss?«

»Keine Ahnung, darüber schreibt er nichts. Hat sich wohl beim Kampf gelöst.«

Ich sehe auf die Uhr. »Noch acht Minuten, dann läuft die Frist ab. Und dämmrig wird es auch schon.«

»Immerhin, zwei Leute weniger auf der Gegenseite«, stellt Julian fest. »Schade, dass wir nicht wissen, ob hier noch mehr von der Sorte herumgeistern. Wenn allerdings jetzt noch jemand das Geld haben möchte, muss er sich sputen.«

Ich denke flüchtig an Helge. Tut er mir leid? Nein, nach allem, was ich über ihn gehört habe, nicht. Dennoch, ich kann doch Claudias Mann nicht den Tod wünschen.

Anruf auf Julians Handy. »Es ist Claudia«, informiert er. »Der Entführer hat sich endlich gemeldet und ist stinksauer. Claudia soll mit der Tasche sofort zurückrudern.«

»Und danach?«

»Soll sie wieder in ihren Wagen einsteigen und losfahren. Sie erhält dann weitere Anweisungen.«

»Oh nein!« Ich bin entsetzt. »Was meinst du, ob sie die Tasche irgendwo unterwegs aus dem fahrenden Auto werfen soll? Es ist bald dunkel. Gut für den Erpresser, schlecht für uns. Wir können nicht einfach hinter ihr herfahren, ohne dass es auffällt. In den Rieselfeldern gibt es kaum Deckung. Meinst du, ich sollte wieder mit ihr fahren? Dann müsste ich mich allerdings sehr beeilen.«

Julian überlegt einen Moment, dann fasst er die augenblickliche Situation schnell zusammen. »Auf zwei Helfer muss der Erpresser jetzt also verzichten, die liegen gefesselt im Unterholz. Aber das wissen nur wir ganz genau. Der Erpresser weiß nicht, was mit ihnen geschehen ist. Er hat ja nur einen Schuss gehört. Keine Ahnung, welche Schlüsse er daraus zieht. Dass er hier überhaupt mehr als zwei Helfer hatte, bezweifle ich. Stellen wir uns also vor, dass er allein weiterarbeiten muss. Er wird seinen Plan schnellstens über die Bühne bringen wollen, muss jetzt unbedingt an das Geld ran. Bei aller Kaltschnäuzigkeit wird er irritiert sein und könnte einen Fehler machen. Ja, ich denke, es ist besser, wenn du bei Claudia im Wagen bist. Schaffst du es noch einmal, dich unter den Rücksitz zu quetschen?«

»Bin schon weg. Du informierst die anderen? Und organisierst, dass unsere Gefangenen gefunden werden?«

»Ja, aber mach dir um die mal keine Sorgen, die können ruhig noch ein Weilchen in den Büschen liegen bleiben. Die eine oder andere Begegnung der unheimlichen Art wird ihnen vielleicht sogar bei der Läuterung helfen. Ich denke da an Wildschweine und Füchse, die gibt es hier nämlich.«

»Verstehe«, ich grinse. »Du dachtest an ein kleines bisschen Wildfraß?«

»Genau! Etwas Strafe muss schließlich sein.«

Julian hält mich fest, küsst mich schnell auf die heile Wange und flüstert: »Weißt du, worauf ich mich schon freue?«

»Sag's mir und ich überstehe den Rest hier mit links.«

»Auf die Fortsetzung unseres Urlaubs«, flüstert er mir ins Ohr. Allein beim Gedanken daran durchströmt mich ein warmes Glücksgefühl und vermutlich strahle ich wie ein Honigkuchenpferd in der Dämmerung. Eins mit einem ordentlichen Schmiss auf der rechten Wange. Ich winke Julian zu, mache mich schleunigst davon.

»Bis später, pass auf dich auf!«

»Du auch!«

13

Claudia kommt angerannt, ist durchnässt bis auf die Haut.

Wie ein nasser Pudel schüttelt sie sich, bevor sie ins Auto einsteigt. Die Reisetasche wirft sie laut fluchend auf den Beifahrersitz.

»So eine Scheiße! Ich dachte, das zumindest wäre jetzt erledigt.« Während sie ein Taschentuch aus der Hosentasche zieht, fragt sie leise: »Kathrin, bist du da?«

»Immer zu Diensten«, ächze ich aus den Tiefen der Rückbank und klappe den Sitz ein Stückchen nach oben, um besser sehen zu können und etwas mehr Bewegungsfreiheit zu haben. »Ich hatte auch gehofft, wir hätten wenigstens diesen Teil der Übung hinter uns.«

»Was war eigentlich los, während ich in diesem albernen, völlig undichten Boot hocken musste? Meine guten Schuhe, Socken und Hose, bis zu den Knien alles durchnässt. Und wer hat den Schuss abgegeben?«, raunt sie wieder ins Taschentuch, während sie vorgibt, sich ausgiebig zu schnäuzen. Es könnte ja sein, sie wird beobachtet, und da sähe es merkwürdig aus, wenn sie Selbstgespräche führen würde.

»Erst hat jemand versucht, Julian unschädlich zu machen, das ist der Dame aber nicht besonders gut bekommen. Dann wollte eine andere Person, eine männliche, offenbar Leo außer Gefecht setzen, dabei hat sich wohl ein Schuss gelöst. Beide Angreifer liegen nun handlich verschnürt zum Abholen bereit«, berichte ich nicht ganz ohne Schadenfreude. »Sind also schon zwei weniger, mit denen wir es zu tun haben.«

»Eine Frau ist dabei?«, fragt Claudia. »Kennst du sie?«

Ich verneine. »Eine jüngere, schlanke, dunkelhaarige. Ich habe sie noch nie gesehen.«

Claudia schweigt.

»In Kürze werden wir wissen, um wen es sich handelt. Auf jeden Fall haben wir nun die Pläne der Erpresser gründlich durchkreuzt«, bemerke ich. »Was auch immer das jetzt nach sich ziehen mag.«

»Ich verstehe das alles nicht«, Claudias Stimme klingt zittrig, als wolle sie gleich anfangen zu weinen. »Wer macht so etwas überhaupt?«

»Gute Frage. Menschen, die maßlos geldgierig und skrupellos sind, die sich über alles und jeden hinwegsetzen«, erkläre ich und verkneife mir die Bemerkung ›Und die über Leichen gehen‹.

»Aber wenn du so weit bist, dann lass uns losfahren, bevor wir hier noch anwurzeln. Julian und ich haben die Befürchtung, dass der Entführer unterwegs anrufen wird, um dich aufzufordern, die Tasche irgendwo aus dem Auto zu werfen.«

»Dann muss er schon vorausgefahren sein«, überlegt Claudia laut. »Vielleicht hat er ein Motorrad, damit wäre er uns gegenüber im Vorteil.«

»Könnte passen«, pflichte ich bei und staune über ihre Weitsicht. »Der Erpresser wird sich eine möglichst unwirtliche und unübersichtliche Stelle aussuchen. Die Jungs werden uns nicht so schnell helfen können. Folgen sie uns direkt, fallen sie zu sehr auf. Und ich kann ja schlecht aus dem Wagen springen und die Verfolgung zu Fuß aufnehmen.«

»Mir wäre es lieber, du würdest nichts riskieren«, bittet Claudia. »Soll er das Geld doch nehmen.«

»Wir werden es ihm nicht so einfach machen, wer auch immer *er* ist«, versichere ich grimmig. »Und nun lass uns fahren und stell die Heizung an. Ich bin nass, mir ist kalt und im Übrigen müsste ich bald mal für kleine Privatdetektivinnen.«

Trotz der Dämmerung meine ich im Rückspiegel ein Schmunzeln auf Claudias inzwischen ziemlich müde aussehendem Gesicht zu erkennen.

»Mir geht es nicht anders!«

Sie startet den Wagen, und ich ziehe mich vollständig unter die Rückbank zurück.

Wir sind erst wenige Minuten unterwegs, als Claudias Handy klingelt. Sie lenkt den Mini an den Straßenrand und hält.

Gespannt wie ein Flitzbogen liege ich da.

Claudia lauscht eine Weile, dann ruft sie empört: »Wenn sich einer nicht an die Vereinbarungen hält, sind *Sie* das! Ich bin allein gekommen wie abgemacht. Und nun lassen Sie uns endlich die Aktion zu Ende bringen. Sie bekommen das Geld und lassen dafür meinen Mann frei.«

Während Claudia aufgebracht redet, vibriert mein Handy. Julian. »Der Erpresser telefoniert gerade mit Claudia«, flüstere ich. »Was gibt's?«

»Plan B kann in Aktion treten, aber vorerst kein Wort zu Claudia«, sagt er.

Ob ich mich verhört habe? »Wiederhol das bitte zur Sicherheit«, fordere ich ihn auf.

»Ja, du hast richtig gehört, Plan B. Alles andere später!«

Ich bin völlig aus dem Häuschen über das, was ich soeben gehört habe.

»Dieses Arschloch! Entschuldige bitte, aber ich bin total fertig«, berichtet Claudia. »Mir fehlen die Worte. Der Kerl hat sich köstlich amüsiert, als ich gesagt habe: ›Sie bekommen das Geld und lassen dafür meinen Mann frei.‹ Ganz widerlich hat er gelacht. Kannst du dir das vorstellen, in einer derartigen Situation?«

»Normale Regungen kannst du von einem solchen Menschen eben nicht erwarten, Claudia. Was hat er noch gesagt?«

»Ich soll an der Autobahnauffahrt Münster-Nord in Richtung Bremen fahren und am Rastplatz ›Tecklenburger Land‹ weitere Instruktionen abwarten.«

Claudia kramt im Handschuhfach und holt schließlich eine Packung Kaugummis heraus. »Kurze Pause. Du kannst jetzt herauskommen, wer soll uns schon beobachten? Weit und breit niemand zu sehen. Hier gibt es höchstens Vögel, Hasen und Füchse.«

»Und Wildschweine!«, unke ich und erzähle Claudia von Julians Hoffnung, dass unsere Gefangenen eine möglichst unruhige Nacht mit Wildschweinen verbringen mögen.

Sie schweigt.

Stöhnend klappe ich die Rückbank vollends hoch und entknote vorsichtig meine schmerzenden Beine. »Wird wohl heute nichts aus einem rechtzeitigen Nachtschlaf. Dann informiere ich mal unsere Mitarbeiter.«

Ich wüsste jetzt doch zu gern, was Julian und die anderen inzwischen herausbekommen haben. Plan B, das bedeutet, wir händigen im Fall des Falles die andere Reisetasche aus. In dieser Tasche liegen obenauf zwar tatsächlich ein paar echte Geldscheine, der Rest aber ist Attrappe, lediglich Spielgeld. Die Scheine sollen lediglich auf den ersten Blick echt wirken.

Zu unserer Tätigkeit gehört es auch, für alle möglichen, plötzlichen Wendungen gewappnet zu sein. Zugegeben, sie kommen selten vor, aber wenn sie passieren, ist es gut, eine Antwort darauf zu haben. Das kann viel Geld sparen und uns nicht zuletzt eine Menge Arbeit abnehmen.

Die zweite Tasche, fast ein Zwilling der anderen, habe ich bei mir, versteckt unter der Rückbank. Claudia weiß nichts davon. Gegebenenfalls wird sie erst im allerletzten Moment davon erfahren.

»Julian? Es geht direkt weiter Richtung Autobahn und dort in Richtung Osnabrück/Bremen. Auf dem Rastplatz ›Tecklenburger Land‹ wird Claudia weitere Anweisungen erhalten.«

»Aha, der Kerl will uns eindeutig um unseren Nachtschlaf bringen«, bemerkt Julian. Er klingt jetzt wesentlich lockerer. »Warum kann der Schuft das Geld nicht einfach hier in Empfang nehmen und damit abhauen?«

»Keine Ahnung«, antworte ich kauend, »man steckt so wenig drin in anderen Menschen.«

»Wohl wahr«, gibt er zu und erkundigt sich interessiert: »Was isst du?«

»Das ist nur ein Kaugummi. Aber Claudia hat jede Menge Vorräte im Wagen. Selbst wenn gleich wider Erwarten ein Wintereinbruch käme und wir hier einschneien würden, wäre zumindest unsere Ernährung für Tage gesichert. Ich habe Müsliriegel gesichtet und kleine Salamistangen, Bofos oder wie sie heißen, du weißt schon.«

»Wenn diese Vorräte alle sind, probieren wir den Ersatzreifen!«, ruft Claudia und startet den Mini.

Julian lacht. »Und jetzt würdest du bestimmt gern wissen, was sich hier getan hat?«

»Liebend gern«, gebe ich zu.

»Gut, ich erzähle es dir während der Fahrt. Du musst nur zuhören, brauchst nichts zu sagen. Und vorerst kein Wort zu Claudia. An dieser Sache stinkt etwas gewaltig. Also, Mark und Tom haben sich, während wir am See beschäftigt waren, ein wenig am ›Waldschlösschen‹ umgesehen. Dort sind, du hast es ja bereits erwähnt, seit Wochen schon Betriebsferien. An einem der Hintereingänge bemerkten Mark und Tom ein Stück von einem Seil, das jemand dort verloren hat. Das Teil sah merkwürdig aus, als ob frisches Blut daran klebte. Daraufhin waren die beiden verständlicherweise nicht mehr zu halten. Sie sind ins Gebäude eingedrungen und haben in einem der Kellerräume schließlich einen Mann gefunden. So wie es aussieht, handelt es sich um den Entführten. Er lebt, sein Zustand ist aber sehr bedenklich. Die Entführer müssen ihn ziemlich traktiert haben. Eine Hand ist verbunden. Ich bin sicher, das Fingerglied, das Claudia geschickt bekommen hat, wird passen. Nur, jetzt kommt's: Der Mann ist nicht Helge!«

Ich lausche gespannt. Leise frage ich: »Nicht? Ja, um Himmels willen, wer dann?«

Julian berichtet weiter: »Ich bin zuerst gar nicht drauf gekommen, weil der Mann sehr mitgenommen aussieht, aber dann habe ich ihn erkannt. Es ist, halte dich gut fest, dieser Bauheini, der seit einiger Zeit schon als vermisst gilt. Dieser Hannes Sandreitner.«

Ich bin so überrascht, dass mir der Kaugummi in die falsche Röhre gerät und ich fast daran ersticke. Sekundenlang muss ich fürchterlich husten.

Hannes Sandreitner ist der Entführte!

»Alles in Ordnung?«, fragt Claudia besorgt. »Was besprecht ihr denn so ausführlich?«

»Ach, nichts Wichtiges«, keuche ich.

»Wo seid ihr jetzt?«, frage ich Julian. Er informiert mich.

»Dann müsstet ihr uns eigentlich gleich sehen.«

»Wir werden euch überholen, vorausfahren und schon mal die Lage checken.«

»Klingt gut«, antworte ich. »Was machen Mark und Tom?«

»Sind ebenfalls auf dem Weg zur Raststätte, wollen sich das Weitere auf keinen Fall entgehen lassen. Nachdem sie bei Sandreitner Erste Hilfe geleistet und die beiden Halunken, die sie vorher erstmal überwältigen mussten, hübsch vor dem ›Waldschlösschen‹ drapiert haben, sind sie sofort losgefahren. Zuvor haben sie natürlich Polizei und Krankenwagen alarmiert.«

»Gut, kann nicht schaden, Verstärkung zu haben, wie wir heute unschwer feststellen konnten. Grüß Leo. Bis dann.«

»Ich soll dich von Julian und Leo grüßen«, teile ich Claudia mit. »Sie werden uns gleich überholen und vorausfahren, um die Raststätte zu kontrollieren, soweit auf die Schnelle möglich. Mark und Tom sind hinter uns. Wir brauchen uns also keine Sorgen zu machen.«

Claudia stöhnt: »Ich bin froh, wenn es vorüber ist. Vielleicht nehme ich mir anschließend ein oder zwei Wochen Urlaub. Die könnte ich gut gebrauchen. Auch wegen Helge.«

Ob sie wirklich noch der Meinung ist, Helge sei entführt worden? Wie wird sie die Wahrheit aufnehmen und verkraften? Und was ist hier überhaupt die Wahrheit? Was ist wirklich passiert?

Gerade gleitet Leos schwarzer Audi an uns vorbei. Beide Männer heben grüßend eine Hand.

Ich schaue auf die Leuchtziffern meiner Uhr. Es wird ungefähr 21.30 Uhr sein, wenn wir die Raststätte erreichen.

Aus meinem Rucksack hole ich eine kleine Thermosflasche. »Möchtest du einen Becher Kaffee?«

»Nur einen Schluck, bitte. Ich bin schon aufgeregt genug! Außerdem muss ich wirklich dringend zur Toilette.«

»Wem sagst du das? Ich muss schon seit über einer Stunde. Im Wald hatte ich erst keine Zeit, später habe ich mich nicht mehr getraut. Wir gehen, sobald wir an der Raststätte sind. Da kann passieren, was will. Das Beste ist, du lässt mich gleich bei der Einfahrt raus, das ist unauffälliger. Wir treffen uns dann bei den Toiletten.«

Die letzten Kilometer vor der Raststätte hören wir Musik. Claudia hat das Autoradio angestellt: ›Es gibt Millionen von Sternen, aber dich gibt's nur einmal für mich.‹ Der Hit der Nielsen Brothers, einer der beliebtesten deutschen Schlager überhaupt, säuselt stimmungsvoll durch das Wageninnere.

Mein Blick zum mittlerweile sternenklaren Himmel zeigt mir: Wo sie recht haben, haben sie recht.

Eine plötzliche Eingebung veranlasst mich, die Reisetaschen sofort zu vertauschen. Ich mache es so, dass Claudia keinerlei Verdacht schöpft, gebe vor, die Tasche mit dem Geld nochmals kontrollieren zu wollen. Ziehe dann rasch die zweite unter der Bank hervor und tausche sie gegen die andere. Sie sind nahezu identisch, ich kann sie lediglich an den kleinen Füßchen unterscheiden, die am Boden angebracht sind. Die Tasche mit dem echten Geld und dem Safeinhalt hat keine.

Die Lichter der Raststätte ›Tecklenburger Land‹ kommen in Sicht. Ich verpacke die Thermosflasche wieder, checke mit einer kleinen Taschenlampe nochmals den Inhalt meines Rucksacks.

Gleich hinter der Einfahrt hält Claudia an, um mich rauszulassen.

Bevor ich aussteige, erinnere ich sie noch: »Vergiss nicht, den Wagen abzuschließen, auch wenn Julian und Leo ihn sicher mit Argusaugen bewachen werden. Man weiß nie. Wir sehen uns in wenigen Minuten.«

Blitzschnell und hoffentlich unbemerkt gleite ich nach draußen, bin kurz darauf im Schatten der Bäume und der Hecke, die den Rastplatz zur Rechten begrenzen, kaum noch wahrzunehmen.

Claudia lässt den Wagen langsam zu den Parkplätzen rollen, die sich gegenüber den Toilettenanlagen befinden.

Auf diesem Rastplatz herrscht für gewöhnlich wenig Betrieb. Der nächste, ›Dammer Berge‹, ist größer und wesentlich stärker frequentiert. Also wird sich der Erpresser etwas dabei gedacht haben, Claudia hierhergelotst zu haben. Vielleicht, weil man hier am besten unmittelbar in den weitläufigen Teutoburger Wald abtauchen kann?

Ich schleiche mich vorwärts, bis ich den Eingang zu den Toiletten beobachten kann. Auch von dort aus gelangt man zum Restaurant.

Auf Zehenspitzen stehend versuche ich vergeblich, Leos Audi zu entdecken. Er wird ihn vermutlich so weit wie möglich Richtung Ausfahrt geparkt haben.

Claudia steigt jetzt aus ihrem Mini, verschließt die Autotür, geht über die Straße zu den Toiletträumen. Verharrt dort vor der Glastür, kramt in ihren Hosen- und Jackentaschen, wie um nach dem passenden Kleingeld für die Toilettenbenutzung zu suchen.

Rasch hole ich das Halfter mit der Waffe, einer Beretta, aus meinem Rucksack, lege es um und achte sorgfältig darauf, dass es durch meine Steppweste verdeckt wird.

Dann geht alles wahnsinnig schnell. Scheinbar wie aus dem Nichts braust ein Motorradfahrer ohne Licht heran und hält abrupt neben der Beifahrertür des kleinen englischen Wagens mit der überaus kostbaren Fracht. Der Fahrer ist von oben bis unten mit einer schwarzen Ledermontur bekleidet.

Blitzschnell schließt er die Tür auf, reißt die Reisetasche vom Sitz, hängt sie sich mit dem langen Trageriemen um, schlägt die Autotür wieder zu und gibt Gas.

Das Aufheulen des Motors, vermutlich einer geländetauglichen Maschine, klingt ohrenbetäubend.

Der schwarz Vermummte rast in Richtung Raststätten-Ausfahrt. Für einen Augenblick sieht es so aus, als wolle er nach links auf die Autobahn auffahren. Im allerletzten Moment schert er nach rechts aus, will offensichtlich über den schmalen Pfad in Richtung Wald verschwinden.

Doch dort tauchen wie aus dem Boden gewachsen Mark und Tom auf, verwehren dem Flüchtigen drohend mit Stangen oder Ästen die Weiterfahrt.

Der Motorradfahrer bremst überrascht. Für einen Augenblick scheint er unentschlossen, dann wendet er seine Maschine, dass Grasfetzen und Kies nur so aufspritzen, und donnert in Richtung Autobahn davon.

Die ganze Aktion hat nur wenige Sekunden gedauert.

Überrascht nehme ich Claudias faszinierten Gesichtsausdruck wahr und registriere Julian und

Leo, die noch wie erstarrt hinter dem Motorradfahrer herschauen.

In das eben noch wie eingefroren wirkende Bild kommt jetzt wieder Bewegung; eine Szene wie aus einem Film, der lediglich kurz angehalten wurde.

Aus dem Augenwinkel heraus sehe ich einen dunklen, tief liegenden Golf mit breiten Reifen zur Ausfahrt rollen.

Julian, Leo, Mark, Claudia und ich bewegen uns jetzt aufeinander zu, treffen uns bei Claudias Wagen.

Julian pfeift anerkennend durch die Zähne.

»Donnerwetter, was für eine Reaktionsfähigkeit! Davon kann man sich noch etwas abgucken.«

Er wirft mir einen fragenden Blick zu. Auf mein beruhigendes Nicken hin entspannt sich seine Miene.

Doch schon im nächsten Moment schaut er nachdenklich zu Claudia rüber, die an ihrem Wagen lehnt, registriert ihren Gesichtsausdruck, aus dem er wohl noch nicht recht schlau wird.

Mir geht es genauso.

»Der Polizei sollten wir auch noch etwas Arbeit lassen«, erklärt Julian und greift nach seinem Handy.

»Der ist weg … mit all dem Geld«, murmelt Claudia fassungslos.

Ich springe darauf an: »Ach was, mach dir mal keine Sorgen, den bekommen sie. Während Julian die Polizei benachrichtigt, werden wir beide endlich mal für kleine Mädchen gehen.«

»Nein, bitte nicht!«

Fast ist es ein Aufschrei. Unsere Blicke heften sich verständnislos auf Claudia.

»Keine Polizei! Nicht bevor sie Helge freigelassen haben. Ihr wisst doch, womit sie gedroht haben.«

Scheinbar zögernd lässt Julian sein Handy sinken.

»Gut, wenn du meinst.«

Für Claudia nicht zu sehen, zwinkere ich den anderen zu.

»Also, wir treffen uns dann alle im Restaurant.«

14

»Wie konnte das nur passieren?«, fragt Claudia ernst und, wie ich finde, auch merkwürdig streng, als sie neben mir am Waschbecken steht und ihr Haar in Ordnung zu bringen versucht, was aber misslingt, da ihre kräftigen Locken wieder mal ganz eigene Formvorstellungen haben. Ihr linkes Augenlid zuckt heftig. Ich schreibe es den enormen Anspannungen der vergangenen Tage zu. »Ihr hättet das nicht zulassen dürfen, hättet besser auf den Wagen aufpassen müssen!«, zischt sie mit einer Stimme, die ich ihr gar nicht zugetraut hätte.

»Wie bitte? Dagegen war einfach nichts zu unternehmen. Das hast du doch gesehen. Und vielleicht kannst *du* mir mal erklären, warum der Kerl einen Schlüssel zu *deinem* Wagen besitzt?«

»Seit Monaten schon vermisse ich meinen Ersatzschlüssel«, gesteht sie. »Ich dachte, ich hätte ihn vielleicht selbst verlegt und habe dem keine weitere Bedeutung beigemessen. Entschuldige«, lenkt sie jetzt ein, »entschuldige, das war nicht fair von mir. Ich bin völlig durcheinander und fertig. Eigentlich möchte ich nur noch nach Hause. Verstehst du das?«

»Natürlich«, lenke ich ein, »wir begleiten dich selbstverständlich bis vor die Tür.«

»Ach, das wird nicht nötig sein«, sie schüttelt den

Kopf. »Das schaffe ich schon allein. Wirklich, ich wäre jetzt ganz gern allein.«

»Natürlich respektieren wir deinen Wunsch«, versichere ich zögernd, auch wenn mich ihr Anliegen sehr überrascht. »Aber tu mir den Gefallen und komm wenigstens zum Abschied auf einen Espresso mit ins Restaurant. Julian würde es nicht verstehen, wenn du jetzt wegfährst, ohne dich zu verabschieden.«

Claudia zögert einen Augenblick zu lang, wie ich finde, dann gibt sie widerstrebend nach.

Während wir ins Restaurant gehen, überlege ich fieberhaft, wie ich die andere Reisetasche aus ihrem Auto bekommen kann, ohne dass sie Verdacht schöpft. Flink streife ich meine Armbanduhr ab und lasse sie in einer meiner Westentaschen verschwinden.

»Ach, herrje!«, rufe ich und fasse an mein Handgelenk, wo sich eben noch meine Uhr befunden hat. »Das ist aber zu ärgerlich. Meine Armbanduhr ist weg. Ich weiß genau, dass ich sie im Wagen noch hatte. Wahrscheinlich habe ich sie dort verloren. Gibst du mir bitte mal den Autoschlüssel?«

Sie schaut mich mit einem seltsamen Ausdruck an, beinah feindselig, aber vielleicht bilde ich mir das nur ein. Wir sind inzwischen müde und erschöpft, das kann das Verhalten eines Menschen schon sehr verändern.

»Du wirst sie im Waschraum liegen gelassen haben. Schau lieber dort nach«, rät sie mir.

»Bestimmt nicht«, beharre ich, »sie ist viel zu wertvoll, als dass ich sie in öffentlichen Räumen ablegen würde.«

Ich strecke die Hand aus. Widerstrebend legt sie den Autoschlüssel hinein.

»Danke. Geh schon mal vor, ich komme gleich nach.«

Ich überzeuge mich davon, dass Claudia wirklich zu den anderen ins Restaurant geht und nicht etwa hinter mir her schleicht.

Als sie außer Sichtweite ist, renne ich über die Straße zum Mini, öffne die Beifahrertür, die vom Restaurant aus nicht zu sehen ist, und angle nach der Reisetasche unter dem Rücksitz. Währenddessen überlege ich fieberhaft, wo ich sie übergangsweise lassen könnte, ohne dass sie von jemandem entdeckt wird. Es wäre das Allerletzte, wenn sie jetzt wegkäme. Ich schwanke zwischen einer Unterbringung in den Toilettenräumen oder irgendwo in der dichten Randbepflanzung der Grünanlagen. Entscheide mich dann für letztere Möglichkeit. Wer sucht dort schon im Dunkeln und mitten in der Nacht? Ich muss mir die Stelle natürlich gut einprägen.

»Ich hab sie!«, rufe ich triumphierend und halte mein Handgelenk hoch. »Meine Uhr, ich habe sie wieder gefunden. Sie lag tatsächlich im Auto.«

Das Restaurant ist fast leer, lediglich drei der Tische sind besetzt. An einem sitzen Julian, Claudia, Leo und Mark.

Tom jagt in seinem Golf hinter dem Motorradfahrer her, das weiß Claudia allerdings nicht.

Unterm Tisch schiebe ich Julian unauffällig einen kleinen Zettel zu.

»Hab ich ihr geschenkt«, erklärt er stolz, als alle am Tisch meine Uhr bewundern. »Eine ›Maurice Lacroix‹. Natürlich ein Schnäppchen, sonst hätte ich sie mir nicht leisten können.«

Claudia trinkt hastig den Kaffee aus, den sie sich geholt hat, steht auf, um sich rasch von uns zu verabschieden.

»Bist du sicher, dass du allein fahren solltest?«, fragt Julian und schaut Claudia forschend an. »Bis du nicht zu müde?«

»Nein, ist schon in Ordnung. Der Kaffee hat mir geholfen, ich bin jetzt wieder voll da. Macht euch um mich keine Sorgen. Wir hören morgen früh wieder voneinander.«

»Tolle Tagesbilanz«, fasse ich auf die Schnelle zusammen, als sie gegangen ist. »Aus Claudias Sicht, aus der offiziellen jedenfalls. Zwei der Mittäter haben wir gefangen nehmen können, ein weiterer Beteiligter hat es geschafft, uns zunächst alle zu überrumpeln und das Lösegeld an sich zu bringen, wie wir gerade erlebt haben. Von Helge, dem angeblich Entführten, keine Spur. Wer weiß, ob die Erpresser überhaupt je vorhatten, ihr Opfer gegen das Lösegeld wieder freizulassen.«

»Aber ihr haltet nichts von dieser Version?«, fragt Leo.

Julian schüttelt den Kopf. »Kathrin und ich nehmen an, es ist nur das, was wir glauben sollen. Und wir müssen uns beeilen, damit wir Claudia gar nicht erst aus den Augen verlieren. Können wir, Leo?« Der nickt.

»Wie der Biker wohl schauen wird, wenn er entdeckt, dass der Tascheninhalt fast wertlos ist«, bemerkt Mark grinsend, während wir aus dem Restaurant stürmen.

»Ja, da bin ich auch sehr gespannt. Abgesehen davon habe ich inzwischen das Gefühl, Claudia wird uns die Lösung präsentieren«, ergänze ich. »Wir werden sie jetzt ununterbrochen im Auge behalten müssen.«

»Soll ich heute Nacht übernehmen?«, höre ich Mark noch fragen, während ich zum Versteck der Tasche hetze und blitzschnell wieder zurück bin.

»Es wäre gut, Mark, du würdest zur Sicherheit hinter uns herfahren, bis wir genau wissen, wo Claudia hin will«, sagt Julian. »Du hast heute schon viel für uns getan. Ich hoffe nur, Tom begibt sich nicht in Gefahr.«

»Der kann gut auf sich aufpassen«, versichert Mark. »Macht euch um ihn keine Sorgen, er ist ein brillanter Autofahrer.«

»Gut«, sagt Julian, während er ins Auto einsteigt, »dann versuchen wir mal, Claudia einzuholen und bleiben an ihr dran. Wenn du etwas von Tom hörst – wir bleiben die ganze Nacht auf Empfang.« Aus dem Wagenfenster heraus reicht er Mark eine Karte mit seinen Handynummern. »Für alle Fälle, lange wird es dieses Handy nicht mehr machen.«

Seit einer halben Stunde überwachen wir nun Claudias Haus. Wir hatten ein Riesenglück. Dank Leos

PS-starkem Fahrzeug und einer fast leeren Strecke konnten wir Claudia unmittelbar vor dem Autobahnkreuz Lotte-Osnabrück einholen.

Und tatsächlich verließ sie die A1, um wieder auf deren Gegenfahrbahn zurück Richtung Münster zu gelangen. Offensichtlich wollte sie nach Hause. In der Levin-Schücking-Allee haben wir anderen uns schließlich getrennt und Mark hat Leo nach Hause gefahren. Den Audi hat Leo uns überlassen.

Tom meldet sich: »Ich bin noch an dem Motorradfahrer dran. Der hat nur einmal kurz angehalten, um seine Maschine aufzutanken. Danach ist er sofort wieder auf die Autobahn gefahren. Jetzt sind wir in Richtung Bremerhaven unterwegs. Bisher hat er weder versucht zu telefonieren noch hat er den Tascheninhalt näher untersucht. Der Kerl scheint nicht den geringsten Zweifel daran zu haben, dass er das Lösegeld besitzt.«

Leicht schläfrig nehme ich aus halb geöffneten Augen wahr, dass erst das Licht im ersten Stock, dann im Wohnzimmer ausgeht. Julians Handy meldet eine fast leere Batterie, er holt sein Ersatzhandy aus dem Rucksack. Ohne ein zweites Gerät sollte niemand losgehen, für den ein Telefon wichtig ist, manchmal sogar über Leben oder Tod entscheiden kann.

Es dauert eine Weile, bis ich die Vorgänge im Haus begreife. »Julian, wenn jemand in seinem Zimmer in der oberen Etage schlafen geht, dann löscht er doch erst unten im Haus das Licht und dann oben bei sich im Zimmer, oder?«

Er überlegt kurz, dann nickt er. »Ja, warum?«

»Bei Claudia war es eben anders herum, erst ging das Licht oben aus und dann unten.«

»Vielleicht hat sie beschlossen, unten zu schlafen?«, überlegt er laut.

»Und wenn nicht?«, beharre ich. »Was ist, wenn sie sich zum Beispiel gerade durch den Keller davonmacht? Wenn ihr Wagen gar nicht in der Garage steht, wie wir annehmen, sondern irgendwo auf der Straße hinter dem Grundstück?«

»Meine Güte, ja.« Blitzschnell ist Julian hellwach.

»Zwischen einigen der Häuser gibt es Fußwege; vielleicht kommen wir dort mit dem Wagen durch. Lass es uns einfach versuchen«, schlage ich vor. »Wenn wir erst um das ganze Wohnviertel herumfahren müssen, entkommt sie uns mit Sicherheit.«

Der Audi gleitet beinah lautlos und ohne Licht über einen der nächsten Fußwege, der gerade so breit ist, als wäre er genau für diesen Wagen angelegt.

»Gut, dass die Hecken hier so kurz und akkurat geschnitten sind, sonst gäbe es womöglich noch Kratzer am Auto«, stelle ich erleichtert fest. »Wofür es manchmal gut ist, wenn die Menschen etwas pingeliger sind.«

Julian lacht leise. Dann steht der Wagen so, dass wir die Straße rechts und links gerade eben einsehen können. »Kannst du etwas entdecken?«, fragt er.

»Nein, im Moment nicht. Lass uns einen Augenblick warten, weit kann sie noch nicht sein, wenn es so ist, wie wir vermuten.«

Es dauert keine zwei Minuten, bis wir ein Taxi kommen sehen.

»Ich glaube, der Punkt geht mal wieder an dich. Claudia will tatsächlich abhauen.«

»Warte ab, auch andere Leute bestellen sich nachts Taxis.«

Der beigefarbene Mercedes verlangsamt sein Tempo, hält ungefähr in Höhe des morjahnschen Grundstücks an, bleibt mitten auf der Fahrbahn stehen. Aus dem Schatten einer Hecke löst sich nun eine Gestalt, winkt dem Taxifahrer.

»Na, bitte«, stelle ich fest, »nachts sind durchaus nicht alle Katzen grau. Claudia ist gut zu erkennen. Dieser Tag will offensichtlich für uns kein Ende nehmen. Ich könnte jetzt gut eine Ladung eiskaltes Wasser im Gesicht gebrauchen.«

Julian öffnet das Handschuhfach. »Alles Bonbons mit Koffein und Traubenzucker. Wir dürfen uns hemmungslos bedienen. Auf geht's!«

Wir folgen dem Taxi und schnell wird uns klar, dass Claudia sich zum Bahnhof bringen lässt.

»Wollen wir wetten, dass sie und der Motorradfahrer ein und dasselbe Ziel haben?«

»Brauchen wir nicht. Ich bin sicher, du hast auch in diesem Punkt recht«

»Wer fährt mit im Zug?«

»Wir bleiben einfach zusammen«, schlägt Julian vor. »Allein sind wir stark, gemeinsam aber sind wir unschlagbar.«

»Schöner hätte ich es auch nicht sagen können!«, konstatiere ich zufrieden. Ich bin froh über seinen Vorschlag. So können wir unterwegs abwechselnd etwas schlafen. Obwohl ich inzwischen zwei Koffeinbonbons gelutscht habe, bin ich doch ziemlich müde nach dem anstrengenden Tag. »Zuerst muss die Tasche in ein Schließfach«, erinnere ich. »Wir können sie unmöglich mit uns herumschleppen.«

»Das übernehme ich. Behalte du Claudia derweil im Auge. Hinten auf der Ablage liegt ein Hut, ein Stetson, den könntest du zur Tarnung aufsetzen. Leo hat bestimmt nichts dagegen.«

Trocken bemerke ich: »Wenn ich den aufsetze, sehe ich die Hand vor Augen nicht mehr. Alle anderen aber werden mich verwundert anstarren, wenn ich mich damit vorwärts taste. Ob das die perfekte Tarnung ist?« Bei dieser Vorstellung brechen wir in wieherndes Gelächter aus.

»Wo könnten wir den Audi parken?«, frage ich, während ich mir mit dem Handrücken einige Heiterkeitstränen von den Wangen wische. »Am Bahnhof ist doch alles vollständig dicht, und wir haben keine Zeit zu suchen.«

»Habe ich auch schon drüber nachgedacht«, grübelt Julian. »Aber einer von Marks Leuten wird doch wohl am Taxistand aufzutreiben sein. Ich bin sicher, wir können ihm den Wagen anvertrauen. Schreibst du bitte Leos Adresse und Telefonnummer auf die Rückseite einer unserer Visitenkarten? Die geben wir dem Fahrer mit. Er soll morgen früh Leo benachrichtigen. Gleich sind wir da.«

Wir haben Glück. Der Taxifahrer, der Claudia

gefahren hat, ist zufällig einer von Marks Leuten. Münster ist eben auch nur ein Dorf. Einer der anderen wartenden Fahrer gibt Julian den Tipp. Er weist hinter sich zum Ende der Schlange: »Der mit der Nummer 33.«

15

Ein Blick auf die große Fahrplantafel in der Bahnhofshalle verrät mir, dass Claudia vermutlich den ICE nach Norden, nach Bremerhaven, nehmen will. Die beiden Regionalzüge Richtung Rheine und Bielefeld kommen wohl kaum in Betracht.

Zu dieser nächtlichen Stunde ist die Schalterhalle natürlich längst geschlossen und Spontanreisende müssen am Automaten ihre Fahrscheine ausdrucken lassen.

Ich bleibe hinter dem Blumenladen solange in Deckung, bis Claudia ihre Fahrkarte gelöst hat und die Halle in Richtung Bahnsteige verlässt. Der Zug nach Bremerhaven müsste in wenigen Minuten abfahren.

Schnell will ich für Julian und mich Fahrkarten ziehen, doch der Automat stellt sich mit einem Mal an, als sei er von einer Lese- und Rechtschreibschwäche oder zumindest einer großen Müdigkeit erfasst, was mitten in der Nacht zwar nicht verwunderlich ist, mir jetzt aber überhaupt nicht passt.

Während ich ungeduldig von einem Bein aufs andere trete, was aussieht, als müsse ich dringend zur Toilette, den Stetson dabei für einen Augenblick nach oben ins Haar schiebe, sehe ich am anderen Ende der Bahnhofshalle Julian gerade noch mit der Reisetasche zu einem der anderen Gänge mit den

Schließfächern hasten. Auch er hat offensichtlich gerade mit Hindernissen und Tücken zu kämpfen. Entweder nehmen die Schließfächer die angebotenen Münzen nicht an oder sind nur für einige wenige Stunden zu benutzen, was in unserem Fall natürlich nicht infrage kommt. Aber Julian ist mit allen Wassern gewaschen; es wäre gelacht, wenn er nicht eins der Fächer dazu bringen könnte, unsere kostbare Last bis auf Weiteres aufzunehmen.

Exakt drei Minuten bleiben uns jetzt noch bis zur Abfahrt. Die Auseinandersetzung mit dem Fahrkartenautomaten dauert an.

Mein Handy klingelt. Julian.

»Mensch, Katinka, wo bleibst du denn?«

Ich berichte ihm von meinen momentanen Schwierigkeiten.

»Dann zahlen wir eben die Strafgebühr im Zug«, knurrt er nervös, »beeil dich!«

»Und wo genau steckst du?«, will ich wissen. Er beschreibt mir seine Position.

Endlich beginnt der Automat, unsere Fahrscheine zu drucken. Die Hälfte hat er schon geschafft und ich will gerade frohlocken, da fängt er an zu stottern, hört schließlich ganz auf zu arbeiten.

Unglaublich!

Rasch sehe ich mich um; weit und breit niemand, der mich beobachtet. Sollten nachts Überwachungskameras laufen, kann ich es eben nicht ändern. Ärgerlich gebe ich dem sturen Teil einen kräftigen Fußtritt, dass es nur so scheppert. Begleitend stoße ich mehrere üble Drohungen aus und hoffe, dass wenigstens eine davon Wirkung zeigt. Sollte gleich die Bahnhofspolizei auftauchen, habe ich ein Problem. Aber es lässt sich glücklicherweise niemand blicken.

Die Maschine kommt nach meinen wüsten Beschimpfungen tatsächlich wieder in Gang und spuckt endlich die Fahrkarten aus.

Noch 25 Sekunden bis zur Abfahrt. Nie zuvor habe ich so schnell eine Treppe genommen.

Julian schaut sorgenvoll, als ich schwitzend und atemlos, aber auf die Sekunde genau, auf dem Bahnsteig ankomme.

Es ist nicht zu fassen. Wir sind pünktlich, nur der Zug nicht. Wie um die Fahrgäste noch ein wenig zu foppen, wird nun auf der Anzeigetafel mitgeteilt, dass sich der Zug verspätet.

Bis zur Abfahrt halten wir uns hinter einem großen Gepäckwagen auf, der bis oben hin voll mit Paketen und Postsäcken beladen ist.

Endlich fährt der ICE ein.

Claudia steigt in einen Waggon der 1. Klasse.

»Sieh mal an«, sage ich zu Julian, »nur vom Feinsten. Nobel geht die Welt zugrunde. Oder hast du jetzt noch den leisesten Zweifel, dass sie mit unter der Decke steckt?«

Er sieht mitgenommen aus. Bestimmt hat er noch bis zuletzt gehofft, ihre Fahrt zum Bahnhof würde sich doch noch anders erklären lassen.

»Du hattest ja schnell Bedenken«, gibt er zu, während wir einsteigen, »aber ich habe sie zu wenig ernst genommen. Ich wollte das einfach nicht wahrhaben.«

»Du dachtest, ich sei lediglich ein wenig eifersüchtig, nicht wahr?«

Er nickt, schaut zerknirscht. »Entschuldige, Katinka. Kannst du mir noch mal verzeihen?«

»Nicht nötig, ich *war* ein wenig eifersüchtig.«

Julian schaut mich überrascht an.

»Auf eure lange Freundschaft, auf … ach, was weiß ich. Vergiss es einfach wieder.«

Julians Selbstbewusstsein ist schnell wieder aufgebaut. Lachend lässt er sich auf einen der blau-grün gestreiften Polstersitze fallen. Etliche der Abteile sind unbesetzt. Wir haben uns ein leeres Sechser-Abteil am anderen Ende des Zuges ausgesucht, sind weit weg von den 1. Klasse-Waggons. Unwahrscheinlich, dass Claudia hier vorbeikommt. Vorsichtshalber zieht Julian die kleinen Vorhänge vor die Scheiben, löscht das Licht im Abteil.

»Und wenn Claudia an einer der wenigen Stationen, an denen dieser Zug hält, aussteigt? Und nicht erst in Bremerhaven?«

Julian winkt ab. »Wohl kaum. Und an den zwei Stationen haben wir den Bahnsteig eben im Blick. Notfalls sind wir blitzschnell draußen.«

»Zu schade, dass wir die Tasche nicht bei uns haben«, bedaure ich, nachdem wir es uns bequem gemacht haben, »dann könnten wir uns jetzt die hübschen Rohdiamanten ansehen.«

»Stimmt«, pflichtet Julian leichthin bei. »Möchtest du vielleicht eine Kleinigkeit essen? Etwas Herzhaftes vielleicht? Mein Magen hängt allmählich ziemlich durch. Ich schleich mich mal eben zum Bordbistro. Vielleicht hat es noch geöffnet.«

Er greift nach dem Stetson, zieht ihn so tief wie möglich in die Stirn. Aus einer Tasche seiner schwarzen Lederjacke holt er eine Sonnenbrille hervor und setzt sie auf. Dann schlägt er noch seinen Kragen hoch, sodass kaum noch etwas von seinem Gesicht zu erkennen ist. Der attraktive Dreitagebart, der ihm inzwischen gewachsen ist, trägt das Seinige dazu bei.

Ich grinse. »Bist du sicher, dass du ohne Blindenhund ins Restaurant findest? Soll ich nicht besser mitkommen und dich führen?«

Ein spitzbübisches Lächeln huscht über seine eben noch etwas müden Züge, lässt ihn aussehen wie weiland den jungen Robert Redfort. Ich bin richtig stolz auf ihn.

»Das schaff ich schon. Ruh dich ein bisschen aus.« Mit diesen Worten zieht er die Tür des Abteils von außen zu und ist aus meinem Blick verschwunden.

Kaum habe ich mich tiefer in den Sitz am Fenster gekuschelt, fallen mir auch schon die Augen zu.

In meinem Traum schweben glitzernd und zauberhaft schön wie Sterne viele kleine Rohdiamanten vom Himmel herab.

Ich hebe mein Kleid wie zu einer Schürze hoch, um sie aufzufangen, stehe da wie Sterntaler, als sich plötzlich der Himmel verdunkelt und Hunderte von Krähenvögeln herniederstoßen, um sich der glitzernden Steinchen zu bemächtigen.

Ich möchte sie vertreiben, doch sie haben gefährlich starke Schnäbel und lassen keinen Zweifel daran, dass sie stärker sind als ich.

Etwas rüttelt mich immer wieder an der Schulter. Noch im Halbschlaf murmele ich abwehrend: »Ist ja gut, lasst mich doch in Ruhe!«, da weckt mich ein angenehmer Duft nach Würstchen und Pommes frites vollends aus meinem Schlaf.

Ich strecke mich. »Hmm, das riecht aber gut.«

Julian ist lautlos ins Abteil zurückgekehrt.

»Du hast wohl schlecht geträumt?«

Noch bevor ich ihm von meinem eigenartigen Traum berichten kann, befielt er: »Augen noch zu lassen. Ich sage dir, wann du sie öffnen kannst.«

»So, es ist angerichtet«, erklärt er dann, »du darfst jetzt gucken.«

Was ich sehe, verschlägt mir im ersten Moment die Sprache. Es ist weniger wegen des Essens. Rohdiamanten unterschiedlicher Größe und Färbung funkeln liebevoll dekoriert rings um die Teller auf dem Tablett.

Überrascht blicke ich Julian an. Er lächelt verschmitzt, ergreift mit der Hand eins der Würstchen auf seinem Teller, stupst es in den großen Klecks Senf auf dem Tellerrand und beißt genüsslich hinein.

»Fantastisch! Du solltest unbedingt mal probieren. Eigentlich gibt es kein warmes Essen mehr um diese Uhrzeit, aber gegen einen leichten Aufpreis war man durchaus bereit, eine Ausnahme zu machen. Wenn wir fertig sind, bringt uns der junge Mann noch einen Espresso. Er müsste eigentlich gleich damit anrücken.«

»Du bist ein Tausendsassa.« Endlich habe ich die Sprache wieder gefunden. Mein Albtraum ist längst vergessen.

»Es war mir unmöglich zu widerstehen«, gibt er zu. »Und ich wusste natürlich, dass die Steinchen dich interessieren würden.«

Während wir essen, bewundere ich einen Diamanten nach dem anderen.

»Das sind unermessliche Werte! Derjenige, der auch nur einige wenige von ihnen besitzt, hat für lange Zeit ausgesorgt. Was meinst du, wem mögen sie gehören?«

Julian zuckt mit den Achseln, schüttelt den Kopf. »Keine Ahnung, welche Geschäfte Helge betrieben hat. Aber nach diesen Steinen sucht bestimmt keiner mehr. Katinka, sei ganz beruhigt«, versichert er, als er meinen zweifelnden Blick sieht, »das hier sind nur einige aus dem Beutel.«

»Nur einige?« Ich bin vollkommen fassungslos.

»So ist es«, bestätigt Julian. »Mach dir also keine Sorgen. Helge wird den Teufel tun, auf der Rückgabe zu bestehen, wenn er in 50 Jahren wieder aus dem Bau kommt. Und nun lass es dir endlich schmecken, sonst erreichen wir Bremerhaven noch vor dem Espresso. Das wäre zu bedauerlich.«

Und wo Julian recht hat, hat er recht!

16

Wie erwartet, fährt Claudia bis Bremerhaven. Dort steigt sie vor dem Bahnhof in ein Taxi.

Wir ordern ebenfalls eins und bitten die Taxifahrerin, in angemessener Entfernung zu folgen.

»Mein Kollege fährt in Richtung Containerhafen«, informiert sie uns schließlich.

Wir haben uns bereits gedacht, dass sich das Gaunerpärchen irgendwohin absetzen will, die Schiffspassage vermutlich längst gebucht hat. Denn jetzt kann man zwei und zwei zusammenzählen. Was wir noch nicht mit hundertprozentiger Sicherheit wissen, ist, wer hinter dem Motorradfahrer steckt. Wir ahnen es lediglich.

»Wann hast du eigentlich vor, die Polizei zu benachrichtigen?«, frage ich Julian. »Wenn sie schon auf dem Schiff sind oder vorher?«

»Tja, was meinst du?«.

»Lass ihnen ruhig noch ein bisschen die Illusion und das Gefühl, es bald geschafft zu haben. Danach werden sie für lange Zeit keine Gelegenheit mehr bekommen zu verreisen.«

Claudias Taxi hält vor dem Abfertigungsgebäude.

Unsere Taxifahrerin erklärt sachkundig: »Fahrgäste, die es während der Reise lieber etwas unkonventionell haben, wählen eins der Frachtschiffe. Die haben nur wenige Kabinen für Passagiere.« Sie weist auf einen imposanten Dampfer.

»Der große Pott zum Beispiel, den Sie dort sehen, hat in den vergangenen Stunden seine Ladung gelöscht und wird gleich neue Fracht bunkern. Nach einer Pause wird er am Morgen als erstes Schiff die Anker lichten. Mein Sohn arbeitet am Hafen, daher kenne ich mich inzwischen ganz gut aus.«

»Wissen Sie auch, wohin dieser Kahn fährt?«, fragt Julian interessiert.

»Wenn ich mich nicht irre, nach Argentinien«, antwortet die Taxifahrerin. »Das kann ich mit einem Anruf klären, wenn Sie es genau wissen möchten.«

Ich nicke zustimmend und die Taxifahrerin nimmt ihr Handy.

»Sven? Kannst du mir sagen, wohin die ›Antigua‹ fährt? Ich habe hier Fahrgäste, die das wissen wollen. Ah, das dachte ich mir schon! Du kommst doch am Wochenende?« Zu uns gewandt bestätigt sie: »Wie ich schon vermutet habe, fährt der Frachter nach Argentinien.«

Wir zahlen und bedanken uns bei ihr mit einem angemessenen Trinkgeld für ihre spontane, nette Hilfsbereitschaft.

Eigentlich hätten wir jetzt der Polizei einen entscheidenden Hinweis geben können, um nicht länger warten zu müssen. Mein untrügliches Bauchgefühl aber signalisiert mir, es gibt noch ein wichtiges Nachspiel. Also bleiben wir auf Beobachtungsposten.

Claudia wartet unruhig vor dem Abfertigungsgebäude des Frachthafens.

Auf dem Gelände, das von etlichen Riesenscheinwerfern beleuchtet wird, herrscht zu dieser nächtlichen Stunde reger Betrieb wie am Tag. Kräne sind unentwegt in Bewegung und verladen Container und andere Fracht.

Wie von unsichtbaren Fäden gezogen, kurven Gabelstapler und LKWs vor unseren Augen kreuz und quer, doch alles scheint einen Sinn zu haben, einen Plan, auch wenn er für uns auf den ersten Blick nicht durchschaubar ist.

Wir haben uns ein sichtgeschütztes Plätzchen hinter einem Laster ausgesucht, sitzen auf einem Stapel Paletten.

Der Fahrer, ein Afrikaner, macht gerade eine ausgiebige Pause, hat etliche Frühstückspakete ausgepackt neben sich liegen.

Über unsere Gesellschaft scheint er sich aufrichtig zu freuen, fordert uns immer wieder auf zuzugreifen. Anfangs lehnen wir dankend ab, sind einfach zu müde. Doch er strahlt uns mit einer Herzlichkeit und Wärme an, dass wir letztlich nicht nein sagen dürfen.

Während wir an unseren Sandwiches knabbern, bittet Julian ihn, sich für uns nach den Passagieren zu erkundigen. Die beiden diskutieren eine Weile, schließlich werden sie handelseinig.

Die Hände in den Taschen, schlendert der Schwarze gemächlich rüber zum Büro, verschwindet darin.

Kommt nach einer Viertelstunde wieder heraus. Wie zu einer Musik, die unseren Ohren verborgen bleibt, bewegt er sich rhythmisch über den Platz auf uns zu, trommelt dabei mit seinen Händen auf einer unsichtbaren Trommel.

»Hey, man«, informiert er Julian und schüttelt den Kopf, dass seine Rasterlocken nur so fliegen. »No people with these names!«

Als er unsere enttäuschten Gesichter bemerkt, zieht er mit einem triumphierenden Lächeln eine klein gefaltete, computergedruckte Liste aus einer Tasche seiner verblichenen Jeans, einer fransigen Antiquität, und reicht sie Julian.

Eine Passagierliste!

Ein Geldschein wechselt den Besitzer, die beiden Männer schütteln sich erfreut die Hände.

Mir gibt der Farbige einen eleganten Handkuss. Ich schaue ihn überrascht an. Zwei Zahnreihen blitzen, beinah unwirklich weiß in dem dunklen Gesicht, als er lauthals lacht.

Wenig später wirft er die Paletten auf die Ladefläche seines Trucks, als handele es sich dabei lediglich um ein paar Pakete Zahnstocher, klettert dann hoch in seinen Wagen, hupt fröhlich und knattert davon.

Wir suchen uns einen neuen Platz, von dem aus wir ungesehen diesen Teil des riesigen Hafengeländes gut überschauen können. Gegen diese Region Bremerhavens ist die Bezeichnung ›Hafen‹ für das Stück Dortmund-Ems-Kanal-Ufer in Münster glatte Hochstapelei. Die Bedeutung des Münsterschen Hafens als Güterumschlagplatz ging nämlich in den letzten Jahrzehnten drastisch zurück, ebenso wie die Binnenschifffahrt überhaupt.

Im Gegensatz dazu vermittelt der lebendige Jachthafen in Gimbte, vor den Toren Münsters, mit seinen schicken Booten nicht nur einen malerischen, sondern auch betriebsamen Eindruck.

Die übersichtliche Passagierliste ist schnell überflogen. Keiner der Namen weist auf Claudia und eine Begleitperson hin.

Enttäuschung macht sich breit. Andererseits, wie konnten wir auch annehmen, dort ihre richtigen Namen zu finden? Die beiden hatten sich bestimmt längst gefälschte Pässe besorgt.

»Ob hier die Pass- und Personenkontrollen bei der Einschiffung besonders gründlich sind?«, grüble ich laut.

»Keine Ahnung, aber ich halte das eher für unwahrscheinlich. Und wenn doch, dann wird eben mit Bestechung gearbeitet. Ach, schau an, Kathrin! Haben wir diese Maschine nicht schon mal gesehen? Endlich kommt Bewegung in die Angelegenheit.«

Unüberhörbar rollt unser sehnlich erwarteter Motorradfahrer langsam auf seiner schweren Maschine an. Die Tasche hat er jetzt vor sich auf dem Sitz.

Eine Weile schaut er sich suchend um, bis er Claudia sieht.

Sie erblickt ihn jetzt ebenfalls, hebt spontan die Hand, hält aber plötzlich inne und tut, als wolle sie sich lediglich eine widerspenstige Locke aus der Stirn streichen.

»Die beiden sind sich bewusst, dass sie jetzt sehr vorsichtig sein müssen. Sie haben ihr Ziel zwar vor Augen, aber noch nicht ganz erreicht«, stelle ich fest.

Der Motorradfahrer dreht noch einige Runden auf dem Gelände, dann fährt er wie zufällig auf Claudia zu.

Als er auf ihrer Höhe ist, schwingt sie sich blitzschnell auf seinen Rücksitz. Der Motor heult einige Male auf und binnen weniger Sekunden sind sie vom Gelände verschwunden.

»Immer für eine Überraschung gut!« Julian ist aufgesprungen. »Die beiden lassen wirklich nichts aus.«

Ein schwarzer Golf mit breiten Reifen rast jetzt aufs Gelände, um dort eiligst zu wenden.

»Schnell, Julian, dort ist Tom!«

Wild gestikulierend rennen wir auf den Wagen zu. Buchstäblich in allerletzter Sekunde nimmt Tom uns wahr, hält mit quietschenden Reifen, stößt die Beifahrertür auf.

Wir springen in den Wagen, Julian vorn zu Tom, ich hinten hinein, und los geht es.

»Wie kommt ihr denn hierher?«, fragt Tom erstaunt und nimmt die Verfolgung des Motorrades auf.

Er wartet unsere Antwort gar nicht ab, sondern sprudelt entrüstet hervor: »Der Kerl ist total irre, fährt nur mit vollem Risiko! Hat inzwischen oft die Richtung gewechselt. Entweder weiß er, dass er verfolgt wird, oder er ist einfach völlig meschugge! Ein Wunder, dass der noch keinen Unfall gebaut hat.«

Julian bringt Tom rasch auf den neuesten Wissensstand und fügt hinzu: »Wenn du sie verlieren solltest, macht nichts. Die kommen gleich zurück. Wir sind fast sicher, dass sie eine Passage nach Argentinien gebucht haben.«

Tom lacht auf. »Argentinien? Das würde passen wie die Faust aufs Auge. Unser Mann in Buenos Aires!«

Auch wir amüsieren uns bei dieser Vorstellung.

»Wir werden wieder mal veralbert und fahren eindeutig in der Runde, da können wir auch gleich zurück zum Anleger«, bemerke ich nach einer Weile, »und dort auf die beiden warten.«

»Stimmt«, bemerkt Tom. »Ich bin schon ganz duselig im Kopf von dem Herumgekurve.«

»Julian kann das Fahren übernehmen«, schlage ich vor. »Dann kannst du dich etwas ausruhen.«

»Natürlich, gern«, Julian ist einverstanden. »Halt an, lass uns die Plätze wechseln. Kathrin hat völlig recht, die beiden können uns gar nicht mehr entkommen.«

Gegen 6 Uhr in der Früh hat schließlich die gesamte Fracht ihren Platz auf dem Schiff gefunden.

Die Arme der riesigen Kräne sind zur Ruhe gekommen, die Gabelstapler und Laster verschwunden.

Nun beginnen die Vorbereitungen für das Einschiffen der Passagiere und das Verladen ihres Gepäcks. Die Landebrücke ist heruntergelassen, für die Passagiere aber noch gesperrt. In etwas mehr als einer Stunde wird der Ozeanriese ablegen.

Wir haben uns mit Toms Wagen bis ans entgegengesetzte Ende des Hafengeländes zurückgezogen, können aber durch Julians kleines Fernglas den Kai vor dem Schiff gut überblicken.

Die Passagiere kommen jetzt aus dem Gebäude, es sind wesentlich weniger als angenommen. Vielleicht führt die Liste auch die Passagiere der anderen Frachter mit auf.

»Da sind sie wieder!«, ruft Tom. »Wer ist der Kerl neben Claudia?«

»Helge, ihr Mann«, sagt Julian. »Der Typ, hinter dem du die ganze Zeit her warst.«

Nach allem, was wir in den letzten Tagen erlebt haben, wundert es uns nicht, dass es sich hier tatsächlich um den Anwalt handelt.

Helge, jetzt erstmals ohne Motorradhelm, und Claudia diskutieren wild gestikulierend. Immer wieder weist Helge aufgebracht auf die Reisetasche, die er jetzt unter einen Arm geklemmt trägt.

»Er hat das wertlose Doppel der Tasche, die die vielen Millionen und den gesamten Safeinhalt beherbergt, und die zurzeit in einem Schließfach des Münsterschen Hauptbahnhofs steht«, spotte ich.

»Sie streiten sich«, berichtet Tom, der gerade das Fernglas benutzt. »Sie brüllen sich an. Die anderen Passagiere schauen schon ganz befremdet.«

»Helge hat inzwischen festgestellt, dass der Inhalt der Tasche ohne jeden Wert ist. Jetzt machen sie sich Vorwürfe«, vermutet Julian. »Sie verdächtigen sich vielleicht sogar gegenseitig.«

»Auf dem Unglück anderer lässt sich eben nichts Gutes aufbauen«, sage ich. »Diese Versuche scheitern meist irgendwann.«

»Ein Matrose entfernt gerade die Absperrung, die Passagiere dürfen gleich aufs Schiff«, berichtet Tom.

»Dann werde ich mal telefonieren gehen«, murmelt Julian. »Es wird nicht lange dauern.«

Etwas schwerfällig steigt er aus und läuft zum Abfertigungsgebäude. Er zieht es vor, der Polizei von einem öffentlichen Fernsprecher aus einen Tipp zu geben.

»Das, was er jetzt tun muss, macht ihm zu schaffen, oder?«, fragt Tom mitfühlend.

Ich nicke. »Die Hoffnung stirbt zuletzt. Bestimmt hat er bis eben noch glauben wollen, Claudia sei an dem Ganzen doch nicht beteiligt, alles würde sich plötzlich noch zu ihren Gunsten aufklären. Es ist sicher schwer, sich eingestehen zu müssen, dass man sich viele Jahre lang in einem Menschen derartig getäuscht hat. Und jetzt ist er auch noch in der vertrackten Situation, sie persönlich anzeigen zu müssen. Das muss wirklich sehr hart für ihn sein.«

Eine Viertelstunde später ist Julian zurück, lässt sich schwer auf den Beifahrersitz fallen. Tröstend streichle ich seine Schulter.

Fast zeitgleich brausen drei Polizeiautos auf den Kai vor dem Frachtschiff. Die Wagen haben noch nicht angehalten, da springen bereits etliche Uniformierte heraus, rennen über den Landesteg auf das Schiff, das inzwischen alle Passagiere aufgenommen hat.

Ich schaue fasziniert, wenn auch mit einer Gänsehaut zu.

Vor ein paar Tagen saß ich noch neben Claudia auf dem Bett und habe mich mit ihr unterhalten wie mit einer Freundin. Und nun erleben wir aus einer Distanz von wenigen 100 Metern ihre Verhaftung, nachdem Julian, ihr langjähriger Freund und Vertrauter, der Polizei den entscheidenden Tipp gegeben hat.

Claudia hebt ihre Arme, als sie die Polizisten auf sich zukommen sieht, ergibt sich sofort. Beschämt hält sie den Kopf mit der störrischen Lockenfrisur gesenkt, während zwei Polizeibeamte sie festhalten und ihr Handschellen anlegen.

Ich blicke durchs Fernglas und lasse es schnell wieder sinken. Für einen kurzen Moment fühle ich mich wie eine Verräterin.

Plötzlich hören wir einen Schuss, daraufhin einen entsetzlichen Schrei.

Die Menschen an Bord geraten in Bewegung. Etliche versuchen in Panik, wieder an Land zu kommen, was ihnen aber nicht gelingt, andere, sich irgendwo auf dem Schiff zu verstecken. Einige rufen um Hilfe.

Julian nimmt das Fernglas und schaut angestrengt hindurch.

»Helge versucht zu türmen!«, sagt er aufgebracht. »Jetzt kann ich ihn nicht mehr sehen. Doch, da ist er wieder. Mindestens sechs Polizisten sind hinter ihm her. Sie versuchen, ihm den Weg abzuschneiden, aber er entwischt ihnen immer wieder.«

»Das kennen wir ja zur Genüge«, bemerke ich trocken, um die schreckliche Anspannung, die wir empfinden, etwas aufzulockern. Aber es funktioniert nicht. Einerseits fühle mich, als säße ich vor einer riesigen Kinoleinwand, andererseits fehlt hier die Distanz völlig.

»Ich kann ihn wieder sehen«, informiert uns Julian. »Helge steht jetzt an der Reling und … um Gottes willen … er hat offensichtlich einen der Polizisten in seine Gewalt gebracht. Er hält ihm eine Pistole an die Schläfe. Jetzt brüllt er irgendetwas und fuchtelt wild mit der Waffe herum.«

Julian reicht Tom, der schon ganz unruhig auf seinem Sitz hin und her rutscht, das Fernglas weiter.

Nervös und bis in den letzten Muskel angespannt, hocke ich in der Mitte des Rücksitzes, blicke zwischen den beiden Männern hindurch auf das Schiff und versuche, Genaueres zu erkennen. Die Augen tränen mir bereits vor Anstrengung.

»Und, was passiert jetzt, Tom?«, frage ich atemlos.

»Helge redet unentwegt mit den Polizisten. Der Kapitän ist inzwischen auch dabei. Wahrscheinlich versucht Helge zu verhandeln, Forderungen zu stellen. Das Übliche, verlangt ein voll getanktes Auto, freien Abzug, vielleicht auch noch einen Haufen Geld, denn er hat ja keins in der Tasche.«

»Du kennst dich ziemlich gut aus«, bemerkt Julian mit einem flüchtigen Grinsen.

»Da!«, ruft Tom. »Helge bewegt sich, drückt sich an den anderen Polizisten vorbei, hält einen von ihnen als Geisel wie einen Schild an sich gedrückt.

Die Waffe immer an der Schläfe seines Opfers. Jetzt steigen die beiden zusammen die Treppe runter zum unteren Deck.«

Tom reicht mir das Fernglas nach hinten und lässt mich weiterberichten. Er öffnet das Handschuhfach, nimmt ein paar Bonbons heraus.

»Mir eins mit Koffein«, bitte ich. »Und pack es mir gleich aus. Keinerlei Bewegung im Augenblick. Helge und seine Geisel kann ich nirgends entdecken. Wenn es so ist, wie wir vermuten, wird er jetzt darauf warten, dass seine Forderungen erfüllt werden.«

Ein Notarztwagen mit Blaulicht und Martinshorn rast jetzt auf das Gelände. Gemächlich rollt ein grauer Leichenwagen in einiger Distanz hinterher. Um so schnell vor Ort sein zu können, muss das Beerdigungsinstitut seinen Sitz direkt um die nächste Ecke haben.

Die beiden Autos bleiben in der Nähe der Landungsbrücke stehen. Niemand steigt aus. Offensichtlich haben sie strikte Order erhalten.

Fünf Minuten passiert so gut wie nichts. Ich gebe das Fernglas Julian und lehne mich zurück. Meine Schultern schmerzen vor Anspannung. Die Lockerungsübungen, die ich mache, bringen nur wenig.

»Es geht weiter!«, ruft Julian laut, obwohl wir alle ganz nah sind und ihn gut hören können. »Seht ihr den dunklen BMW? Ich wette, das ist der Wagen, den Helge als Fluchtfahrzeug verlangt hat.«

Eine dunkelblaue Limousine fährt direkt vor die Gangway.

Ein grün uniformierter Polizist steigt aus, öffnet alle Türen und auch den Kofferraum. Dann beginnt er, sich auszuziehen. Legt ein Kleidungsstück nach dem anderen ab, bis er lediglich noch Boxershorts, T-Shirt und Socken trägt. Mit hoch erhobenen Händen stellt er sich etliche Meter vom Wagen entfernt auf.

»Was für seltsame Muster hat er auf Shorts und Socken?«, fragt Tom interessiert.

Julian schaut durchs Fernglas, dreht einige Male an der Scharfeinstellung.

»Das ist ja ein richtiger Tierfreund«, sagt er dann leicht belustigt. »Das sind Elefanten. Viele kleine bunte Elefanten!«

»Wüssten die Menschen morgens schon, was ihnen tagsüber blüht, wären die meisten sicher anders angezogen«, kommentiere ich. »Das gilt natürlich auch für die Unterwäsche.«

»Ich fürchte, eine meiner Socken hat ein Loch«, bemerkt Julian schuldbewusst.

»Helge kommt mit seiner Geisel.«

Die beiden sind nun auch mit bloßem Auge gut zu erkennen, stehen eng aneinandergepresst direkt an der Gangway.

Nicht nur wir schauen fasziniert zu. Schiffsbesatzung, Passagiere und Polizisten haben sich am Oberdeck entlang der Reling versammelt.

Irgendwo in ihrer Mitte, gefesselt und sicher gut bewacht, befindet sich auch Claudia. Was mag sie in diesem Augenblick empfinden? Ob sie immer noch hofft, dass ihr Mann sie mitnimmt?

Helge und seine Geisel schieben sich langsam über den Landungssteg.

»Bei dieser makabren Szenerie könnte es sich genauso gut um Filmaufnahmen handeln«, sage ich, und Tom und Julian nicken zustimmend.

Nachdem er den Kofferraum inspiziert hat, steigt der Anwalt auf der Fahrerseite in den Wagen, die Waffe immer auf den Kopf seiner Geisel gerichtet und wechselt dann blitzschnell auf die Beifahrerseite. Der Polizist setzt sich hinters Steuer.

Alle Wagentüren sind nun geschlossen.

»Spätestens jetzt ist klar, dass Helge gar kein Interesse daran hat, Claudia mitzunehmen«, stelle ich fest. »Es wäre doch wirklich kein Problem gewesen, sich ihre Begleitung auszubedingen.«

»Puh.« Tom schüttelt sich voller Abscheu. »Was für ein seltenes Arschloch!«

Julian holt einen Kaugummi aus seiner Jackentasche, wickelt ihn aus, steckt ihn in den Mund. Mit grimmiger Miene kaut er ihn weich, bläst ihn schließlich zu einer gigantischen Blase auf, die er laut zerplatzen lässt.

»Alles in Ordnung mit dir?« Besorgt mustere ich ihn.

Er nickt. »Es ist nur … ich komme mir vor wie im falschen Film.«

Bevor ich noch etwas sagen kann, setzt sich der BMW in Bewegung. Rasch gewinnt er an Geschwindigkeit. Rast auf den Ausgang zu. Die große Schranke, die zwischenzeitlich wieder geöffnet worden war, senkt sich langsam nieder.

»Sie haben nicht vor, ihn entkommen zu lassen«, stellt Tom sachlich fest.

Ich sitze gespannt wie ein Flitzebogen, kann kaum glauben, was ich sehe.

Der Wagen nähert sich unaufhaltsam der Schranke.

Links und rechts der Absperrung tauchen mit einem Mal Scharfschützen auf und legen an.

Das Krachen einer ganzen Salve von Schüssen lässt uns zusammenzucken. Wir hören Schreie; sie kommen aus der Richtung der Zuschauer auf dem Frachter. Sogar aus der Entfernung meine ich ihre entsetzten Gesichter sehen zu können.

Der BMW gerät ins Schlingern, verliert zwar deutlich sein Tempo, prallt aber dennoch mit Wucht gegen die Schranke.

»Ich glaube, sie haben nur die Reifen zerschossen«, sagt Julian, der angestrengt durchs Fernglas schaut.

Längst sind wir ausgestiegen, um besser sehen zu können.

Blitzschnell verteilen sich sechs Schützen ums Auto, und während vier von ihnen sichern, versuchen zwei die eingedrückten Türen zu öffnen. Sie zerren den blutüberströmten Helge heraus, zwingen ihn auf den Boden, fesseln ihn.

Einer der Scharfschützen winkt, worauf sich der Notarztwagen in Bewegung setzt.

Der Polizist, den Helge als Geisel genommen hatte, steigt langsam aus. Auch er blutet, scheint beim Aufprall eine ordentliche Kopfwunde davongetragen zu haben. Aber er steht, kann auch gehen, wenngleich etwas schwankend.

»Sie leben beide«, stelle ich überflüssigerweise fest. »Und wisst ihr was?«

Julian und Tom schauen mich fragend an.

»Ich bin froh darüber, dass Helge lebt. Und verurteilt werden kann. Dass der ganze Dreck ans Tageslicht kommt.«

»Stimmt«, pflichtet mir Julian bei, »ein rascher Tod wäre viel zu gnädig gewesen. So einer soll ruhig lange im Knast schmoren.«

Unangenehm berührt senken wir den Blick, als Claudia jetzt unsanft in eins der Polizeiautos gestoßen wird.

»Ich geh mal rüber und erkundige mich bei den Beamten, was an Deck noch geschehen ist.«

Während Julian mit eingezogenen Schultern über den Platz geht, machen Tom und ich ein paar kleine sportliche Übungen, um die Anspannung loszuwerden.

Julian hält sich nicht lange auf, wenig später ist er wieder bei uns.

»Helge hat einen der Polizisten tödlich getroffen. Es ist vorbei. Wir können nach Hause fahren. Oder seid ihr zu müde? Möchtet ihr erst noch etwas schlafen?«

»Nein«, ich schüttle den Kopf, »ich würde jetzt ohnehin kein Auge zubekommen.«

Wir beschließen, frühstücken zu gehen und uns später beim Fahren abzuwechseln.

Nach zwei Tassen Kaffee, einer Dose Cola und etlichen belegten Brötchen ist Tom dann allerdings wieder so fit, dass er selbst fahren möchte.

Während wir im schönsten Licht der aufgehenden Morgensonne Richtung Autobahn-Zubringer fahren, verabschiedet sich Bremerhaven mit einem eindrucksvollen Panorama. Wie ein Riesensegel erhebt sich das neue Sail City-Hotel aus einem leichten Frühnebel am Weserdeich.

»Was für eine abstruse Geschichte! Wer denkt sich nur so etwas aus?«, unterbricht Tom unser nachdenkliches Schweigen. »Und was für eine Bilanz! Ein toter und ein verletzter Polizist. Eine Ehefrau unvermutet als Mittäterin. Zwei oder drei weitere Komplizen. Eine entführte Person, die sich vielleicht nie wieder richtig von den Folgen der Misshandlungen erholen wird. Und wofür das alles?«

»Wir wissen es noch nicht ganz genau«, gibt Julian zu. »Haben noch nicht alle Teile des Puzzles zusammen. Aber beide Männer, Helge und Sandreitner, haben schon seit vielen Jahren krumme Dinger gedreht und eine Menge auf dem Kerbholz. Da wären sicher locker 50 Jahre Knast zusammengekommen. So etwas macht eben auch erpressbar. Helge hat das während eines Trinkgelages blitzschnell erkannt und war sicher, sich mithilfe seines neu erworbenen Wissens im ganz großen Stil bereichern zu können.«

Nach einer kleinen Pause fährt Julian fort: »Helge wusste natürlich, dass er danach nicht mehr in Deutschland bleiben hätte können, möglichst weit weg musste. Deshalb haben er und Claudia sich bei der Gelegenheit auch gleich vom eigenen Haus getrennt. Es war ihnen schon klar, dass sie heutzutage auf reguläre Art diese Summe nicht mehr dafür bekommen würden. Von daher kam ihnen die Möglichkeit, über die Bank die vielen Millionen locker zu machen, mehr als recht. Und nun ist lediglich ein riesengroßer Scherbenhaufen übrig.«

»Claudia hat uns eine fantastische schauspielerische Leistung geboten«, stelle ich anerkennend fest. »Wir sind jedenfalls alle darauf reingefallen! Wenn ich im Nachhinein bedenke, was wir gemeinsam unternommen haben, worüber wir uns unterhalten haben, und die ganze Zeit über hat sie uns beinah mühelos auf eine falsche Fährte gelockt! Wusstest du, Julian, dass sie diese schauspielerischen Qualitäten besitzt?«

Er schaut betreten. »Jetzt, wo du es sagst, fällt mir plötzlich wieder etwas ein, was mir Claudia vor vielen Jahren einmal erzählt hat. Während der Oberstufe gehörte sie einer kleinen, sehr engagierten Theatergruppe an. Und eigentlich war es ihr größter Wunsch, Schauspielerin zu werden. Mir war diese Information in der Zwischenzeit vollkommen entfallen. Nie wäre ich darauf gekommen, eine Verbindung zu dieser makabren Aktion herzustellen. Sicher fand ich in den vergangenen Tagen das eine oder andere an ihrem Verhalten etwas merkwürdig, habe es aber ihrer außergewöhnlichen Belastung zugeschrieben. Man weiß ja, im Extremfall reagiert der Mensch eben auch manchmal unvorhersehbar oder auf eine Weise, die man von ihm gar nicht kennt.«

»Was hat Claudia davon abgehalten, Schauspielerin zu werden?«, möchte ich wissen.

»Ihre Eltern haben ihr von dieser brotlosen Kunst

abgeraten. Sie waren so unendlich stolz darauf, als ihre Tochter sich daraufhin entschloss, Ärztin zu werden. Etwas Besonderes eben, vor allem etwas Besseres als sie selbst.«

»Könnt ihr euch vorstellen«, fragt Tom, »was die beiden in Argentinien vorgehabt haben könnten?«

»Keinen blassen Schimmer«, gebe ich zu, »aber es ist ein weites Land und gut zum Abtauchen, wie wir aus der Vergangenheit hinlänglich wissen. Argentinien war nach dem Zweiten Weltkrieg eines der begehrtesten Auswanderungsziele für Naziverbrecher. Neuer Pass, neuer Name, neues Glück!

Ich habe erst vor Kurzem gelesen, dass in Deutschland heute über 80 Millionen Einwohner auf einer Fläche von circa 350000 Quadratkilometern leben. In Argentinien verteilen sich 37 Millionen Einwohner auf ein Gebiet von fast 3 Millionen Quadratkilometern. Die Gefahr, aufgespürt und ausgeliefert zu werden, ist also gering. Da Helge und Claudia mit gefälschten Papieren eingereist wären, hätte man sie über lange Zeit vermutlich gar nicht entdeckt. Geld wäre genug da gewesen, um sich auf einer Hazienda zur Ruhe zu setzen und es sich für den Rest des Lebens gut gehen zu lassen.«

»Allerdings bin ich ziemlich sicher«, bemerkt Julian, »einer wie Helge hätte seine Finger unverzüglich wieder in irgendwelchen Geschäften gehabt. Vermutlich wäre er sofort in den Fleischexport nach China eingestiegen. Er hat eine Spielernatur, kann gar nicht ohne den Kitzel des Risikos leben. Es ist wie eine Art Sucht für ihn. Ob im Gefängnis oder eines Tages wieder draußen, er wird sich niemals ändern.«

17

In der Nähe von Santa Rosa, Argentinien

Die junge Frau mit der langen blonden Mähne räkelt sich wohlig auf dem riesigen französischen Bett.

In der Mitte des Raumes stehen zwei große, noch unausgepackte Flugkoffer. Jetzt eilt nichts mehr; sie hat fest vor, künftig ihr Leben nur noch zu genießen. Nichts wird sie mehr davon abbringen können!

Das schwarze Spitzenhemd verbirgt kaum etwas von ihrer tadellosen Figur. Dieses verführerische Dessous hat sie sich gleich bei ihrer ersten Shopping-Tour in Bahía Blanca gegönnt.

Ihre wohlgeformten Beine, die im Moment leicht angewinkelt auf der cremefarbenen Kaschmirdecke ruhen, scheinen endlos.

Die Blonde hebt ihren Oberkörper ein wenig an, stopft sich ein großes Kissen in den Rücken und ergreift halb liegend, halb sitzend das volle Rotweinglas. Nach ein paar Schlucken nimmt sie die Zigarette, die im Aschenbecher glimmt, inhaliert tief und stößt den Rauch in kleinen Ringen aus.

Das Lieblings-Chanson ihres Freundes erklingt vom Band. Jane Birkins Stimme stöhnt leise ›Je t'aime‹. Gainsbourg, ihr Geliebter, antwortet: ›Comme la vague irrésolue je vais, je vais et je viens entre tes reins‹ (Wie die ziellose Welle gehe ich, ich gehe und komme zwischen deinen Lenden).

Leicht öffnen sich ihre Schenkel, während sie die Augen schließt.

Ihre rechte Hand gleitet zielstrebig am Körper entlang nach unten.

Im immer schneller werdenden Rhythmus heben und senken sich ihre Brüste. ›Maintenant, viens!‹ (Jetzt, komm!)

Etwas später gleitet ihr schläfriger Blick aus dem Fenster, wandert erst über die gepflegte herbstliche Parkanlage, dann zwischen den alten Bäumen hindurch und bleibt schließlich sehnsüchtig am großen Swimmingpool hängen, der zurzeit leer ist.

Wie sehr wünscht sie sich den Sommer herbei, doch der wird hier noch Monate auf sich warten lassen.

Im Gegensatz zu ihrem Freund, der in wenigen Tagen kommen wird. Sie freut sich unbändig darauf, mit ihm zusammen ein neues Leben zu beginnen.

Eine ganz große Überraschung hat er angekündigt, ist überhaupt so großzügig wie noch kein Mann vor ihm.

Vielleicht wird er ihr ein besonders schönes Schmuckstück schenken oder sie mit der Mitteilung überraschen, dass sie bald heiraten werden. Auf jeden Fall sollten sie gemeinsam irgendwohin fliegen, wo es schön warm ist. Schon des Öfteren hat er ihr von Brasilien vorgeschwärmt. Vor ihren Augen erstreckt sich der weiße Strand, das tiefblaue Meer. Die Palmenwedel bewegen sich leicht im Wind. Sie sieht sich und Oliver, das ist sein neuer Name, in Liegestühlen faulenzen und ihre Zweisamkeit genießen. Gerade winkt er einen Kellner herbei, um Cocktails zu bestellen, als plötzlich ihre Tagträume unterbrochen werden.

»Señora, Señora Hall!«

Die Stimme ihrer Wirtschafterin schrillt durchs Haus.

Das ist gar nicht Marias Art. Ihre etwas trippelnden Schritte nähern sich rasch.

»Señora Hall?« Sie hämmert an die Tür zum Schlafzimmer.

Schnell schlüpft die Blonde unter die Decke, greift nach einer Illustrierten, bevor sie antwortet.

»Kommen Sie doch herein, Maria.«

Ein braunes Gesicht mit dunklem Schopf erscheint im Türspalt.

Marias Ausdruck ist nicht wie sonst ruhig und sanftmütig, sondern so, als sei ihr eben ein Geist erschienen.

Vollkommen aufgebracht schwenkt sie ein Blatt Papier hin und her.

»Señora Hall, que mala suerte! Ein entsetzliches Unglück ist geschehen!«

Roswitha Hall, die eigentlich Jennifer Reckers heißt, und die sich manchmal noch etwas schwer mit dem Namen tut, auf den ihr neuer Pass ausgestellt ist, wird schreckensbleich.

»Was … was ist denn passiert?«, stottert sie und greift nach dem Schreiben.

»Ein Fax aus Deutschland. Von einem Anwalt!«

Im ersten Augenblick sagt ihr der Name nichts,

doch dann erinnert sie sich. Einer von ... Olivers Bekannten.

Immer wieder liest die junge Frau die wenigen Sätze, versteht den Inhalt zunächst nicht. Dann huscht für einen kurzen Augenblick ein kleines böses Lächeln über ihr Gesicht.

Inzwischen ist sie aufgestanden, steht am Fenster, mit dem Rücken zu Maria. »Das ist ... das ist doch vollkommen unmöglich! Es muss sich um einen Irrtum handeln!«

Maria aber hat längst verstanden. Tränen laufen ihr über die Wangen. Leise zieht sie sich zurück.

Jennifer Reckers geht zurück zum Bett, setzt sich auf die Kante. Minutenlang wirkt sie wie in Trance.

Schließlich schüttelt sie unwillig ihre blonde Mähne. Steht entschlossen auf, entriegelt die Kofferschlösser, lässt die Deckel aufspringen und beginnt energisch, ihre Kleidungsstücke in die Schränke zu räumen. Nach wenigen Minuten aber hält sie inne, lässt das rosafarbene Top, das sie soeben in eins der Fächer legen will, wieder sinken, wirft es nachlässig auf den Korbstuhl neben dem Bett.

Suchend schaut sie sich im Zimmer um. »Mein Handy«, murmelt sie. »Verdammt, wo habe ich nur meine Handtasche hingelegt?«

Am Fußende des Bettes, unter der Decke, findet sie sie. Ungeduldig kramt sie in dem Beutel, dreht ihn schließlich um und entleert den gesamten Inhalt auf das Bett.

»Da ist es ja!« Während sie wählt, bricht einer

ihrer langen, künstlichen Fingernägel ab. »Carajo!«, flucht sie laut in perfektem Spanisch.

Dann fällt ihr Blick auf das Foto, das aus ihrer Brieftasche gerutscht ist. Gut sieht er aus. Und jetzt, wo er endlich dieses schreckliche Muttermal hat entfernen lassen, sieht er noch viel besser aus.

»Toni? Bist du es, Toni?«

EPILOG

Nach der Rückkehr aus Bremerhaven, am späten Vormittag, haben Julian und ich die Tasche mit dem kostbaren Inhalt aus dem Bahnhofsschließfach geholt und sind damit direkt zum Polizeipräsidium gefahren.

Einige unangenehme Fragen mussten wir dabei über uns ergehen lassen, wie das mitunter so ist, wenn man es plötzlich wieder mit Kollegen von früher zu tun hat. Und sie in einem solchen Fall, wie dem gerade von uns erlebten, nicht hinzugezogen hat. Zum Glück sprang unser ehemaliger Kollege Heiner für uns in die Bresche und hielt uns die unangenehmsten Fragen vom Hals. Im Großen und Ganzen aber waren sie letztlich einsichtig und verständnisvoll und wir wurden kameradschaftlich behandelt, was sicherlich nicht zuletzt daran lag, dass natürlich auch sie von Julians großartigem, selbstlosem Einsatz eine Woche zuvor im Zug nach München gelesen hatten. Es steht zu befürchten, dass er dafür eines Tages noch mit einem Orden ausgezeichnet werden wird.

Hannes Sandreitner befindet sich inzwischen auf dem Weg der Besserung. Nach seiner Befreiung stand es so schlecht um ihn, dass die Ärzte ihn für einige Tage in ein künstliches Koma versetzen mussten.

Julian und ich besuchen ihn seit zwei Wochen täglich.

Sandreitner spricht wenig, doch an seinen sparsamen, aber dankbaren Gesten können wir erkennen, dass er sich sehr über unsere Gesellschaft freut. Sonst will er niemanden sehen, außer den Ärzten, den Schwestern und Pflegern natürlich.

Sobald er aus dem Krankenhaus entlassen wird, will er zur Polizei gehen und reinen Tisch machen. Ein für allemal sein Gewissen erleichtern. Da werden wohl noch etliche Köpfe rollen.

Sandreitner hofft, dass sich seine Selbstanzeige strafmildernd auswirken und er mit einer Geldstrafe davonkommen wird.

»Wie sehen Ihre Pläne für die Zukunft aus?«, fragt Julian ihn.

»Ich werde hier alles verkaufen, meine Verhältnisse ordnen, dann möchte ich so bald wie möglich zu meiner Schwester nach Wien ziehen. Sie betreibt dort eine kleine Pension. Wenn sie einverstanden ist, würde ich ihr künftig gern bei ihrer Arbeit zur Hand gehen.«

Einige Male hat Julian versucht, mit ihm über Helges Safeinhalt zu sprechen, hätte gern gewusst, ob die Rohdiamanten ihm, Sandreitner, gehören. Doch Sandreitner hat nur immer wieder heftig den Kopf geschüttelt und abgewinkt, will mit der Vergangenheit absolut nichts mehr zu tun haben.

Mit oder ohne Diamanten, Menschen wie Sandreitner werden wohl so schnell nicht an den Bettelstab geraten.

Bereits zwei Tage nach unserer Rückkehr aus Bremerhaven hatte ich Kontakt zu seiner Frau aufgenommen; sie war soeben von einem ausgiebigen Mallorca-Urlaub zurückgekehrt und hatte ihren Mann noch gar nicht vermisst. Sie schien noch nicht einmal besonders berührt von seinem Schicksal, als sie von mir davon erfuhr.

»Wissen Sie, wir stehen uns seit Längerem schon nicht mehr besonders nahe, mein Mann und ich«, erzählte sie und zuckte dabei mit den Achseln. »Es tut mir leid, Sie werden jetzt vielleicht keine sehr hohe Meinung von mir haben, aber so ist es nun mal. Mein Mann macht seit Jahren, was er will, kommt und geht, wann er will. Ein paarmal hat er sogar seine jeweilige Affäre mit nach Hause gebracht. Können Sie sich das vorstellen? Es war so unendlich demütigend für mich! Natürlich habe ich von seinen dubiosen Geschäften gehört, die wildesten Spekulationen gingen ja immer wieder durch die Presse. Aber Sie können mir glauben, ich weiß wirklich nichts Näheres darüber.«

Zum Schluss meines Besuchs hatte ich sie noch gebeten, mir einige Fotos ihres Mannes zu zeigen.

»Was suchen Sie denn?«, hatte sie neugierig gefragt, als ich schließlich fündig geworden war und eine der Aufnahmen interessiert mit der Lupe betrachtete.

»Diese kleine Narbe hier an seinem Ringfinger. Sie wissen doch bestimmt davon?«

»Eine Narbe an seinem Ringfinger?« Sie schien irritiert.

»Ja … nein, also, ich weiß nicht.«

»Gut, Frau Sandreitner, das war eigentlich auch schon alles.«

An der Tür war ihr dann noch etwas eingefallen: »Der Hannes und ich, wir wollten uns eigentlich im nächsten Monat scheiden lassen. Meinen Sie, wir können den Termin einhalten?«

Ich musste sie daraufhin wohl äußerst befremdet angesehen haben, denn sie fügte noch schnell hinzu: »Ich habe nämlich jemanden kennengelernt und möchte wieder heiraten.«

»Das Beste wird wohl sein, Sie regeln alles über Ihre Anwälte! Auch die Terminfragen.« Mit diesen Worten suchte ich schnellstens das Weite.

Claudia und Helge sitzen in der Damen-, beziehungsweise Herrenabteilung der JVA Münster ein, warten auf ihre Gerichtsverhandlungen. Claudia wird zwar nicht allzu lange, aber doch eine Weile in Gewahrsam bleiben; das hängt vermutlich davon ab, wie sehr Helge sie belastet. Er jedenfalls kann sich auf eine sehr lange Zeit hinter Gittern einstellen.

Es gibt Zufälle, die sind schön und es gibt welche, die ziehen zumindest nichts Schlimmes nach sich. Aber es gibt auch die, die eine ganze Lawine von negativen Reaktionen auslösen können. Lediglich durch einen Zufall hatte Helge entdeckt, dass er mit seinem Geschäftspartner Hannes auch den Mann gefunden hatte, der der erste Freund seiner Frau war. Und Claudia hatte dann auf ihre Art Rache genommen an diesem Mann, der sich damals davongeschlichen hatte, als sie schwanger von ihm war.

Für mich ist es undenkbar, mich noch jemals mit Claudia zu treffen; ich möchte sie, außer wenn es vor Gericht notwendig sein sollte, nicht wiedersehen.

Und Julian? Auch wenn er sich bemüht, es nicht zu sehr zu zeigen, hat ihn die Erkenntnis doch schwer getroffen, einen Menschen letztendlich nicht durchschauen zu können, sich dermaßen in ihm getäuscht zu haben. Aber wie ich ihn kenne, wird er sich auch davon wieder erholen. In unserem Beruf darf man sich von solchen Erlebnissen, die leider vorkommen, nicht anhaltend niederschmettern lassen.

In zwei Wochen werden wir endlich unseren abgebrochenen Urlaub fortsetzen. Wir haben kurzfristig umdisponiert, denken daran, ihn in Antwerpen zu verbringen. Eine höchst interessante Hafenstadt mit mehreren Universitäten, einer Oper, dem Rubenshaus, den wunderschönen Renaissancegebäuden am Marktplatz und, nicht zuletzt, den vielen Diamantschleifereien und -händlern!

In Zukunft möchten wir uns unbedingt an verschiedenen Tier- und Umweltschutzprogrammen beteiligen, für die noch viel Geld benötigt wird. Doch das ist natürlich nicht alles: Auf uns wartet noch eine Menge Arbeit. Unzählige Fälle, die gelöst werden müssen.

Und was unsere Wohnungskündigung betrifft: Bei einer sehr guten Flasche Rotwein haben Julian und ich dieselbe Idee gehabt; wir werden zunächst auf unser Vorhaben am Ammersee verzichten und versuchen, zwei Wohnungen in dem Haus zu erwerben, in dem wir bisher zur Miete gewohnt haben. Eine davon vermieten wir günstig an Inge und Harald.

ENDE

Danksagung

Meiner Lektorin Claudia Senghaas danke ich für ihre große Geduld und unermüdliche Kreativität, mit der sie mir während meiner Arbeit am Manuskript zur Seite stand.

Weitere Krimis finden Sie auf den folgenden Seiten und im Internet: www.gmeiner-verlag.de

UWE KLAUSNER

Walhalla-Code

322 Seiten, Paperback.
ISBN 978-3-89977-808-3.

GEHEIME REICHSSACHE Berlin, 07.06.1942. Auf einer Parkbank in der Nähe der Siegessäule wird eine Leiche entdeckt. Zunächst deutet alles auf Selbstmord hin. Kommissar Tom Sydow will jedoch nicht so recht daran glauben. Zumal es sich bei dem Toten um ein »hohes Tier« der Gestapo handelt.

Der befürchtete Ärger stellt sich auch prompt ein, denn Sydow beharrt auf einer genauen Obduktion. Eine Maßnahme, die sein Gegenspieler, Gestapo-Obersturmführer Moebius, mit allen Mitteln zu verhindern versucht. Ihm geht es nur um eines: Wieder in den Besitz der Akten zu gelangen, die der Tote auf Geheiß von Geheimdienstchef Reinhard Heydrich beiseite geschafft hat.

Doch nicht nur die Gestapo und Sydow sind hinter den brisanten Dokumenten her. Ein gnadenloser Wettlauf um den Besitz von Heydrichs »Giftschrank« beginnt …

C. PUHLFÜRST / J. M. FISCHER

Mords-Sachsen 3

277 Seiten, Paperback.
ISBN 978-3-89977-798-7.

SACHSEN MORDEN WIEDER Kriminelle Machenschaften in ganz Sachsen – erdacht und aufgeschrieben von Sachsens Schreibtischtätern – versammelt in 19 Kurzgeschichten, die an den verschiedensten Schauplätzen des Freistaates spielen.

Schon in den ersten beiden Bänden der Anthologie fesselten die Autoren den Leser mit heimtückischen Übeltätern, unheimlichen Schauplätzen und bösartigen Intrigen …

Und auch die Geschichten aus »Mords-Sachsen 3« bieten dem Leser wieder Spannung, Dramatik, Grusel. Sie sind so abwechslungsreich und vielschichtig wie die Autoren selbst.

GMEINER

Wir machen's spannend

Das neue KrimiJournal ist da!

2 x jährlich das Neueste aus der Gmeiner-Krimi-Bibliothek

In jeder Ausgabe:

- Vorstellung der Neuerscheinungen
- Hintergrundinfos zu den Themen der Krimis
- Interviews mit den Autoren und Porträts
- Allgemeine Krimi-Infos
- Großes Gewinnspiel mit ›spannenden‹ Buchpreisen

ISBN 978-3-89977-950-9
kostenlos erhältlich in jeder Buchhandlung

KrimiNewsletter

Neues aus der Welt des Krimis

Haben Sie schon unseren KrimiNewsletter abonniert?
Alle zwei Monate erhalten Sie per E-Mail aktuelle Informationen aus der Welt des Krimis: Buchtipps, Berichte über Krimiautoren und ihre Arbeit, Veranstaltungshinweise, neue Krimiseiten im Internet, interessante Neuigkeiten zum Krimi im Allgemeinen.
Die Anmeldung zum KrimiNewsletter ist ganz einfach. Direkt auf der Homepage des Gmeiner-Verlags (www.gmeiner-verlag.de) finden Sie das entsprechende Anmeldeformular.

Ihre Meinung ist gefragt!

Mitmachen und gewinnen

Wir möchten Ihnen mit unseren Romanen immer beste Unterhaltung bieten. Sie können uns dabei unterstützen, indem Sie uns Ihre Meinung zu den Gmeiner-Romanen sagen! Senden Sie eine E-Mail an gewinnspiel@gmeiner-verlag.de und teilen Sie uns mit, welches Buch Sie gelesen haben und wie es Ihnen gefallen hat. Alle Einsendungen nehmen automatisch am großen Jahresgewinnspiel mit ›spannenden‹ Buchpreisen teil.

GMEINER

Wir machen's spannend

Alle Gmeiner-Autoren und ihre Romane auf einen Blick

ANTHOLOGIEN: Tatort Starnberger See • Mords-Sachsen 4 • Sterbenslust • Tödliche Wasser • Gefährliche Nachbarn • Mords-Sachsen 3 • Tatort Ammersee • Campusmord • Mords-Sachsen 2 • Tod am Bodensee • Mords-Sachsen 1 • Grenzfälle • Spekulatius **ARTMEIER, HILDEGUND**: Feuerross • Drachenfrau **BAUER, HERMANN**: Verschwörungsmelange • Karambolage • Fernwehträume **BAUM, BEATE**: Weltverloren • Ruchlos • Häuserkampf **BAUMANN, MANNFRED**: Jedermanntod **BECK, SINJE**: Totenklang • Duftspur • Einzelkämpfer **BECKER, OLIVER**: Das Geheimnis der Krähentochter **BECKMANN, HERBERT**: Mark Twain unter den Linden • Die indiskreten Briefe des Giacomo Casanova **BEINSSEN, JAN**: Goldfrauen • Feuerfrauen **BLATTER, ULRIKE**: Vogelfrau **BODE-HOFFMANN, GRIT / HOFFMANN, MATTHIAS**: Infantizid **BOMM, MANFRED**: Kurzschluss • Glasklar • Notbremse • Schattennetz • Beweislast • Schusslinie • Mordloch • Trugschluss • Irrflug • Himmelsfelsen **BONN, SUSANNE**: Die Schule der Spielleute • Der Jahrmarkt zu Jakobi **BODENMANN, MONA**: Mondmilchgubel **BOSETZKY, HORST (-KY)**: Promijagd • Unterm Kirschbaum **BOENKE, MICHAEL**: Gott'sacker **BÖCKER, BÄRBEL**: Henkersmahl **BUEHRIG, DIETER**: Schattengold **BUTTLER, MONIKA**: Dunkelzeit • Abendfrieden • Herzraub **BÜRKL, ANNI**: Ausgetanzt • Schwarztee **CLAUSEN, ANKE**: Dinnerparty • Ostseegrab **DANZ, ELLA**: Schatz, schmeckt's dir nicht • Rosenwahn • Kochwut • Nebelschleier • Steilufer • Osterfeuer **DETERING, MONIKA**: Puppenmann • Herzfrauen **DIECHLER, GABRIELE**: Glaub mir, es muss Liebe sein • Engpass **DÜNSCHEDE, SANDRA**: Todeswatt • Friesenrache • Solomord • Nordmord • Deichgrab **EMME, PIERRE**: Diamantenschmaus • Pizza Letale • Pasta Mortale • Schneenockerleklat • Florentinerpakt • Ballsaison • Tortenkomplott • Killerspiele • Würstelmassaker • Heurigenpassion • Schnitzelfarce • Pastetenlust **ENDERLE, MANFRED**: Nachtwanderer **ERFMEYER, KLAUS**: Endstadium • Tribunal • Geldmarie • Todeserklärung • Karrieresprung **ERWIN, BIRGIT / BUCHHORN, ULRICH**: Die Gauklerin von Buchhorn • Die Herren von Buchhorn **FOHL, DAGMAR**: Die Insel der Witwen • Das Mädchen und sein Henker **FRANZINGER, BERND**: Zehnkampf • Leidenstour • Kindspech • Jammerhalde • Bombenstimmung • Wolfsfalle • Dinotod • Ohnmacht • Goldrausch • Pilzsaison **GARDEIN, UWE**: Das Mysterium des Himmels • Die Stunde des Königs • Die letzte Hexe – Maria Anna Schwegelin **GARDENER, EVA B.**: Lebenshunger **GEISLER, KURT**: Bädersterben **GIBERT, MATTHIAS P.**: Schmuddelkinder • Bullenhitze • Eiszeit • Zirkusluft • Kammerflimmern • Nervenflattern **GRAF, EDI**: Bombenspiel • Leopardenjagd • Elefantengold • Löwenriss • Nashornfieber **GUDE, CHRISTIAN**: Kontrollverlust • Homunculus • Binärcode • Mosquito **HAENNI, STEFAN**: Brahmsrösi • Narrentod **HAUG, GUNTER**: Gössenjagd • Hüttenzauber • Tauberschwarz • Höllenfahrt • Sturmwarnung • Riffhaie • Tiefenrausch **HEIM, UTA-MARIA**: Totenkuss • Wespennest • Das Rattenprinzip • Totschweigen • Dreckskind **HERELD, PETER**: Das Geheimnis des Goldmachers **HUNOLD-REIME, SIGRID**: Schattenmorellen • Frühstückspension **IMBSWEILER, MARCUS**: Butenschön • Altstadtfest • Schlussakt • Bergfriedhof **KARNANI, FRITJOF**: Notlandung • Turnaround • Takeover **KAST-RIEDLINGER, ANNETTE**: Liebling, ich kann auch anders **KEISER, GABRIELE**: Gartenschläfer • Apollofalter